Perfect invasion

完美入侵

郝赫 著

北京理工大学出版社
BEIJING INSTITUTE OF TECHNOLOGY PRESS

图书在版编目（CIP）数据

完美入侵／郝赫著． -- 北京：北京理工大学出版
社，2024.1
　ISBN 978 - 7 - 5763 - 2028 - 2

Ⅰ．①完… Ⅱ．①郝… Ⅲ．①幻想小说 - 小说集 - 中
国 - 当代 Ⅳ．①I247.7

中国国家版本馆 CIP 数据核字（2023）第 008124 号

责任编辑：封　雪　　文案编辑：毛慧佳
责任校对：刘亚男　　责任印制：李志强

出版发行／北京理工大学出版社有限责任公司
社　　址／北京市丰台区四合庄路 6 号
邮　　编／100070
电　　话／（010）68944451（大众售后服务热线）
　　　　　　（010）68912824（大众售后服务热线）
网　　址／http：//www.bitpress.com.cn

版 印 次／2024 年 1 月第 1 版第 1 次印刷
印　　刷／三河市九洲财鑫印刷有限公司
开　　本／880 mm×1230 mm　1/32
印　　张／9.5
字　　数／210 千字
定　　价／45.00 元

图书出现印装质量问题，请拨打售后服务热线，负责调换

中国科幻的"NEXT"希望在哪里

韩 松

中国的科幻正处于一个重要的转折关口。一方面，它在中国各界和国际上引起越来越大的关注；另一方面，它也面临如何承前启后、推陈出新的迫切问题。

科幻是文学大花园里的一支。但最近看到很多年度文学荐书排行榜上都没有科幻。包括类型文学优秀图书，也没有科幻，至少没有我们认为的那些优秀的核心科幻。这与科幻的热度不符，也一定程度上让人感到是否创作有些乏力？科幻创作中抄袭现象虽是个例，但也敲响了警钟。

大量的科幻图书涌现，数量逐年增长，但是一些出版社却反映销售不好。我接触到了一些读者，发现他们对于科幻的了解，仍仅限于《三体》。这让人认识到科幻仍然是小众。而随着微信、短视频和游戏市场的扩大，更多受众还会被分化。

国内的科幻活动越来越多、越来越热闹华丽，科幻奖也已有十几个、最高奖金达百万元人民币，但期待中的精品还是较少。《三体》问世十年后，就再没有产生这样的轰动作品。这是否是一种能被接受的常态化呢？毕竟世界范围内也没有出现"三体现象"。但这仍然不能阻止我们对精品的追求。我看到有读者给我留言："斗胆说一句，科幻作品虽然越来越多，但总觉得令人惊艳、拥有瑰丽世界观的仍然是不够。"

国内创作之外，近年译作的增加也十分迅猛。我们的科幻，从生成到发展，都一直受着国外的影响，特别是不少灵感来自美国这个科幻大本营。我觉得中国科幻仍然需要潜心向世界学习。但是译作现在有些鱼龙混杂，有些译作的质量仍需要提高。另外国际环境的变化也给引进工作带来了影响。

被寄予很高期待的科幻电影，自《流浪地球》后也在不断努力，但是距离受众的愿望还有明显的距离，实践或许正在证明，科幻电影终究是最难的一件事情。急功近利蹭热点的几乎都很难成功。

许多地方在搞科幻产业化，不少资本涌入科幻圈，但从打雷到下雨，再到怎么能有更大的雨下，仍在探索。科幻产业园区到底怎么打造？科幻究竟是不是人民生活的刚需品？科幻产业的投入怎样才能创造出应有效益？这些都还需要用事实来回答。

中国科幻从晚清诞生至今，发展了一百多年，它的源头还在于文学的创作，在于作家们精益求精的写作。

正是在这个时候，未来事务管理局与博峰文化合作推出了"NEXT"科幻作家个人作品集系列。"NEXT"就是"下一代"的意思。顾名思义，它精选了未来局十余位年轻签约科幻作者的作品，这些作者有较强的个人风格和特色，也在一定程度上反映了中国科幻创作未来努力方向，正是着意于承前启后、推陈出新。

作为国内科幻文化的推动者，未来事务管理局不仅与国内最优秀的科幻作家有着长期合作的关系，也一向重视对年轻科幻新秀的培养。在成立发展的几年里，未来局不断从各类科幻征文比赛、平台投稿及自创的科幻写作营课堂中寻找、筛选和指导最有潜力的年轻科幻作者，帮助他们创作出具有时代感、能被当下读者欢迎的科幻作品。这些作者近年来取得了众多的成绩，积累了相当数量的科幻作品，并收获了多种科幻奖项、广大读者和评论界的好评。这套丛书的出版，就是对这个现象的总结。

这些作者，最大的一九八二年出生，最小的一九九五年出生。这两个时间点让我很是感慨。我正是在一九八二年开始科幻创作的，那年在《红岩少年报》上发表了我的第一篇科幻小说《熊猫宇宙》，而一九九五年我在《科幻世界》上发表短篇小说《没有答案的航程》并获得了银河奖。

那个时候的科幻创作、发表和出版都还是比较艰难的，我和其他不少作者，更多是怀着对科幻的满腔热爱，只是不停地学习，埋头不断地写，而较少考虑能否发表和出版。这样坚持下来才积累了一定量的作品，也逐渐形成了自己的风格和特色。

我读了"NEXT"作者的作品，好像又看到我以前的样子。我感到他们很有才华和天赋，他们的创作是美好而杰出的，更重要的是，从他们的字里行间，能感受到对于科幻的无比热爱，并由此创造出了与众不同的科幻意象。我觉得，写科幻就是要按照自己喜欢的感觉和方式去写。首先只有能被自己接受、能够打动自己、自己觉得写得舒服的，才有可能是好的作品。从这个意义上，这些年轻人的作品，可以说反映了科幻的初心。

新时代的中国科幻还需要更多的时间来沉淀。但保持初心无疑是它当前最重要的追求之一。我希望能有更多的年轻作者，能够不凑一时热闹而更多地学习，能够找点时间去甘于边缘化，能够安安静静地坚持纯正的科幻写作，能够不自我设限地作天马行空的自由想象，用以表达自己的真情实感和对宇宙人生的认真思考。这就是中国科幻"NEXT"的希望。

海盗海螺

郝 赫

我第一次见到大海，大概是七八岁的样子，准确的年龄已经记不清了。总之，那天我一个人在沙滩上挖螃蟹，不过直到夕阳渐落，也没能捉住一只，或者说连找都没有找到。可我并不沮丧、失落，因为我捡了小半桶贝壳。当然，大部分是那种平平无奇的白色小贝壳。

然而，就在我准备回家的时候，最后一锹却挖出来一枚硕大的七彩海螺。我从未见过那么漂亮的事物，记忆中那海螺是发光的。我惊叹地把它举起来。在夕阳下，它越发耀眼。

"这是你的宝藏。"

"什么？"我转过身，看见一个海盗。具体样子已经记不清了，但我知道那就是个海盗。

"我说那是你的宝藏。"他向我走来。

"你要把它抢走吗？"我问。

"不，我有自己的宝藏。"他说："而且你的宝藏对我来说，并不值钱。"

我听不懂他的话，只能把海螺紧紧地握在手里，默默地藏到身后。他则自顾自地说着，讲了一大堆，像绕口令似的，什么每个人的宝藏都只是他自己的宝藏。可我觉得他是为了骗走我的海螺。

　　"那你要干什么？"我边说，边和他拉开距离。

　　"感受你找到宝藏的喜悦。"他兴奋地张开手臂。"这太难得了，知道吗？并不是所有人都像你一样幸运。当然，小孩子是更容易发现自己的宝藏。但还有些人终其一生也找不到自己的宝藏。尤其在这样乱糟糟的年代，就像大海卷着海浪，不管你愿不愿意，海浪都会把沙子抛上来，掩埋掉你的宝藏。让你耗掉所有精力，仍然一无所获……"

　　我当时怎么想的已经记不得了，有些害怕和慌张，于是转身就跑，连桶都不要了。

　　而那名海盗，应该是海盗吧，依旧大喊大叫，还试图唤我回去。最终，他挥舞着拳头，高喊"一定会找到自己的宝藏"，消失在夕阳里。

　　至于我捡到的七彩海螺，在几天后就被父母扔掉了。我那时才知道，在他们眼里，那不过是个臭螺，不仅脏兮兮，还破了个洞。

　　……

　　好吧，上面这些都是胡编的。只是希望这本书里的几个故事能让你拥有找到宝藏的喜悦。又或者只是本胡言乱语的臭螺。

目 录
Contents

警报解除

当防御警报响起时，张动正躲在农场的最顶层，反思着自己的家庭关系。几场争吵下来，他的心里充满了怨愤。或许就像本说的，该独立了！

然而，没等到采取行动，他就被突来的巨响惊得跳了起来。举目四望，却没瞧见边境线上涌起烽烟。难道在稍远的南边？那里毗邻"幼儿园"，按理说应该是最安全的。他爬上更高的雨水收集器，仍一无所获。

警报又响了几声，便戛然而止，这有些不寻常。他激活附脑，却连不上卫星。应该是正掠过近地轨道上的凯斯勒碎片区，信号因此被散射了。没时间再自顾自怜，他得尽快赶回去，哪怕还未想好该如何面对父亲，这种预知的尴尬让他莫名地烦躁。狠吐了一口气后，他便从楼顶一跃而下。

农场曾经是座摩天大楼。旧秩序崩溃后，这样的建筑大多荒废了，不少社区便拿来建设立体农场。这附近社区的技术都源于一个农业同好者圈子，他们在"幼儿园"的西南边有个小聚集地，那里曾经森林公园，所以张动更喜欢叫他们"德鲁伊"。

这算他的恶趣味，为相邻的社区起绰号。从西面开始，依次是精灵，一伙对美的追求几近变态的家伙。女儿国，都是蕾丝边及女权主义者。还有梦幻岛，瘾君子的聚集地，也是医用大麻的主要产地。这期间还夹杂着不少更小的社区，都是这些年几个较大社区解体后独立出来的。不过有些还未等想好绰号，就在社区间的战争冲突中被兼并或是泯灭了。

接着是伊甸园，最大的宗教社区。之后是丐帮，不过那群无所事事的醉汉被从伊甸园里独立出来的极端主义者干掉了。那是些宗教疯子，高喊着世界末日论，与所有接壤的社区都有冲突，就像是"疯狗"。再往南，最大的社区便是幼儿园，那里有一群离家出走的半大孩子。张动对他们有所抵触，因为他总会想起自己那个沉默寡言的儿子，而这也是他和父亲的另一个争吵点。

下落的速度越来越快，眨眼便划过畜牧区，张动却难得心平气静。他边估算着距离，边舒展开身体，随后猛地抬起头。然而反重力开关却并未被触发。

该死！这套自己攒的设备还是出了问题，环绕在躯干的超导体没有被激活。他只能暗骂着高扬起脖子，用力地拍打几个关键的连接点。直到他感觉头皮发麻，似乎马上就要被大地吞噬时，才"嘭"的一声止住落势。但气压的剧烈变化和骤停，让他的五脏六腑都翻腾起来，耳朵里更是嗡嗡作响。

不过，未等他松口气，斜上方的楼体就炸裂开来。菜叶裹着碎石四处飞溅，泛起的烟尘遮不住牲畜们惊慌的叫声，空气中弥散着烧焦的味道。

是微波武器！如若不是刚刚的小故障，恐怕自己已被击中，瞬间熟透。但扩散的余波还是扫到后背，火辣辣地疼。身上的电控件也都失了灵，连附脑也被迫重启。

然而，张动顾不得这些，借着跌落的势能，迅速地翻滚进农场一层的入口。随后便听见有人在大喊："散射！散射！你把能量都浪费了。"

奔跑的脚步声继而响起，向农场围拢过来。很快，对方便汇合在一起，然后是谩骂和争吵，差一点起内讧。这让张动缓了口气，并对他们有了大致的了解：对方有七个人，分为两伙，梦幻岛和疯狗。

可他们怎么会勾搭到一块？又是如何越过岗哨潜进来的？还有他们目的性似乎很强，直奔自己而来，而这又是怎么回事？蜂拥而出的疑问让张动原本就头疼的脑袋越发地混沌，但急需解决的是眼前这伙暴徒。于是忍着背上的灼痛，他向地下跑去。

"他在那！"追踪者紧随其后，扫射过来的子弹把四周生长的菌类打得粉碎。

这层种的都是孢子植物，这为他争取了不少时间：潮湿的苔藓和地衣让本就迷迷糊糊的瘾君子们接连摔到，滚成一团；基因工程的巨大化蕨类更是提供了良好的掩体；而被打爆的孢子，则混合着上层爆炸落下的生物炭及水汽，扰乱了枪手的视线。流弹击不穿衣服的纤维，但还是打得他龇牙咧嘴，只能使足力气冲进地下室。

那里是曾经的停车场，随着农场一起被改建成了微生物处理中心，里面有循环水净化系统、各种垃圾处理区、有机物分解池和一个小型的沼气微电站。密密麻麻的粗细管道贯穿其间，很多地方需要靠爬行方可挤过，再搭配上昏暗的灯光，这里将会成为用来伏击的完美的地下丛林。

他爬进工具间，抽出最大号的管钳。那东西比小臂长，沉甸甸的。据安装设备的德鲁伊说，这是应对自动系统宕机时的备用手段，又或者可以用来抗击侵略者。

瘾君子很好对付，即使正面遭遇，他也有信心在几个回合内放倒他们。可问题是怎样解决疯狗。好在对方只是一群临时组建的乌合之众，两伙人甚至还矛盾重重。

这一点很好利用。在悄无声息地做掉两个瘾君子后，梦幻岛剩余的两人终于爆发出瘾君子特有的神经质。他们歇斯底里地大喊大叫，认为这是宗教疯子设计的圈套。当然，疯狗也不甘示弱。在他们看来，敢于向他们拔刀的就都是魔鬼，何况极端的教义更是号召他们要净化一切。张动则窝在不远处，适时开了一枪（瘾君子身上的战利品）。之后便如同过年的鞭炮，枪声、叫喊声、子弹打穿管道和骨头的声音不绝于耳。

待尘埃落尽，他才探头出去。瘾君子都成了筛子，被打得看不出人形。疯狗的战斗服倒是挡住了大部分的伤害，但却保护不了脑袋。血和碎肉混合着滴落的污水、尿汤四处流淌，尚未脱硫的沼气也把空气熏得臭烘烘的。

还有个疯狗活着，但已时日无多，躺在臭水里一个劲儿地吐血泡。张动小心翼翼地走过去，踢开他身边的武器，问："你们是怎么混进来的？"

"傻……"对方瞪着眼睛，声音含糊不清，看起来就像一只待解剖的青蛙。

"你们是奔我来的？"

"神罚……诸恶净化……傻……"

张动耸了耸肩，却牵痛了身上的瘀伤。他也意识到想要和宗教疯子正常的交流，根本是不可能的。真是难为那伙瘾君子了，竟没在一见面时就打起来。

地上的枪基本都已打空，剩下的子弹规格还不尽相同，所以他只好换了把相对多的背在肩上。一台便携式高频电磁脉冲发射器倒在一旁，从亮起的信号看，能量已经耗尽。这应该就是袭击他的武器，真正的好东西，可惜控制单元在混战中打烂了。他暗道可惜，像这种大杀伤力的军备武器，现在已经很难搞到了。尽管技术还在，但没有哪个社区会分出本就不多的资源，来生产这些消耗品。或许除了疯狗。

他扫了眼还在骂骂咧咧的疯狗，不由得庆幸。如果是散射模式，现在躺在地上惨兮兮的就是他了。

"疯子真不该和瘾君子搞到一起。这主意真蠢！"他撇了撇嘴。之后，不等对方骂出声，他便抢起管钳，照着下巴狠狠来了一下。四周沼气的味道已浓得让人窒息，而且也没必要浪费一颗子弹，这家伙马上就会驾着沼气去见他的神。

不过之前短暂的警报声并没让多少人警觉，毕竟除了和疯狗发生小规模的边境冲突外，这里已安定太久。这是父亲的功绩，他一手建立了这附近最大的社区。尽管不时会有一两伙新成立的同好圈子独立出去，但相对安稳的环境，还是让它在不断扩大。这也成了父亲一直固守那些老旧观念的资本。家庭纽带！如果这个真的有用，母亲也不会跑出去和其他人建立新的社区了。

张动能猜得出，父亲的观念多缘于对幼年时父母行为的自省。无论是维系家庭还是反唯技术论，本身并无问题。可随着年岁的增长，父亲却变得越来越极端偏激，尤其是母亲离开后。曾经就因为喷涂附脑的问题，父子俩大吵过不下数十回。他甚至怀着恶意想象，与人吵架已成了父亲活着的必要条件，所以自己才会代替母亲成了争吵的对象。

农场的战斗终于引来了关注，又或者是因为微电站沼气管泄露导致的停电。不管怎么说，已有人拿着武器走出家门，围拢在一起。其中一个瞧见奔跑的张动，便向他大喊："怎么回事？"

张动认识他，和本都同属于清扫小组。"是疯狗，"他停下来说："他们潜进来了。"

"边境被攻破了？"有人惊呼起来。

"没有！"张动不得不提高嗓门说："边境没问题，但鬼知道是怎么进来的。不过你们最好赶过去，别教他们从内部冲击了岗哨边境。"随后又试了试附脑，可仍然没有信号。

"都有附脑吗？"他问。在估算了点头的人数后，接着说："如果可以，分组行动。有附脑和没附脑的搭配一下，在搜到卫星信号后方便联系。潜进来的应该不多，但还是得清理一下。万事小心！"

"你不和我们一起？"之前的男人问。

"我得去瞭望塔看看，警报响得不正常。另外，我还得去找我老爸。"

"那好。一有信号，随时联系。"

张动点点头，又向分配好的小组叮嘱道："记得叫上更多的人，我们得做好全面战争的准备。还有，要注意瘾君子，他们可能和疯子搞到一起了，最好能有几组过去看看。"

"放心吧！"大家都情绪激昂。这或许是社区化的唯一好处。所有人会因兴趣爱好或者共同理念团结在一起，发挥出最大的主观能动性，还能一呼百应、同仇敌忾。但坏处是一旦决裂，便不死不休。

"对了，知道本在哪儿吗？"张动在男人离开前问。

"不清楚，今天我轮休。估计会在北住宅区那儿清理太阳能板。"

那和瞭望塔是两个方向，所以只能等卫星联通后，再与本联系。

张动一直觉得本是他们中最具想法的，很多问题都可以快速地找出应对方法。原本他们还计划修建几个信号站，用来维持卫星途经凯斯勒碎片区（那些密密麻麻的人造卫星最终没逃过凯斯勒的预言，相互碰撞后的细碎垃圾成了一道不算宽的星环，只有少数卫星免于此难）时的网络连接。这主意不错，本的想法，但却被父亲制止了。他反对一切能架构网络的技术，包括附脑和卫星，认定这是使旧秩序崩溃的根源——正是碎片化的网络社交让人变得淡漠，除了同好者间的相互吹捧外，甚至不会再去交流。而当这些成为生活习性，并辐射到现实时，灾难便发生了。

张动无法正面反驳，尽管他知道，把一切后果简单地归罪于一两种事物上有失偏颇，但自己毕竟未曾经历过那段混乱的时期。

越来越多的人被呼喊出来，他不厌其烦地向遇到的每个人发出警告。这样，不管疯狗是如何进来的，至少他们没法再暗中使坏。

这时，他瞥见旁边胡同里几个闲逛的身影，个子都不高。悄悄地走过去后，他才发现是几个孩子，而自己的儿子也在其中。

"你们在这里干什么？"他跳出来，声音不自主地提高了许多，耐性也仿佛一瞬间消耗殆尽。几个孩子也被吓了一跳，续而低下头来，默不作声。

又是这副鬼样子！每当他想和儿子说点什么的时候，对方就只会这样低头摆弄，没有回应，亦不会反驳。后背的灼伤又开始一跳一跳地疼，他不由得有些暴躁。"还愣着干什么？刚才没听见警报吗？赶紧回家躲好！"

孩子们却仍低头不语，但张动猜他们是在窃窃私语。这是从幼儿园传来的消息：大部分新生代的大脑都发生了突变，能够接受彼此间的脑电波。不过无从考证，如今的社会也没有那么多资源和专业人员来从事研究。而孩子们也确实是像另外世界的人类，难以沟通。天知道，他们往来的脑电波里都在传递什么内容。

他忍不住要再次喝斥时，其他几个孩子耸了耸肩，颇有些怜悯地看了眼儿子后，从他身旁挤了过去。

"别乱跑，小心误伤！刚才我就差点儿以为你们是疯狗。"他冲着孩子们的背影喊，随后一把拉住也想离开的儿子。"你和我在一起。"

儿子难得抬起头，与他对视了一下说："你最好到北面边境看看。"

"还轮不到你操心，小子！现在老老实实跟在我后面，直到为你找到安全的地方，知道吗？"话一出口，他便有些后悔，因为儿子又变回了老样子。只好尽可能地放慢语气问："那你出门前看见爷爷了吗？"

儿子没有回答。

"好吧。"他使劲捶了捶额头，已无心再问下去。之前的愧疚已被怒火取代，后背也越发疼痛。他想不通这到底是谁的错，甚至一度归罪于当年从女儿国买来的卵子。

父子俩都不再说话。世界也仿佛一同安静下来，渐渐地凝固，重得连时间都被压长。直到警报声再次响起，张动才从离散的思维中脱离出来。

"快走！"他拽起儿子，向瞭望塔奔去。那里肯定发生了变故！

而说是瞭望塔，但其实只是个两层高的建筑，或许称为监控中心更为恰当。旧秩序遗留下来的监视系统，在翻新后被安装在四周的边境线上，实时图像便集中在这里。父亲对此原本颇有微词，但碍于民心所向，不得不妥协。毕竟无需再安排二十四小时的巡逻队伍，节省下了大量的人力和资源。这可能是在与父亲的正面较量中，张动唯一一次取得胜利。

不过疯狗的出现，让监视重心向西南偏移。很多监视器从相对平和的边境线被转移到了那里，甚至建起了岗哨。所以今天的入侵十分蹊跷。

瞭望塔已近在眼前。然而不等张动靠近，一队人马就呼啸着从里面冲了出来。疯狗吗？他连忙将儿子护在身后，端枪戒备。

"你在这干吗？没听到警报吗？"父亲一脸阴沉地从对面走过来。

他这才看清冲出来的都是自己人，个个全副武装。父亲更是穿上了当初服役时的外骨骼盔甲，这让原本有些佝偻的身体变得高大了许多。他不得不仰起头才能和父亲对视，却不免弱了气势，尤其上一场争吵的余温还未彻底冷却。烦躁的情绪开始搅动心海，尽管有所准备，但尴尬和愤恨还把胃绞得生疼。他尽可能放慢语速说："听到了，所以过来看看。"

"有跑过来的时间，你不如去边境瞧瞧。"父亲哼了两哼，又瞄了眼孙子说："还好，你没忘了父亲的责任。"

"我一向知道！"他有些恼火，语气也变得硬邦邦的。父亲就是这样，没弄清原委就指手画脚，甚至将儿子的古怪性格归结到教育上，说他没尽到父亲的责任。可如果他也尽到的话，自己就不会和他吵个没完。

而张动选择抚育下一代，则更多是为了父亲。家庭纽带，在母亲离开后，他便希望能做些什么。然而，父亲不理解这些，他只会去批判这种非自然生育的不道德，认为责任缺失，却意识不到一切的源头都是他失败的家庭。这对应到他坚持的理念，真是莫大讽刺。

张动不愿再争吵下去。他已打定主意在将疯狗赶走后，便与本独立出去，建立个新社区。不过儿子的归属是个问题，这也是他迟迟没有答应本的原因。或许儿子更愿意加入幼儿园，毕竟比起祖父或是父亲，那些孩子才是他的同类。

"那你最好把他安顿好！别像郊游似的带着儿子闲逛，入侵者可不是只会吃萝卜的兔子。"父亲说完，便扭头迈步离去。许久没用的盔甲每走一步都发出扑哧扑哧的漏气声，把人摇晃个不停。

"没错！他们还有高能武器，以及一条连我们都不知道的暗道。"他大喊道。

父亲皱着眉停下来。显然，他还不知道这些。

"边境目前没问题，很多人也在赶过去，不过有一伙宗教疯子从暗道进来了。而且……"张动想了下，最终没提之前伏击的事，而是说："而且北面那些瘾君子也有参与，所以我怀疑暗道可能不止一条。"

"如果只靠你那套漏洞百出的边境监视系统，的确有可能。"父亲嗤了一声，"好在我这样老家伙还懂得事必躬亲，每日都会巡检边境，所以绝不可能有什么暗道。"

"可他们是怎么进来的？"

"那你应该去问，那层喷在你大脑皮层上的单分子层计算机。"父亲点着太阳穴说："它不是还可以连上那几颗破破烂烂的卫星吗？还有你那些能够共享信息的伙伴呢？难道都和监控站一样，被炸掉了？"

"什么？"张动怪叫起来，只觉得气血上涌，胀得头顶上的青筋跳个不停。他发现抱着和父亲正常沟通的想法，简直是蠢透了。不过还是深吸了口气，压住瞬间涌起的怒火。"炸掉了？什么意思？"他语速快得惊人，调门也高极了。

父亲不耐烦地摆了摆手。不过，其他人给出了解释：两个疯狗堵住了二楼，在打光所有子弹后，便叫嚣地引爆了身上的炸药，伤了不少人，还炸飞了监控室。好在警报器是气动的，只需鼓风便能重新工作。

"这不像他们的作风。"张动又想起那场伏击，后背的灼伤也开始隐隐作痛。"疯狗从不会这么安安静静地行动，他们恨不得让全世界都知道，而且他们对我们的设施也过于了解了，这不正常，我怀疑……"

"那你更该去问你的附脑网络。"父亲打断道："我记得以前和你说过，无线技术很容易泄密。你能黑进卫星，别人就不能？"

"这不可能，那解释不了他们是如何潜入的，所以我怀疑有内奸。"

"够了！我要是你，有诋毁社区的时间就去保卫边境了，而不是在这儿玩什么侦探游戏。"

"哈！又不是没人被他们洗过脑！"他与父亲互不相让地对视着。"况且这里要真是那么好，我妈也就不会走了！"

父亲瞬间涨红了脸，尽管包裹着外骨骼盔甲，但仍能感受到他剧烈地颤抖。张动也冷静下来，怒火退去，可留下来的只是一身的臭汗和煎熬心底的懊悔。他突然意识到自己早已和父亲变成同一类人，每每都用语言的利刃将彼此刺得遍体鳞伤。所有的内脏仿佛都搅在一起，痛得让嘴里泛起苦味。他只能硬着头皮，试图分散注意说："这样……一切就说得通了。那些疯子的潜入，还有开始时不正常的警报，都是敌人蓄意破坏的结果。"

然而父亲却一直瞪着眼，没说话。在喘息片刻后，便忿忿地离开了。

张动没有随众人追上去，所有的精力都已被榨干。他变得浑浑噩噩，对一切都失了兴趣。甚至在想，若此时冒出个疯狗给自己来上一枪，说不定还是种解脱。不过身旁的儿子让他强打起精神。

"听着，我刚刚和爷爷只是……"他蹲下来，想对争吵做番解释，却一时找不到合适的词句。不过儿子仍是那副神游物外的样子，似乎根本就没在意发生的一切。他松了口气，揉揉儿子的头顶，略带自嘲地说："我也只能去北面的边境了。"

在那里应该能遇见本，然后就独立出去。从这里远远地逃离，或许才是解决问题的最好办法，就像母亲那样。

胡思乱想时，儿子突然说了句话，他没听清。"什么？"

"北面！"儿子没说完，就跑起来。

"别乱跑，给我回来！"

他没想到儿子跑得那么快，等追赶上儿子，他已深入北住宅区了。

这里住的人不多，主要是一些新加入者，不过搭设的太阳能微电网却为社区提供了近四层的能源。附近的建筑都贴着太阳能板，但很多上已落满了脏污。这会影响转化率，所以本的主要工作就是清洗它们。

可惜附脑仍连不上卫星，没法与本取得联系，而不时响起的枪声更让他眉头紧蹙。那群该死的瘾君子。他暗骂一句，拉住儿子，低声说："找个安全地儿，老实待着。我过去看看。"说完，便端起枪，向交战处跑去。

战斗应该持续一段时间了。能看得出，入侵者原本已突进来很远，但又被阻击了回去。一路上到处是散落的太阳能板碎片，不少房屋被炸塌，裸露的墙体更是布满了弹孔。他弯下身，忍着背上的伤痛，谨慎前行。一些残垣下有摔倒的尸体，有疯狗的，也有附近居民的，其中还有一两个半大孩子的。

畜生！他不由得加快脚步。

不过枪声处却只瞧见一伙疯狗，边退边向着四周的掩体扫射，其中一个还向路过的胡同里扔炸药。张动就险些被炸起的土石砸到脑袋。他猫腰滚进旁边的掩体，待尘烟散尽，才一跃而出。

疯狗显然没想到还有人会冲出来，错愕间，已被他放倒两人，可惜枪法不佳，均未打中要害。但这打破了某种平衡，四下里响起其他枪声，续而几个疯狗哭号着倒地。不少人陆续从掩体后冒出头来，加入反击的行列。不过这些人大部分是孩子，有一两个正是之前和他儿子待在一起的。

张动没由来地感到一阵愤怒。他冲过去，向每一个倒地的疯狗都补了一枪，却也陷入危机。仅剩的两个入侵者正拿枪对着他，可偏偏大脑一片空白，就仿佛被从世界中剥离出来，成了这场战斗的看客。所有的细节都变得清晰，甚至可以听见疯狗还未脱离唇边的咒骂和扳机扣动时划出的声响。

他下意识地闭上眼。枪响后，倒地的却是疯狗，其中一个被爆了头。

"没事吧？"一个年轻人从后面跑过来，左边脸上有一枚植入式的动态文身，是个带项圈的长舌鬼。

他咽了咽吐沫，点点头，却忽然瞧见受伤倒地的疯狗想要拉响身上的炸药。没等他惊呼出来，年轻人就回身补了一枪，随即又向对面的一个孩子竖起大拇指。

"小手段。"年轻人看出了他的疑惑，笑着说："就像你们利用附脑或是老式的穿戴设备一样，我们可以用脑电波共享彼此的信息。"

"新生代？我好像没见过你。"

"的确。"年轻人笑得更灿烂了。"我叫井上，从南面来。"

幼儿园？张动有些不自在，没理会对方伸过来的手，而是沉着语气问："你是来拐这些孩子的？"

"不。"井上举起手，"我只是个老师。他们最终想去哪儿，需要自己决定。"

"老师？来洗脑的？"

"你对我们的成见还挺深。"井上的嘴又咧大了不少，露出两排闪亮的牙。"不过我能理解，很多人甚至觉得我们是怪物，所以这也是我来的目的。教会他们正确使用能力，以及如何与其他人正常沟通。"

张动想起儿子，蹙起眉头说："显然你教得并不好。"

"得一点点来，何况这种突变还发生在本就叛逆的青春期。"井上说：

"换做谁被突然扔进另一世界，都会性情大变。不过一旦适应，又会与外面的世界格格不入。因为脑电波传递信息的速度和光一样快。它完全不受硬件和软件的限制，除非你脑死亡，否则不用担心凯斯勒碎片区或者设备能源问题、电磁干扰啥的。不过距离确定存在限制问题，好在我们每个人都可以作为一个基站，这样组建起来的网络就十分庞大了。"

张动从没遇到过如此健谈的新生代，不免有了一种不真实感。"你很适合做老师。"他说。

"谢谢！不过更多时候还需要你们的谅解。其实，不是我们不想去交流，只是因为你们太慢了，跟不上我们处理信息的速度。"

这话听着耳熟。在与父亲就搭建瞭望塔而发生的争吵中，张动表达过类似的意思。而如今看着面前的年轻人，他感受到了来自整个世界的嘲讽，却只能极不舒服地问："你似乎没什么问题？"

"训练的结果。"井上说："这正是我要教的。你也知道，现在很难汇集大量的资源来做研究。不过我们还是大致明晰了，外放脑电波的频率要更高，且会被大脑优先处理，而训练就是有意识地降低对它的关注度和优先级。"

"我还以为你们会有更高科技的手段来屏蔽呢！"

"常见的想法。人们总是喜欢去改变别人，而不是自己。不过这阻挡不了进化的脚步。估计从平板设备发明起，更灵活的手指运动就在促进大脑进化了。另外，我还在研究死亡金属为啥能在旧秩序大崩溃时成为主流。除去社会因素，这很可能和脑电波频率的变更有关，因为人类会更喜欢那些与脑波频率相近的旋律。"

"那不是旋律，只是噪声。"张动有些不耐烦了，一会儿还要去找儿子。而且刚才的遭遇战也有问题：疯狗不再像伏击时那么有秩序了，而瘾君子又都跑哪儿去了？

井上耸了下肩，在向不同方位的几队孩子点点头后，解释说："他们要去追击残余的入侵者，还说北面的麻药区似乎有什么变故。"

"什么？"张动跳起脚来，"这不是他们该干的。"

"从配合上讲，其实他们才更像战士。另外，别忘了，刚刚正是他们保卫了你们的北线。"

"我们不需要没长毛的战士。"张动把手里的枪调成连发模式，"你该庆幸，在这没被当作奸细干掉。"

他跳上高处，招呼起打扫战场的成年人，准备去追赶孩子们。但很快又跑回来问："你能联系上一个叫张放放的孩子吗？"

"稍等。"井上低头闭眼。"我认识那孩子，你儿子？"

张动却自顾自地说："问问他在哪儿。让他老实待到我回来。"

"哦，他说发现了你们那边的叛徒，正在监视中。"

见了鬼了，这帮熊孩子！张动瞪大了眼。"让他藏好！告诉我地址。"

可井上却撇了撇嘴说："显然，他想要单干。"

张动跳脚大骂。

这时，附脑突然有了反应，卫星连上了。那一瞬间，他仿佛听见无数人一同在他脑子里欢呼。随后，大量的信息冒出来：疯狗那侧的边境没有问题，沿途也未发现其他入侵者。很多人第一时间就得到了这边的消息，正在赶过来。

他没理会这些，而是打开定位程序，搜索儿子。但受附脑处理速度的影响，只能一点一点来。接着又联系起本，可直到发出申请的第三次，对方才接通。"在哪儿？"他问。

本气喘吁吁地说出地址。很近，在他过来的路上。

"你怎么了？"

"没事，刚做掉两个入侵者。"

张动点点头。"我现在往你那儿赶。但有个问题，我们里出了内奸。这次疯狗的袭击估计就和他脱不了干系。"

"你怎么知道？"

"不正常的地方太多了。而且我儿子说他发现了，正监视着呢。"

"这是真的？"

"八九不离十，所以我得先找到他。"

本沉默了一会儿，才说："我想我会先找到他。但这对我们来说，都不会是好消息。抱歉了！"

张动被这没由来的话说得一愣，可本已掐断了连接。随后就听见井上在身后大喊："放放说，那家伙儿叫本！"

开什么玩笑！他觉得整个脑袋都炸掉了，木得嗡嗡作响。等反应过来，便像头发了疯的犀牛，撞开挡路的一切，径直冲了过去。无论真假，他都得去搞个明白，越快越好！

他一遍一遍地呼叫着本，却始终无法接通。难以抑制的暴躁情绪喷涌而出，而且随着每次呼叫声而扩大一分，直到填满整个胸膛，憋得他喘不过气来。

"本！"他最终像个被吹爆的气球般大吼出来，而眼前的景象也粉碎了他最后的一丝幻想。本正用枪对着摔倒的儿子，在看见他后，便跃过去夹起儿子，胁为人质。"站在那别动，扔掉枪。"

"为什么？"喘息让后背的灼伤痛个不停，他几乎说不出话来。

"我让你扔掉枪！"本用枪顶了顶儿子的脑袋。孩子显然吓到了，面色苍白，颇为无助地看过来。

"别怕。"张动照做了，而后摊开手，觉得足够平静后才问："为什么？"但愤怒仍在五脏六腑间翻腾。

"为什么？你不知道？"本冷笑起来，"你不也厌恶这里的一切——陈旧的观念和虚伪的人群？就像你讨厌指派的农活，这里的太阳能板也同样折磨得我发疯。我的人生不应该这样！"

"我们已经准备分出去了！"

"别和我提这事！"本大声地打断，"我受够了你的婆婆妈妈，若你早下决心，我也不用出此下策。你知道记录下不同卫星经过凯斯勒屏蔽区的时间有多么无趣吗？而且还得归纳它们的重合区。还有，你知道说动那些瘾君子和疯子有多难吗？"

"是你促成的？那还真不容易。"

"不容易？你根本就不懂。本来这群白痴是要趁着通信中断，执行斩首行动的。之后，我再带领其他人击溃他们，建立新的社区。"

"所以一开始的目标就是我？"

"不。目标从未变过，是你家老爷子。而你的作用只是这个。"本晃了晃儿子，"家庭纽带嘛，他会乖乖就范的，就像现在的你。而以我对你的了解，你比老爷子要好对付得多。"

张动突然意识到他根本不了解自己的朋友，眼前这个人已变得如此陌生。"我还以为我们是三观相同且兴趣相投的朋友呢。"

"一度是，可你眼界太小了。"本歪着头说："你所有的不满都仅限于家庭和代沟，想独立也不过是为了逃避，却意识不到碎片化的社会才是加剧矛盾的根源。资源变得越来越有限，人类再也无法发展进化。那群宗教疯子宣扬的人类末日早晚会变成现实，除非结束这种无政府的状态。现在需要有人来管理社会，调配资源。"

"你确定没嗑药？"

"我不是在说笑！觉醒这种意识的人已越来越多，哪怕是瘾君子。"

张动这也才发现本的身后，还躺着两具尸体，于是借着伸脖查看的动作向前蹭了几步。

"别搞小动作！"本紧了紧夹住张动儿子的手，"本来我们是一起合作的，但宗教疯子把一切都搞砸了。这个白痴说他能掌控住疯狗，结果却连老窝都被端了，反倒不知死活地要找我问责。所以你们运气不错，如果这群家伙儿稍稍正常点，胜利的就是我。"

张动听不懂这些胡言乱语，但可以肯定对方已经疯了。"你们既然是同好者，为什么不聚到一起，再建个社区？"

"你已经蠢到理解不了我的意思了吗？一个政治同好者社区，我们该领导谁？只有整合不同的社区，才能恢复曾经的秩序。你想象一下，资源被有序地利用，而不是零散地浪费或是消耗在无谓的社区争斗中；成千上万的人会集合在一起，那将是怎样的力量？可以开天辟地，重拾旧有的荣誉，甚至再度冲向太空，探索深处的未知。"

"那你得先把那圈垃圾清了。"他紧盯着越来越激动的本。本激昂的演说像是某种宣泄，让对方开始手舞足蹈，动作也渐渐变大，直到有一刻，胸门大开。

机会！他猛冲上去。在对方回枪前，抓住儿子，一把夺了过来，又借势狠狠地将本撞了出去。而他却被抢过来的枪身砸中鼻子，险些晕过去。

　　"快跑！"他咬着牙，把儿子甩向身后。那里有坍塌的土石可以当作掩体。然而鼻子和后背的伤痛让他慢下来，仅跑了两步，就在枪声中觉得小腿一凉，跪倒在地。

　　"别动！还有你，小家伙。"本有些狼狈地走上来，半个身子都蹭满了土。"下一枪可就不会这么客气了！我知道你那衣服能挡住流弹和箭矢，但别忘了，这种曾经的军备材料可是我们一同发现的。所以这么近距离的直射，仍能打得你满身开花。"

　　"你已经失败了，本。为什么不放手？"张动慢慢地把手举过头顶。腿已没了知觉，很难再站起身来。他瞥见儿子在低头摆弄。在联系小伙伴？他不知道附近的楼里会不会隐伏进一队孩子兵，但从附脑收到的消息看，大队人马还需要一段时间才能过来。

　　"为什么？"本一脚将他踹倒在地，"还不是你家把我逼的。本来把这两个送上门的知情人干掉，我还能瞒下来，再找机会。但你们爷儿俩，一个怀疑有奸细——我了解你，动子。你认准的事肯定就要弄个水落石出；一个又偏偏偷听到不该听的。你让我往哪儿退？"

　　张动撑起身，看着已经歇斯底里的本，最初因他的背叛而燃起的怒火正渐渐变得平静。"离开这儿，去建自己的社区。"他给出建议。

　　"白手起家？我可干不了那活，更等不了那么长时间。在这点上，我难得嫉妒你。你和你父亲一样，天生就有号召人心的力量。"

　　"这么说，我该去伊甸园当教宗？"

"所以我说你格局太小。还是我们一块儿干吧，就像之前畅想的那样。我们会建成最强大的社区，接着就是组建政府，将人类社会推回正轨。而我们就是拯救世界的英雄，名垂千古！"

　　张动啐了一口，"你忘了刚刚对我们做了什么？"

　　"伟大的事业何必拘于小节，哪怕牺牲也在所难免。"

　　"但这不是你可以伤害我家人的理由！"他伸长了脖子大喊。

　　本仿佛受了伤害，抽动起鼻子，和他对视了片刻后，说："那真的很遗憾。"

　　尚有余温的枪口抵在额头，可张动唯一的想法却是如果父亲有附脑，这时倒可以向他道歉，但父亲绝不会在颅骨上钻个窟窿。一想到父亲谈及附脑时的激动表情，他就乐出声来，第一次觉得父亲那样子似乎有些可爱。

　　张动的儿子尖叫着跑过来。但张动已能感受到枪膛的滑动，于是下意识地仰起头。随后，整个人便腾空而起，速度快得像个被狠狠弹起的皮球。一向迟钝的反重力开关竟被触发了。

　　握枪的手臂被一同带起，惯性更是让枪脱手，远远地飞了出去。本一时间目瞪口呆，没等回过神，就被从后面袭来的子弹打得满身开花。

　　是父亲！他穿着那缺少润滑的盔甲跑起来显得很滑稽。

　　这时，他才用时间才看附脑中更新出的大量实时信息。入侵事件也基本明晰：本利用北境清扫的机会，破坏了那里的监控器，引领入侵者进来。瞭望塔发现了监控的问题，但也被他处理了。然而，找疯狗当雇佣兵实在不是什么高明的主意，不过最可怜的还是瘾君子。过于兴奋的疯狗小队（原用来接应、增援的）一冲动，灭了他们的老巢。

之后，疯狗又秉着末日教义，突破边境线，想净化这边，最终被赶来的新生代消灭了。

梦幻岛算了彻底没了，而在那里扫荡剩余的疯狗时，还遇上了伊甸园的护卫队。想也知道，这种事肯定少不了他们，不然怎会有那么些疯狗达到北面？好在双方都比较克制，相互示威后，便各自退开了。不少人认为这是伊甸园的阴谋，但缺少证据，只能在网络上发泄抱怨，或是幻想日后如何兼并他们云云。

张动没参与讨论。阳光从上面直射下来，照得他睁不开眼，直到被一个宽大的身影遮挡住。

"别偷懒，那么高还摔不死人。"父亲低下头说："不过最后那句说得不错，很高兴你终于认识到了这点。"

他苦笑了一下。连难得的称赞，父亲都是一副说教的口气。不过还是拉住对方的手，吃力地坐起来。所有的骨头都好像被重锻了一般，每动一下就噼里啪啦地响个不停。

"你怎么样？"儿子牵着爷爷，小心翼翼地问。

"还好。不过还得坐会儿。"

儿子只"哦"了一声，便又低下头去。父亲则将其拉走，说是要去问问这群孩子兵是怎么回事。但张动清楚，老头不可能问出什么，所以在往来人群里搜寻井上。

年轻人很好认，脸上的动态文身让他显得与众不同。在看见招呼后，便跑过来说："刚才你可真够猛的。"

张动摆了摆手。"我老爸想要了解你们，呃……"他一时不知该如何表达，只好指指脑袋说："但我觉得他们恐怕沟通起来不会太顺畅，所以如果有可能，希望你能帮个忙。他属于老旧派，还需要多担待。"

"你儿子和你还真像！"井上笑起来。"放心吧。这也是我们这个时代的通病，大家和其他人沟通都会存在问题。"

他道了谢，接着灵感乍现。"对了，你们变异的脑电波频率是多少？附脑能否在调整后，也接收到？"

"不知道。"井上说："但你真是个天才！这个值得集中资源来研究。"

"那算我一个。"不过他还没说完，便瞧见渐远的儿子，回身向这边竖起大拇指。"速度确实够快。"他抬头看了看井上，而后也竖起大拇指跟儿子呼应。

阳光仿佛把所有的阴郁都破开、吹散，除了不远处本的尸体，还昭示着生活中的残酷，但这也是以后的事情了。至少现在，他感觉轻松极了，情不自禁地笑了起来。

幼吾幼

我终究还是没忍住，在我妈床前和我爸又吵了一架，直到被护士撵了出去。每次都是这样，一谈到治病，就会不欢而散。好在中风后，我妈看不见、听不着，持续的植物人状态让她不会再介意爷俩之间的大嚷大叫和相互伤害。

我想不通他为啥不愿接受给我妈再造大脑皮层的治疗。这技术出现几年了，说不上百分百无问题，但临床经验绝对不少。虽然社会新闻里偶尔能见到一些质疑，可正面的例子更多。

是的，它价格不菲，但毕竟是一系列的手术，且用药特殊。首先要从患者的血液中提取出干细胞，然后混进一种蛋白汤（用来引导干细胞变成神经元），再注射回去。这个手术需要在颅骨上开个窟窿，除了注射外，还要插入刺激电极，使干细胞最终生长成神经元细胞，从而逆转大脑的死亡。

这都是医生说的。关于再生治疗，我能理解的也只有这么多。为此，他特意打了个比方，说手术其实和伺候花草一样简单。埋下种子，然后辅以适宜的水分（蛋白汤）、阳光（电极），便会开出新的花朵。

当然，这里面的维护费用更为昂贵，需要根据年龄、坏死情况多浇几次蛋白汤。谁让神经元细胞无法自然再生，只能依靠不断注射的干细胞。而最主要的是这些特殊药物，包括颅内的激光电极，都不在医保的报销范围之内。

不过费用不是问题，我和芳儿已经做好了准备，但我爸拒绝签字。所以很多时候，我觉得他不爱她，毕竟在我模糊的幼年记忆里，他们都彼此背叛过，能维持到如今，真心不易。

我原计划上午都在医院，可一看到我妈像尸体似的被人翻转、擦拭，还需更换尿片，以及如填鹅般在鼻子里插了根流食管子，便再也忍受不了。可我刚提起有关治疗方案，我爸就瞪着血红的眼睛让我滚蛋，说我没资格质问他。

这样也好，我不用看我妈的惨状。说真的，她就没跟他过过好日子。

而我也不想这么早去接芳儿。她在远郊一个闺蜜家，探望刚满月的婴儿。那些叽叽喳喳的姐妹肯定会关心我们的生活：母亲的病，生小孩的打算，以及如何平衡两者的费用，仿佛世界上除了这些就没有别的事了。

所以从医院出来，我便拐到县级公路慢行，看着世界从繁华到凋敝。除了偶尔飞驰而过的货运卡车，沿途已少有人迹。路过的村庄也没有鸡鸣犬吠，大部分房子缺门少窗，露出墙体里的青砖。倒是野花、开得繁茂昌盛，一朵朵颜色各异。

但我总觉那后面似乎隐藏着某种不为人知的恐惧，于是打了个寒战，没能注意到前方的大坑，一头扎了进去。猛烈的颠簸把我的头撞了个大包。我应该是嚎叫了好一会儿，才挣扎着下了车。尽管已有心理准备，可查看后，还是禁不住跳起来骂街。

这一天都毁了。右前轮爆胎，半个车头陷在坑里，没地方支千斤顶。只能将车拉出来，再行处理。我打电话到保险公司，可他们的救援人员要几个小时后才能过来。

我只好沿路折返，走回刚刚路过的村子，希望能找到人来帮忙。然而直到远离公路，才在一方院子前听闻人声。

院子的围墙上嵌着细碎的玻璃，防止人攀爬。正面有两扇对开的黑漆大门，其中一扇上有个一人宽的小门。大门旁边的墙体抹着粗糙的水泥墙面，上面尽是些丑陋的涂鸦。大门左边的门柱上挂着竖版的木制牌匾，上面工工整整地写着"得福爱心苑"。

我敲了敲门，铁皮的振动声格外响亮，惊得院子里一下子没了动静。

"有人吗？"我又拍了拍哐哐作响的铁门。

一阵鸡飞狗跳后，那扇小门被一点点拉开。门缝处挤出一张苍白的脸，四十来岁，发际线偏后，头顶有一个怪异的圆锥发饰。那个人戴着副眼镜，镜架上却尽是胶带补丁。

可没等我开口，他就大叫一声——"他没角"，而后一屁股坐在地上，像见了鬼似的，蹬着腿飞快地向后爬。

我也下意识地转回头，并看见没有别的人，于是试探着推门进去。左边有片空地，几个人躲在旁边的水泥管子后面。我挥了下手，准备走过去说明情况，忽觉身后风声乍起。来不及转头，便被一大坨脂肪扑倒在地。额头和肩膀都蹭了好大一块，火辣辣地疼。

"我抓住他了！他再也带不走我们了。"压在我上面的胖子大吼，身上的汗臭味熏得人几近窒息。接着，不断有人扑上来，叠压在上面，彻底让我无法呼吸。

伴着男男女女的争吵和尖叫，我觉得内脏和肋骨已经快碎了。他们太沉了。迷迷糊糊间，叠罗汉的人被推开，新鲜的空气将我重新唤醒。

"你没事吧？"一个女人把我拉起来。她不算年轻，短发，一身蓝色工装，右脸上有几道淡淡的疤痕，显得凶巴巴的。

我觉得自己快成纸板了，愣是好半天没说出话来。面前站着几个人，有男有女，高矮胖瘦，参差不齐，年龄跨度更是巨大。每个人都顶着那个滑稽的头饰，估计就是所谓的角。正手足无措地排成一行，给人一种难以形容的违和感。

"道歉。"扶着我的女士说。

"可他是来抓我们的坏蛋！他没角。"打头的胖子说。他五十来岁，白白净净的，但我想我这辈子都忘不了他身上的味儿。

"他并不是所有的没角的，差点儿被你压死，得福爸爸也没有。道歉，所以你得。"女士有些语无伦次，身子似乎被气得颤抖。

胖子不情愿地走过来，摊开手说："要多少钱？我赔。"

我还没完全弄懂他的意思。其他人便依次说了些莫名其妙的话，其中两个还是一嘴的河南口音。

不过女士似乎很满意他们的"道歉"，转过头对我说："爱心捐献的？欢迎！"

当听见两个鬓角发白的半大老头叫她姐姐时，我便大致猜出这里可能是某种福利机构。一群疯疯癫癫的病人，被社会遗忘，缺少必要的资源。但很显然，这里有误会，我并非来献爱心的，也没那个精力，家里的事情已够让人挠头的了。

我按着擦伤的额头，委婉地说明来意，以及想获得的帮助。女士皱起眉，沉默了好一会儿，才说："你来早了。还没回，得福爸爸说过你带了什么物资吗？"

她没听懂我的意思，我不得不重申了来意。

"哦，是的。都得等他回来参观，你可以先四处看看。"说完，她把我领向院中的三层小楼。

和北方村落里常见的自建楼房一样，一楼是起居室，餐厅和被改成活动房的主卧，楼梯后面通往厨房。二楼的房间都是卧室，正对楼梯的便是得福爸爸的房间。

"窗外是大伙的花。"她说。

这里能看到后院。确实有不少的花，但看起来和外面的野花没什么区别。而通往三楼的楼梯要阴暗得多，上面不时有声音传来，听起来像是被风困在了屋顶。

"上面还有人？"

"别上去！"她突然瞪着眼睛大喊，仿佛那上面藏着吃人的魔鬼。

一瞬间，我有种身陷惊悚电影的感觉——与世隔绝的疯人院，不可告人的密室以及作死的好奇心，标准的三流套路。不过，我确实被吓了一跳。何况，我已意识到，眼前的女士很可能也是病人。毕竟这种偏远、破旧的私人公益病院，没有哪个医生或者护士愿意来，所以轻度患者做助工的可能性极大，甚至这里是否有正常人都很难说。也许我应该回到车子那里，等待保险公司的救援。

我清了清嗓子准备告辞时，楼下又响起厮打声和吼叫声。女士看了我一眼，便飞快地跑了下去。很可能是真正献爱心的来了，我也打算跟下去看看。可刚到楼梯口，却发现还是未知的三楼更具吸引力。

我向下探了探头，一楼没人，于是蹑手蹑脚地攀上楼去。走廊没设窗户，唯一的光亮是对面通往露天平台的玻璃门。靠楼梯的一侧有几间安装了铁护栏的房间，更像是牢房。

这就是牢房。

透过栅栏和门缝，能隐约看到有人里面，正发出呜呜的哭声。

"你不应该上来。"

陡然响起的声音让我身子一僵，片刻后才恢复，伴着心脏"突突突"剧烈跳动，慢慢转回身。是那个给我开门的眼镜男，刚刚在下面时，他就躲在那位女士的身后。

"他并不完备，是种悖论，需要加以限定。"他怯生生地说："所以最好离开这儿，不然姐姐会生气。"

"你是说他很危险，会控制不住自己？"我又透过门缝向里瞄了瞄，猜测里面的人到底疯得多严重。不过仅能看出人被绑在床上，嘴也被堵上了。不管是呻吟还是哭泣，他看起来都很痛苦。这让我感到不适，仿佛又回到医院，看着母亲被来回折腾。万幸的是，她现在无知无觉。

"他只是有漏洞……我的意思是他犯了错，正在接受必要的惩罚，加上某种限定条件。"

似乎和想得不一样。我皱了皱眉，问："犯了什么错？"

"互质，不道德的东西。"

我听不懂他的描述，这或许是他发病的症状。而我之所以还没话找话，完全是被激起的好奇心在作祟。"你们经常被惩罚吗？"

他后退了一步，摇摇头，然后指着楼梯说："我们得除以一楼，我可以带你去看书。"

"数学书吗？"

"故事书。我最喜欢小角的故事。"

"小角？那悖论、互质代表什么？"

"我不知道！这些词总是不断冒出来。"他抓弄着前额为数不多的头发，"得福爸爸说这都是我曾经的记忆，想到就可以说出来，有助于推演，不，是成长。这样我就不用再往角里打药了，可以把那些因数省下来，留给其他人。"

我想上前看看他们所谓的角，却被躲开了。"你们都往那里打药？"

"得福爸爸和姐姐不，他们是公理。"

"那玩意儿疼吗？"

"不，很漂亮。"他露出一脸的痴迷，"不过很贵，我们得按数列排序。"说完，他便拉着我下楼，想来这应该是那女士安排的任务，怕我胡乱闯入。

这里肯定有秘密，但我强压下好奇心，不想参与。如果得福爸爸不能帮忙把车子拉出来，我就自己在路边等救援。相对于关心与世隔绝的精神病人的人权，怎样说服我爸签字才是正事！

"这本就是小角的故事。"

来到活动室，眼镜男递给我一本手绘的画册。它订装简陋，书页都卷了边，其中不少画面已被水洇得模糊，或掉了颜色，让原本就不好看的画变得更加丑陋。

"你们得福爸爸啥时回来？"我胡乱地翻着书，问。

画上面的故事很简单，讲的是一群迫降到地球的外星小孩，他们酷似人类，相貌却千差万别，只能通过头顶的角来分辨是否成年。他们想融入地球，却被人类抓去做各种实验。最终逃出来的一些便藏了起来，靠用角吸食花蜜过活，只盼能快些长大，褪掉角，彻底变成人类。

这就是唬小孩的东西，或者说是唬傻子的，倒解释了进院后的那一幕。我觉得肩膀的擦伤又开始疼了，于是边胡乱地翻着画册，边问："你们得福爸爸干啥去了？"

"采花蜜。"他认真地说。

所以我决定闭上嘴。

这时，前院响起拖拉机的轰鸣和欢呼声。透过窗户，我能看见大门打开了，其他人都围在那儿。

"是得福爸爸，他递归了。"眼镜男说着便跑了出去。

我跟过去的时候，拖拉机已停在空地上，后面的板车里堆满了从城市边缘捡来的电子垃圾。一个略有些驼背的黑汉子从上面跳了下来，伸手过来说："感谢，我太需要……"

好吧，我不得不重新解释一次来意，不过最后我表示可以付些辛苦费。

他略显尴尬，但还是用力握了握手说："这都没关系，不过得先等我处理完这边。"他指了指早已等在一旁的女士。

而不等他发问，女士便说："太好了你及时回来，胖熊二次必须惩罚，采取暴力，必须！"

"我无意的。"那个撞倒我的胖子（一看见他，额头和肩膀便又疼了起来）插嘴说："而且我会赔钱！"

"就是无意才可怕！"女士拉高了语调，"喜欢你会习惯这样解决问题，伤害到采用暴力。"

"可我并不想……"

"所以要接受惩罚自己，必须让自己管理。"

看着越来越激动的女士，我突然生出难以抑制地厌恶，感觉她就像程序错乱的机器人。很快，我发现这种厌恶并非是由于对三楼那种不人道的监禁的同情，而是源自她莫名其妙的固执。

这让我想到了父亲，话语便不假思索地脱口而出。"你没资格处罚他，不管他做了什么，何况你同样也是病人。难道就因为你没有那个什么角，就有权折磨别人？"

她猛地转过头，愤怒让脸看起来更加狰狞。我开始后悔刚刚的冲动。

"那又是谁给你我的角，有权胡说八道？"她猛地扯下头发，下面是块透明的人造颅骨，能看到更里面蠕动的粉色肉团。

我差点儿吐了。那绝不是正常的大脑。

得福爸爸拦下了我们的争吵。"不知者不罪。再说，这位先生也是出于好意。"而后对那个胖子说："我们都得约束好自己，不然就无法长大，无法去掉角。所以你必须接受惩罚。赔钱并不能抵消处罚。"

女士点点头，附身拾起假发，对我低吼了一句"什么你都不懂"，便领着胖子进楼了。

我不想引起误解，本意更不愿牵扯进这里。于是忍着恶心，摊开手，对得福爸爸说："抱歉，我无意质疑……"

"没关系。"他摆了摆手，"我还得谢谢你。这里确实有不少让正常人觉得古怪的地方。有你在这边演习，我们至少知道了哪些需要改变。不然真的捐助者来了，也得被吓跑。"

他笑了下，接着说："希望刚才没吓到你。她有些与众不同，那是过度治疗留下的创伤，让神经元过于活跃，而过热的激光电极则融掉了一大块颅骨。所以，她很聪明，也很敏感，却也容易忘事，更无法形成固定的经验回路，甚至因思维过快，说起话来缺乏逻辑。但她绝对没有恶意。"

不过他说到一半时，我的关注点就不在这了。"她接受过什么治疗？"

"再造大脑皮层的新技术。"得福爸爸嗤笑了一声，"这里的每个人都是。"

"怎么可能！"尽管已猜出答案，但他的最后一句话仍吓了我一跳。"这技术很成熟了。最早治愈的那几个人不都还活得好好的，还时不时出来走穴，参加各种真人秀。"

"不是技术的问题，是人。"

"人？"

他点点头，"但不是病人，是家人。经济是一方面，而治疗一旦开始，和要付出的精力与爱心相比，花钱根本算不得什么。你有小孩了吗？"

我不明其意地摇了摇头。

"在治疗过程中，你相当于要养大另一个孩子。"他掐着鼻梁说："但又不一样。他们有一些固有的记忆和习惯，所以很多时候会表现得很怪异。而这也会影响他们新生的人格，最后你会发现他并不是你印象里的那个人。"

他停顿了一下，抿了抿嘴，"这么说不容易理解。可以把新生儿想象成白纸，你能在上面肆意地画画。而脑损伤的病人则是被水浸过的、遭到破坏的画，你很难再修复回原来的样子。再造大脑皮层治疗就是这样，你得到的只是另一个人，尽管他们看起来一样。"

"但记忆总不会变的。"

"你说的对。所以原来是数学教授的王平，每句话里都会冒出几个术语。曾经很有钱的胖熊，还是习惯用钱来道歉。但那只是记忆，他们不会再理解。"他又沉吟了一下说："也许这和他们被遗弃、没能被彻底治好有关系，但不可否认，他们不同了。而与巨大落差和无奈相随出现的，还有耐心耗尽。家里人最终将他们遗弃，有些确实是因为金钱难以支撑了。这些事都不少见，只不过城市的灯光太过闪亮，大家看不见罢了。"

"我还是不敢相信。"我摇头叹气。

"这儿的情况还说明不了问题吗？"他抬起头，紧盯过来，"你对这项技术也很熟悉？"

"因为我妈。"

这没什么不能说的，于是我简述了我妈的病，以及我与我爸之间的争吵，各自的倾向。

"这种事情没有对错。"他说："只是你要作出一种选择时，最好对其全部后果有所准备，尤其是不理想的，更不要以爱的名义，因为那只会更糟。为了所谓强烈的爱，肆意加大治疗频率，最后伤害的是所有人。"

我知道他说的是谁，不由望了望楼上。

"这不算是最糟的。"他接着说:"停止治疗后,神经元细胞不会再生长,他们的智力水平只能维持现状。而大部分被遗弃的人只是做了七八个疗程,智力水平仅相当于四五岁的孩子。试想一下,一个拥有足够社会经验、身体已成年,又缺少善恶是非,且刚刚被伤害过的孩子被扔到社会上,他会做什么?恶意报复、抢劫、卖淫……所以一旦染上暴力,他们就戒不掉了。我们不可能像对待真正的小孩那样,用以暴制暴来树立权威。当他们发现可以挑战权威后,就不再惧怕惩罚了。"

这时他看起来更像是个神父,某种道德导师,但我不愿打断他。

"不过,我咨询过医生,只要治疗下去,他们的智力会继续发展,直到正常。可染上的坏习惯很难再改掉。而且这里的人太多,治疗永远也不够,光提取干细胞的钱就把我老本儿吃完了。我现在只能靠捡垃圾维持基本生活,至少不会饿死。"他叹了口气,走到拖拉机旁,开始拆卸板车。

我知道这时表达同情,或者提出资助物资会更符合社交礼仪。但几番犹豫后,我还是没有说出口。

"知道我为什么要弄这个吗?"他没抬头,边干着手里活边问。没等我接过话头,他又自答道:"我儿子是由于车祸造成这里(他点了点脑袋)出问题的,而肇事者就是一个被遗弃的脑复苏病人。所以我很长一段时间都在关注这个人群,直到儿子接受再生治疗,我觉得应该做点儿什么了。"

"这应该是政府的职责。我们只是纳税人。"

"是啊,"他笑了一下,"可惜政府要做的事太多,总会有照顾不到的。我不做,也会有别人做。"

"您孩子呢？现在情况怎么样了？"我问。

"彻底解放了，就在院后的那片花园里。"

好半天，我才明白了这句话的意思。"抱歉……"

他摆了下手说："都过去了。我们现在去把你的车子拉出来。"

于是我过去帮忙。等我们把垃圾堆好，准备离开时。眼镜男跑出来，送给我一盆花，说是他种的，可我感觉那像是从院外拔来的野花。而姐姐女士不知是原谅了我，还是忘了我，站在小楼门口向我挥了挥手。

我领着得福爸爸来到车祸发生地，一起挂上纤绳，将车子拉出来。他帮我换了备胎。而后，我们擦了擦满是油泥的手，蹲在路边抽烟。

"你是个好人。"当只剩下烟屁股时，我说："很伟大，真的。我永远也做不到，只能高山仰止。"

之后，又是很长一段时间的沉默。

"我杀了他。"他没头脑地来了一句。

"谁？"

"我儿子，"他的声音低得几不可闻。"是我杀了他。我原以为能用爱唤醒他，可那真的不是他。我退缩了，但我发誓没放弃。然而，就是那一点点的疏远，他便恨我了。我不知道他是怎么染上暴力的，哪怕把他关起来，他仍变得越来越危险。"

他抬起头，满面泪痕。"相信我，我不得不这么做！"

我只能点点头，完全不知该如何回应。

最后他起身爬回拖拉机，本就驼背的身子似乎变得越发的佝偻。"不回去洗手吗？"他发动机器问。我摇了摇头。开走前，他把那盆花扔了下来说："这花挺好养的。"

看着他远去的背影，我俯身拾起花，放进车里。

我想，我妈应该会喜欢这花。

精灵

　　笼罩于天际的红光正逐渐消退。空气开始变冷，每次呼吸都带出越来越多的哈气，我不得不将鼻子埋进身体，尽可能地放轻呼吸，但一下午的剧烈奔袭却很难让人迅速地平静下来。风不断地吹低温度，并卷来远方野兽的嚎叫。它冲进洞口，敲打着我颤抖不止的身体。我只能用力卷起身，萎缩进废弃的老鼠洞，肋骨却被腋下的弯刀硌得生疼。

　　或许是骤冷的原因，鼻子一阵阵地酸痛，引得我涕泪横流而心情却万分激动，因为只要等天边的红云变成暗黑色，我便自由了。那时，夜色覆盖大地，尽管无数凶残而冷酷的野兽在寒冷中游荡，但这些死神却可以阻挡追捕者的脚步。愿大地之神体察我纯洁之心！允许我顺利诞下孩子。我祈祷着摸向小腹，冰冷的手指让肚皮不停抽动。我知道喝下井水的当天，哪怕是传说中最纯洁的精灵也无法孕育出生命。但我感受到一种来自体内的异动，这种感觉是如此的真实，像一股暖流驱散寒冷。

我一直想要个孩子，但身为罪民，这是不被允许的。因为我们生来便带着有罪的印记，那是神灵对世人引起大灾变的惩罚。即便将它割除，我也已注定不洁，再也无法生育出纯洁的孩子。但我真的很想要一个，甚至常常能听见他对我的呼唤。冥冥中能感觉到，他将是那个预言中最纯洁的精灵。这是神谕。所以我必须偷出那圣洁的井水，即便这会加重我的罪孽。

一阵凌乱的脚步声被风从远处吹来，应该是部落的追兵。我摸索着抓住刀柄，将身体贴近冰冷的洞壁。愿神保佑。这追捕的队伍里没有祭司，不然哪怕是我躲进铁锈斑斑的矮人洞穴里也难逃一劫。也期望仓促间布置在周围的几个陷阱，能将他们迷惑并制造些麻烦。

"我们最好快点儿。我可不想被冻死在上面。"一个哆哆嗦嗦的声音抱怨道。

见鬼！是矮人。这种低沉且带着浓浓鼻音的语调是这些戴着猪脸面具的渎神者所特有的。可她们是从哪里冒出来的？部落附近从没有可以通往地下的洞口。

但我已无暇顾及，只听见又一个人说道："别叽叽歪歪的了！我们当中就你的防护服最厚。"

"别吵！"另一个声音打断道："胖子说得对。天快黑了，得加快速度了，我可不想在那些变异兽的注视下睡觉。还有，都把招子放亮些，我们得提防那些神出鬼没的精灵，尤其是他们的祭司和神仆。"

听到他们说起祭司，我攥紧双手，以至于刮蹭下些许刀柄处装饰的秘银。只有纯洁的精灵才有资格成为祭司。她们有着浑圆的臀部和丰满的乳房，就连辫子都顺滑得如同抹了油。祭司被神赋予强大的力量和最高的权力，并掌控着富有生育魔力的井水，但她绝不会分给罪民。所以若不是部落边废城中的异常震动将她和神仆引开，我根本没有机会接触井水。这就是神的指引。

忽然传来一声惨叫。伴随着咒骂，地面微微震动，是她们在奔跑。

该死！她们竟会踩到陷阱。这些取巧的陷阱会让多疑的精灵暂退，但对于粗鲁的矮人却不一定。

之前发号施令的声音再次响起："别叫了！你想把精灵和变异兽全招来？没什么大不了的，这陷阱小得连老鼠崽子都伤不到。给他一管胶，胖子。先甭管腿上那点儿伤，赶紧把防护服补好，这儿的辐射当量可不小。"

"是，头儿。"

接着，又有人说道："瞧瞧这尖桩上的削痕，左薄右厚是精灵弯刀。"

"真是好命，看来离钓到大鱼不远了。老爹，赶紧在地图上标记一下，我们明天再过来。这上面既冷又不安全，多待一秒钟都是遭罪。"是胖子的声音。听到这句话，我缓缓地出了口气。

"等等。"那个头儿突然说，"四下搜搜，看还能找到什么。"

我险些惊吼着蹦跳出去。我就知道这陷阱骗不了她！我的心瞬间提了起来，卡在喉咙处咚咚跳个不停而身体开始不自主地抖动，所有毛发都站立起来。忍着干渴，我艰难地抽出刀，后退着向洞内移动，直到被阴影全部掩盖，才略略心安。

其他陷阱很快被陆续找到了。而我却像打了摆子似的，整个人不停摇晃，不过，好在已感觉不到寒冷。随着外面的声音越来越响，我尽量压低身体，将刀平推。

只有等待。

等待最佳的时机，像在部落里一样。

"嘿！这儿有个洞！"外面有人喊道。

就是现在！我飞快地冲出鼠洞，将蓄满力气的双腿用力蹬出。和预想的一样，我高高跃起的动作吓住了所有人。洞口那个人更是目瞪口呆，甚至忘了端起手里的火枪。整个世界仿佛被惊得定住了一般，唯一能动的只有我跳跃时带起的风。

她们有六个人，分散在四周。但这里距离森林边缘还不足百步，我只要在她们反应过来前进入森林，甩掉这些矮人便易如反掌。

当我落地时，面前的人才惊慌失措地回过神来，一双满是恐惧的眼睛正透过那脏兮兮的猪脸面具瞪圆了看着我。我甚至听见了她卡在嗓子眼里尚未发出的尖叫。

"别开枪，蠢货！抱住她！"头儿在大喊。

可惜晚了。就在这"蠢货"刚刚明白自己该怎么做时，我已矮身闪过，轻巧地绕到后面，顺带着用弯刀划开她的衣服。神告诫我们：孕育生命的精灵不应沾染上鲜血，否则孩子将变得不洁。所以我不能让弯刀浴血，但对付矮人，只要剥开她们的外衣就好。因为她们是不被允许自由行走于地面之上的，除非披戴上笨重的衣服和面具。这是神对她们的惩罚。所以精灵都比矮人灵活得多，我们有时甚至可以避开她们火枪里喷射出的子弹。

不理会摔倒在后面、尖叫着满地打滚的"蠢货"，我垫步向前，甩开双臂，飞快地奔向森林。若不是为了躲避部落的追兵，我也不会离开森林，反倒让矮人们捡了便宜。但不管怎样，她们在地面上都不会快过精灵。

再见吧，矮人。我已经能清晰地看见树皮上崎岖的沟壑。

忽然，一股巨大的力量从侧面撞向腰间，还来不及看清情况，我便被狠狠砸向一旁。只听到一声巨响，整个头仿佛被炸开。有那么一瞬间，我的灵魂好像得以升华，到处是色彩斑斓的弧光，还有喃喃的细语。直到突然找回身体，才发现自己翻滚在草地上，正和一个矮人纠缠、厮打着，整个后背就好像被通红的铁坯烙过一般，火辣辣的疼。我的手臂和膝盖上也满是伤痕。我奋力地拍打着勒在我腰间的双臂。我必须马上挣脱她，因为其他矮人已高喊着向这边跑来。

我开始大叫。

经过连翻挣扎，我终于从紧紧的箍抱中拔出条腿来。使劲踹向那个矮人的脑袋，直到她放松力气，便飞快地抽回腿脚，跌撞着从草坑中爬起。然而其他人已追赶上来。我闪过两个扑将上来的矮人，却不想被她们抓住辫子。巨大的惯性让我整个人腾空而起，之后重重摔在地上。我的肋骨被狠狠地踢打。我想用双臂护住肚子，却被矮人生生掰到后面，绑缚起来。疼痛让我佝偻起了身体。

四周一片狼藉，好像刚刚被犁过一翻，到处是混着泥土的草籽味儿，这掩盖不了我嘴里的咸腥。头胀得像颅骨被顶开了，而发紧的头皮却让我闭不上眼睛。

与我扭打的矮人正摇晃着脑袋站起。"头儿，没事吧？"是胖子问。矮人摆了摆手，径直向这边走来。

凶残、贪婪且罪恶缠身，这是参加过秘银之战的前任祭司对矮人们的描述。其实她们并不矮，至少在大灾变前与我们的身高是差不多的。但之后，对精灵可以自由行走于地上的嫉妒让她们变得暴虐。不难想象出被这样一群暴徒抓住的后果，但比起这些，我更在乎开始孕育的生命。这或许只是神给我的考验。

看着走过来的矮人的头儿，我挣扎着，模仿受惊的母兽般发出低沉的吼声。

可她却没理我，而是对着之前的那个蠢货说："赶紧把口子粘上。若是感到头晕恶心，就去问胖子要一片药。"

我嗤了一声。神的惩罚绝不会这么简单就被躲避。

耻笑声引起了矮人的注意。那蠢货呵骂着跳起来，气呼呼地拉动枪栓冲向我。却不想被头儿绊了一下，摔在地上。"别用枪！会引来变异兽的，现在我们可没闲情去对付它们。这精灵才是条大鱼！"

"大到难以想象！头儿，瞧瞧这刀柄。啧啧，竟然用这么厚的铅做装饰。连罪民都能如此，还真是个富裕的部落啊！"一个人拾起我的弯刀，耍着刀花边走边说。从面具两侧喷出的哈气像獠牙，带着狰狞的笑。

那是我要留给孩子的弯刀。我想要冲上去，却被猛地推了一下。整个人斜着摔倒在地，擦出一脸的伤。反拧的关节痛得让我想要尖叫。可她们却不顾我的呻吟，拽着辫子将我的头拉了起来。

那个头儿用鞋尖踢了踢我的下巴，上下打量了一番才说："可悲的精灵！身为罪民竟敢叛逃出部落，还真是勇气可嘉啊。"

她戏谑的口吻让人愤怒，但我除了让身上的绳索勒得更紧，什么也做不了。

"恐怕你的部落还没出现过叛逃的精灵吧，"她叹了口气说，"所以你才会这么大胆，还天真地以为凭那几个陷阱就能迷惑住你们祭司。知道其他部落的祭司是怎么对待叛逃者的吗？她们先是在族人面前鞭笞那可怜人，等到他浑身是血、哀号得没了力气时，再割断手脚，挖出眼睛和舌头。最后把他的肚皮破开，用他自己的肠子将他倒吊在树上。等着风干后，祭献给你们的大地之神。呵！真是可怜啊。不过可能在你们看来，那还是种荣光。"

我啐了一口。这些渎神的话引诱不了我，但这矮人的行为却似乎和祭司们描绘得并不一样。

她蹲下来，拍拍我的手臂说："别这么紧张！我们是一伙的，精灵。我可以保护你不受族人的骚扰，并帮你躲开祭司。而你，只需要满足我们一个小小的要求——带我去你的部落。"

我不想被她诱惑，闭上眼，默诵起大地之神的名号。

"头儿，别和她废话！我的铁拳会让他同意的。"一个恶狠狠的声音在身后响起，是被我陷阱扎伤脚的矮人。她猛地向上提起辫子，撕裂的头皮让我叫出声来。

"闭嘴！就是因为有你这样的，我们才会被贴上粗鲁的标签，然后被那些精灵祭司利用，不断被丑化。"她斥责起同伴，而后又低下头对我说："你看，我并没有恶意。只是想到你的部落里取一些对你来说根本没用处的东西，而且不想惊动任何人。"说着，她接过弯刀，轻轻地刮蹭着刀柄处的秘银。

我知道她想要的是什么。秘银，是大地之神给予精灵的恩赐，但只有纯洁的精灵才有资格使用，所以罪民一旦收集了秘银，都会献到神庙，交给祭司。而这种又软又沉的金属，除了作为身份的象征外，就再没有任何的用处。然而，矮人却离不开秘银，她们需要用它制成的衣裤来遮住身体上有罪的印迹，从而躲避神的惩罚。但神是不会将秘银撒进阴暗的地洞里的。所以，她们对秘银有着不加掩饰的贪婪，那炙热的目光让空气都变得扭曲。

"刀是我的！"我说。我要把刀拿回来，那是要留给孩子的身份证明。

"是的。它一直都是你的。"后面的人又想要插话进来，却被她瞪了一眼，闭上了嘴。她接着说："你看，我们开始达成共识了。但对于你们精灵，我一直都有个疑问：你们的神为什么要赋予祭司那么大的权力？难道真的是因为纯洁吗？想一想吧，她们身高比不上罪民，力气更小得可怜。而之所以能成为祭司，完全是因为她们的上一代也是祭司。反倒是你们罪民，打一生下来就承担着整个种族的原罪，默默地忍受着苦难与折磨。这才是纯洁，不是吗？"

不管她的话有多么地渎神，但得承认我被打动了。没错！凭什么掌控生育的是祭司，而罪民却不被允许。或许我们才是神选的最有资格孕育生命的精灵。深吸了口气，我感受着小腹处出现的有力的跳动，但不愿就此妥协。"我可以带路，但有个条件。"我说，此时，声音沙哑就得像矮人。"那把刀先还我，再偷份月亮井水给我。"

"没问题。"她拍拍手站起来，却诧异地问道："你要那个做什么？"

"我想多要几个孩子。"我低下头，咬了咬嘴唇。

她明显愣住了。其他人则发出惊叹，听起来充满了不可思议。而我身后的矮人更是放声大笑。或许这只是矮人在面对孕育生命的精灵时所特有的反应，但那带着嘲讽的笑声却让我怒火中烧。愿她的笑声引来野兽，将这可恶的跛子吞掉！

突然，仿佛是神听见了我的呼唤，那恶心的笑声戛然而止。一股热流猛喷在我的背上，如同滚烫的油，连带着半边脸也被溅满。空气中瞬间弥漫起浓浓的腥味。是血？越来越多的箭矢从身边划过，矮人们在大喊。但我却更想知道飞溅而来的到底是不是血。这关乎我的孩子！

"是精灵！散开！看见人后再还击！"应该是头儿在喊。

我用头顶地，想撑身站起，但却因手臂被反拧而摔向另一边。那个原本紧攥着我辫子的矮人，此时就像一块脏兮兮的抹布，被随手扔在地上，一动不动。一支箭射穿了他的面具，斜插在里面。血在溢满后，从裂开的缺口处滴落，已在地上积了一大滩。

看着涌过来的血，我惊恐地尖叫着滚开，然后使劲地磨蹭起脸和后背。为什么会是血？巨大的疼痛让身体不住地颤抖，但在将这些不洁擦掉之前，我不会停止。然而血却越来越多，那火一般的灼热感让我睁不开眼睛。我疯狂地踢打起双腿，妄图将这一切不洁与罪恶踢开。

"小心！是神仆！"几道荧光激射过来，续而发生了剧烈地爆炸，被轰飞的泥土和草皮将一个矮人掀翻在地。

我弓着身跪在地上，脸上湿漉漉的，分不清血、泪和鼻涕。整个人仿佛被一层厚厚的膜包裹着，声音和光线透过它，被肢解得四分五裂。我的小腹不住地痉挛，好像有一只手在里面不断地打着绳结。难道这就是神对我的考验？却让孩子成为不洁！我想要大喊，却发不出声音。眼泪浸过脸上的伤，涩涩发疼。愤怒被点燃，我咒骂起这一切：咒骂神灵的喜怒无常，咒骂祭司和那些该死的矮人。

我的愤怒让大地也为之颤动，到处是野兽不安的嚎叫。四周的空气中飘荡起一种难以形容的腥臭，这让那些被声响和血腥吸引过来的死神更加狂躁。不时还会出现弓弦震动的声音和枪响，但更多的是惨叫声和野兽们饥饿的啃食声。我瘫软在地上，任凭呼啸的风卷着臭气摔打在身上。

绑缚着双臂的绳索突然被牵动，整个人被快速地向后拖走。我闭上眼，内心里却涌上莫名的安宁。葬身兽腹，对于我来说或许是最幸福的，不用再考虑血和不洁。仿佛魂归神国，我渐渐放松下来，在颠簸中昏昏欲睡。

忽然，我觉得有人盯着我。猛抬头，却是祭司那张愤怒的脸。她指挥神仆剥掉我仅剩的衣服。我想大喊呼救，却发现早已被割掉舌头，只有撕裂的喉咙呀呀作响。而那些纯洁的精灵们则将我围在中间，推搡着将我赶至高台。可无论我如何哭喊挣扎，身体都动弹不得，只能眼睁睁看着她们用锋利的弯刀剖开我鼓起的肚子，挖出孩子，将她高举在我的面前。那硕大的有罪印记化作一把利剑刺进我的双眼。我甩头抗拒。再睁眼时，发现围在四周的都是矮人，每张面具上都斜插着一支箭。她们正环绕着巨大的篝火跳舞，而上面熏烤着我新生的孩子。我奔跑着扑上去，却被垂在脚边的脐带绊倒，只能躺在地上哭号。

我被剧烈的呼吸惊醒，才发现自己被固定在树上。正卷曲着身子，靠卧在树杈上。费力解开缠绕在树干和身体间的绳索，我颤抖着摸向小腹。没有伤痕，那里光滑如初。我闭上眼，长出了一口气，却被浑身的酸痛化作呻吟。

"你醒了？"是头儿。

我仰起头，身体麻木得没了感觉，上面附着一层厚厚的冰，那是血和泪的凝结。但这些对我来说都无所谓了，因为绝望已如同夜的寒冷，早就渗透进骨髓，将脏器连同希望冻成一团。

"别跟丢了魂似的。我们的交易依然有效。"她紧了紧背包，蹲下来。面具上满是泥点和血迹。

丢了魂，多么恰当的比喻啊。当第一滴血飞溅到身上的时候，我便不再是我了。没有什么能再激荡起我的兴趣和欲望，哪怕是生存。所以我不会因为从兽嘴里逃生而感激她，更不用说那已毫无意义的交易。有的只是为我孩子带来不洁的怨恨。我扑上去，想要咬断她的喉咙，却被她一个错身掐住了脖子。

"别这么冲动，精灵！"她说，"你若还想要孩子洗去不洁，就乖乖给我听话。"

她的话就像一记重拳，击得我头昏眼花、不知所措。只觉得有千万种声音冲进脑海，信服的与质疑的，相互纠缠起来骚弄着我的内心。我只能瞪大了双眼盯着她，妄图目光能穿透面具，从里面找到些端倪。

"不信？"她猛地将脸贴过来，扯下面具。

神啊！我终于明白她为什么会有那么快的速度，并能灵巧地在树上行走了。她竟是个精灵！但却长着矮人才有的唇发，那是堕落和有罪的象征。她咧嘴笑道："难以置信？按照那群有着极度妄想症的精灵祖先的逻辑，我恐怕应该被定义为卓尔。但我更喜欢矮人的称呼，幸运的弃儿。"

我无法理解她话里那些稀奇古怪的词汇，但更诧异于竟有精灵胆敢背弃神灵而选择被矮人同化。难道她不怕引起神的愤怒，而招致再次的大灾变？我想要站起来质问，却找不到恰当的辩辞。

她挠着毛茸茸的下巴说："说起来，我还真该好好地感谢大地神灵，它让我被部落的祭司所生。于是，天生不洁的我，若被他人知晓，那她作为祭司的权利就会被剥夺。所以我被遗弃了，但幸运的是不会成为罪民。当然，这只是我恶毒的猜测。也可能我的母亲当真是心软善良的，不愿见到自己的孩子沦为罪民，所以把我远远地送走，甚至不惜把我过继给矮人。然后，她便可以心安理得地继续奴役起其他沦为罪民的孩子了。"

"不！这都是遵照神的旨意：有罪者，当赎罪。"我大声地辩驳。但往昔的记忆让辩解的言辞苍白而无力，最后竟低不可闻。

可她却放声大笑，那笑声可以惊走树下觅食的野兽。我被她笑得心烦意乱，只想寻一处安静的地方，可以远离这里的一切。我默诵起大地之神的箴言，但头脑里涌现出的却全都是这堕落精灵渎神的话语。我拼命甩头，想甩掉所有对神的亵渎，却反而让它越来越清晰。这种无力感让人恐惧。然而，我只能堵住耳朵，卷曲身体，紧盯着她那张怪异的脸。

我突然发现问题出现在哪里，竟险些被这渎神者诱惑得上当。"该死的骗子！"我跳起来，指着她大骂。"你连自己堕落的唇发都洗脱不掉，却大言不惭地说能洗掉我孩子身上沾染的不洁？"反应过来的我被气得浑身哆嗦，还想不停咒骂下去。她捏住了我的下巴，恶毒的言语一下子被堵在喉咙。

"我只是不愿刮掉这些突显男人味的胡须罢了。"她拍着我的脸说，"而你所谓的不洁，还是先等到能怀上孩子再说吧！你真的以为喝下所谓的井水便会孕育出生命？那只不过是用来中和辐射的营养液。天真的精灵，你被祭司愚弄了。她们才是该死的骗子！"

我想矢口否认，但内心里却极度渴望她说的都是真的。愿大地之神宽恕我吧！我竟会相信这骗人的诡计。然而，这却最接近神曾给我的启示——我诞下的孩子将是预言里最纯洁的精灵。

她停顿了一下，一脸怪笑地说："你该高兴，精灵！尽管她们骗了你，但至少你不会怀上不洁的孩子。所以你真该好好考虑考虑我们的协议，或者更进一步：我帮你怀上纯洁的小精灵，而你帮我潜入神庙。我想，这对能从里面偷出井水的你来说，不算什么吧？"

潜入神庙！饶是清楚矮人对秘银的极度贪婪，我还是被她疯狂的想法吓了一跳。神庙是每个部落的精神所在，那里不仅有日夜巡逻的守卫，更有神派驻到人间的、法力强大的神仆。除了祭司，其他纯洁的精灵也只有在节日庆典和繁育生命时才被准许进入。而罪民若不是轮值做工，则被禁止入内。那里被加持着神力，任何的不洁或亵渎想要闯入，都将被烧成灰烬。

然而，不管我是嘲讽还是警告，她都不以为然。"没错！"她撇着嘴说，"要是平时，我那一小队的人都得交代在那。但对于之前的遭遇战，我们用了些小技巧，哈，引来了几只发情的母兽。虽然折了两个人，但要面对之后狂暴的变异兽群，那十来个精灵恐怕一个也跑不了。就连神仆也得被耗尽能量，成为一堆没用的废铁。所以，今晚的神庙对我们毫无威胁。更何况，我们还得让你怀上生命。想一想，那些曾被赋予生命的精灵除了喝井水外，是不是还定期被招进神庙？这才是关键！受精……呃，生命的秘密都在那里。别犹犹豫豫的，赶紧行动起来。

这样在天亮之前，我们还有时间逃跑。不过那时，你有了你纯洁的孩子，而我则有了我需要的东西。两全其美！来吧，我的兄弟！"她紧盯着我，双眸里发出炫异的色彩。

或许是被那色彩迷惑，我本该拒绝，却鬼使神差地伸出手，让她将我拉起。她的话像喷溅出的火苗，将我心里的希望点燃，续而将整个人吞没。所有的寒冷都被驱散。我似乎又听到了神谕：她让我跟着这矮人的继子，虽说她略有亵渎，却能协助我生下预言里的精灵。

我带着她一路疾行，从一棵树上腾挪到另一棵树上。我们快速穿过树叶时发出的簌簌声引得树下的野兽纷纷嚎叫。而她却不时滑到树下，为走散的同伴留下标记。我原以为被矮人同化后的精灵也需要穿戴上厚重的衣服和面具。可她在摘掉面具后，却仍行动无妨。我想不出神的惩罚为什么不会降临到她身上。而她则大笑着说："这和神无关，我的兄弟。我之所以戴着面具，是因为领导的特立独行只会滋生出特权，这不利于团结。"

我已经开始习惯听她说这些渎神的话，便不再作声，只是低头带路。当我们到达部落边缘时，天空开始下雪。大片大片黑色的雪花飘落下来，触碰到肌肤便转瞬即逝。只有当天边划过闪电，将黑漆漆的世界短暂地点亮时，它们才能被注意到。我们在这里停下，借着闪电的光芒窥视整个部落。

部落的最外围斜埋着几排拒兽栏，锋利的尖角隐藏其间；接下来的一圈陋屋是罪民的居所，都是用从废城里捡来的材料搭建的，有几处还反射着金属的光泽；然后是整齐的圆顶木屋，那里住着纯洁的精灵和年迈的长老；而被这些围在中间的便是神庙。它耸立在那里，被一层淡淡的冷光包着。

或许是之前奔跑的缘故，我有些头晕。恍惚间，那冷光变得闪烁，这让神庙看起来像是在缓缓移动。突然有种难以抑制的绝望从心底滋生，像只蛰伏许久的野兽，舔食尽我身体里每一寸力气。好在头儿掷过件东西，将我从悲观的思绪中拉回——那是我的弯刀。接着，她又从背包里抽出一套绳索，斜挎在肩头。随后，她将一柄短杆火枪插在腋下，歪头冲我笑了笑，说"想想孩子"便大步流星地向部落走去。

是啊，为了孩子！传说中最纯洁的精灵！我紧咬住嘴唇，拾起刀，快速追赶上去。

我们从拒兽栏间几处较大的缝隙钻过，快速翻过罪民们的陋居，在圆顶木屋处也未遇到麻烦，轻轻松松地便来到神庙下。宵禁？我想。然而，这里连一个守卫都没有。或许真和她说的一样，部落里损失惨重。但总有一种令人窒息的紧张感充斥在四周。我禁不住打了个寒战。

头儿一言不发，带着我快速绕过紧闭的大门，围着神庙走了一圈，最后在一处上面有窗户的地方停下。她抬头看了看，随后取下绳索，拿在手里荡了两荡，便奋力掷了上去。往复几次，绳子才被拴住。在示意我跟上后，她便飞快地爬了上去。

绳子毛糙的表面握起来就像一团火，但我不得不使劲抓紧它，因为每次向上都会让它不停晃动。我俩被冷光拉长的影子也在晃动中变得张牙舞爪，像两只黑色的野兽互相撕咬着在圆顶木屋上翻滚。

很快，我便被她拉进庙里。

和白天的阴暗不同，神庙里充斥着白光，明亮得让人睁不开眼。等到适应光线后，我才发现这里是二楼的回廊。在我们对面的便是月亮井所在的房间。从回廊的一侧可以俯视整个大厅，那里装饰着几件秘银挂件，我的弯刀就曾处在其中。绕过月亮井所在的房间便可通往神庙的顶层。那里是接受神谕的地方，但只有祭司才有权进入。

我们沿着静悄悄的回廊前进，不敢大步急行，就连呼吸都尽可能地省略。生怕一不小心打破这诡异的静谧，便会从某个角落里蹿出一只骇人的怪兽。我的手掌上早已汗水淋淋，有几次差点将弯刀滑掉。忽然，她猛地停下来。我的心也跟着一停，剧烈的跳动险些将其他脏器震碎。地上留下一串长长的血迹。她蹲下身，用手指撵了撵血迹，这才让一直紧绷的脸露出笑容。她说："看来大地之神是站在我们这边的。原本还担心过于顺利是不是有问题，现在看来是你们祭司受伤不轻，已顾及不了别的了。真幸运，这次还没见到面，就差点干掉祭司。"

我长出了口气，仿佛灵魂一下子放松了下来，开始跟着她沿房后的走廊快跑。但尽头却是扇铁门，光秃秃地，没有把手或是锁孔。她走过去，在旁边的墙上按了几下，便打开了门。里面只是一间狭小的铁屋。我不敢肯定这是否是陷阱，可她却很自然地走了进去。"快点进来！"她用头示意我说。

我摇头想要拒绝，却被她一把抓了进去。"这只是一部电梯！"她不耐烦地说，并飞快在门框上一按。门无声地关上了。随后，铁屋子晃动了一下，便开始缓缓上升。

伴随着晃动，铁屋子发出低沉的轰鸣。我却觉得仿佛有无数巨石压在胸口，让人稳不住身体，只得沿着墙壁滑坐在地上。这就是被加持的神力？我大声呼唤着神灵，想弥补内心的不安。此时，我的心中又生出一丝疑惑，为何这堕落的精灵会对神力如此熟悉。

"别大惊小怪的。"她叹了口气说："你被洗脑得太严重了，我的兄弟！这世上根本就没有神，它不过是祭司们用来维持统治状态的工具。什么大灾变、有罪、不洁，全都是世人做的孽，和神有什么关系！"

"收起你的亵渎！你这该死的渎神者！神怎会让你从兽嘴中逃生？"一个尖锐的声音陡然在屋内响起。

是祭司！我跌撞着躲向渎神者身后的角落。

但祭司早已抡起皮鞭抽打过来。"还有你！该被倒吊起来示众的叛徒！"她叫嚷着，"我就知道你们这些罪民，哪怕是被骗掉，也剔除不净身上的罪孽。我仁慈地让你们活着，可你却毫无感恩之意，反倒用你肮脏的手来偷窃神的东西！你这卑劣的小偷、渎神的罪人，我要让你生不如死！只有用你的鲜血和哀号，才能平息神的愤怒。"

"不，这只是神……"我站起来辩解，却发现祭司根本不在这里。可她的咒骂声清晰地钻进我的耳朵，就像一串冰凌撩拨着我最柔弱的部位。铁屋子内变得冷酷起来，似乎所有的缝隙处都有风挤进。我开始后悔：祭司被神赐予了我们无法比拟的力量。

而堕落精灵却在大笑。她说："可悲啊，你们这些女人除了躲在旧世界科技的后面装神弄鬼外，还会做什么？阉割了同族的男人，然后愚弄、奴役他们？"

"闭上你的嘴，渎神者！你们这些用贪婪和暴力毁灭世界的罪人，没资格在我这里说三道四的。"

"毁灭世界？那也好过毁灭人性！"

"你还敢奢谈人性。"祭司发出刺耳的笑声，仿佛用指甲刮蹭着铁板。"我不明白，神怎么会让你们这些冲动易怒的、肮脏的性别活下来？

若是我，就将你们全部净化！净化！别以为到了这里就沾沾自喜，觉得能赢得了我！我要将你们困在这里，让你们渴死、饿死，耗尽氧气。当你们连自杀的力气都没有时，我便像拖死老鼠那样把你们拉出来，然后一个一个吊死在树上。尤其是你！天杀的叛徒！"

随着祭司的咒骂，铁屋子轰然作响，在猛地抖动了一下后，便停了下来。那原本明亮的白光也变成闪烁的暗红色，像往日里天空的色彩。呼吸越来越困难，我浑身都已被汗水浸透。但感受到的却只是异常的寒冷，鼻尖上仿佛挂满了冰霜。

我跪在地上，向神灵祈祷。头儿则转过身，耸着肩说："地上的女人太疯狂了，远不如我们洞里的温柔。"而后，她抽出火枪，向一个吸附在屋顶角落里的球形物猛烈射击。

我听见祭司发出一声惨叫。难道被击碎的那个东西是她在这里的分身？我不敢相信，连罪民都能躲开的火枪能击败神赐下的力量。

可堕落的精灵却没注意到我的诧异，而是仰起头在天花板上敲敲打打，然后奋力跳起，将天棚撞得粉碎，还扯下一大捆闪着火花的绳子。这让铁屋子晃动不止。我跌坐在地上，不敢动弹。很快，她整个上身便钻进屋顶，接着又是一阵猛烈的敲打和几声枪响。这让铁屋子摇晃得更加剧烈。她"嘭"的一声落下来，抖着身上的土说："起来！我们得爬上去。我还不想被吊死。"

就像没搞懂她和祭司之间的那些暗语交锋一样，我也不清楚她要我爬向哪里。直到被她推攘着举了上去，才发现铁屋子竟然在一口暗井下面，被几根粗大的金属绳子吊着。

"你还觉得这是神迹？"她问道。

我心里有点乱。这看上去的确不像神的杰作，因为她应该会很轻松地让屋子浮起来，而不是借助这些绳索。可除了她，谁还能拉动如此沉重的机关？我不敢展开联想，只当作这是渎神者引人堕落的诱惑。四周的墙壁上紧贴着无数绳索，不时有火花从里面迸出，或许这才是神力的所在。但我不想回答渎神者的问题，只是紧跟着她，顺着镶嵌在井壁上的梯子向上爬。

忽然，她停了下来，手脚并用，攀向旁边。因为光线昏暗，我定睛看了好半天，才发现那是一扇暗门。而她已将门拉开了一道细缝，正使劲向两边推。门发出巨大的摩擦声，似乎引起了外面人的注意。伴随着一声尖叫，一个东西快速从不断扩大的门缝中飞出，被她俯身闪过，砸在对面的墙上，摔得粉碎。同时，头儿则像支被射出的箭，飞快地冲了出去，随之而来的是尖锐的叫嚷、激烈的打斗和不绝于耳的枪声。

是祭司！我叼住弯刀，两手并用，以最快的速度攀向门口。我得在这堕落精灵被祭司击败前逃离，或是帮她。我能听到心脏有力的跳动，头脑被泵得火热。或许为了孩子，我该放手一搏。

但当我挤出门的时候，却被眼前的景象惊呆了：这是一处宽敞的房间，明亮得如同下面的大厅。四壁都被厚厚的秘银包裹着，就连天花板和地面也不例外。一个一人多高的巨大秘银块立在中间，几张床和几张桌子歪倒在四周。祭司坐靠在一张满是按钮的桌子下面，被头儿用火枪指着，不断地喘着粗气。鲜血从她紧捂在肚子上的指缝间渗出。房间里就像被飓风席卷过一般，到处是散落的玻璃碎片，还有一些插立在满是划痕的秘银墙壁上。一股刺鼻的味道在房间里漫延，我忍不住咳嗽起来。

祭司闻声转过头，恶狠狠地瞪着我。"叛徒！罪人！"她向我啐了口吐沫，说："别以为成了渎神者就能躲避神的惩罚。她将让你永世被折磨，哪怕死亡也不能让它结束！还有你，自甘堕落的精灵！"

"别和我说那些神神鬼鬼的话，我可不是自小就被你们阉割的精灵。"头儿说。然后她也看向我，"我们成功了！看看这里，这些铅足够我们在下面舒舒服服地活好几辈子。别管那些乱七八糟的事了，跟我走吧。在下面，你才能体会到什么是幸福。"

"不许打我们传承的主意！"祭司高声叫起来，这却让伤口涌出更多的血。她只能转为低吟，不断地咒骂我们。

"我知道，我知道，"头儿笑着拍了拍那硕大的秘银块，说："这铅制的大冰箱里都是你们强取豪夺来的种子，是从我们这些贪婪暴虐的罪人体内榨出的亿万个精子。还真是可笑哈！你们的神竟给出如此矛盾的神谕。要不要男人，这还真是个问题。"

"闭嘴！"祭司尖叫着打断了渎神者的狂笑。"收起你这副嘴脸！你们这群只会打洞的老鼠永远也别想得到神的恩赐，更不配行走于地面之上！"

"别拿你那半吊子的生物技术装神弄鬼。"头儿摆着手说，"不过你倒是提醒我了，在这儿应该能找得到被你们这群女权主义者独占的科技，可以让下一代的矮人重回大地。可怜的祭司，看来你的大地之神已经抛弃你了。"

"妄想！"祭司大声嚎叫。她猛然吐出一口浓痰，直飞向渎神者。在对方偏头躲闪之际，她抡圆了拳头，狠狠地砸在身后的按钮上。瞬间，红光大作，刺耳的嗡鸣声猛烈地敲击着我的耳朵。那声音似乎能将整个部落震醒。

"该死！"头儿愣了好一阵，才飞冲上去，一脚将祭司踢开，使劲地拍打起满是按钮的桌面。可嗡鸣声却越来越大，越来越急促。祭司倒在地上疯狂地大笑，鲜血从她咧开的嘴里喷出。她吼道："我就是把它炸成灰，也不会留给你们罪人！别自以为是了，男人！若不是我没来得及打开防御，你们在庙前就会被轰成渣子。"

看着近乎疯狂的祭司，我诧异于自己竟能如此镇静。一种前所未有的兴奋从心底涌起，好像上涨的潮水般不断地冲刷着身体。它从祭司散乱的发辫间渗出，随着鲜血四处流淌，经过细碎的玻璃和斑驳的划痕后被不断放大，直到与红光融为一体，将我淹没。这是一种快感，让我恨不得舞动四肢，痛快地宣泄。我快步向祭司，一把便将她拎起。没想到她竟会如此脆弱，甚至还比不过初生的老鼠，似乎稍一用力便能被捏得粉碎。她惊恐的眼神和无力的挣扎让人不得不怀疑她之前所拥有的神力。

"我不想伤害你。"我说。但这话对着祭司说出来，总觉得怪怪的，似乎犯下了极大的罪孽。强忍着不适感和剧烈的心跳，我尽可能地让声音清晰。"我只想要个孩子。"

或许我的要求过于简单，祭司不再反抗，身子也软了下来，那张溅满鲜血的脸在红光的映衬下显得十分怪异。她开始哭泣，续而又呵呵地傻笑。"这不可能。"她沉默了很久才说，"你还听不明白吗？白痴！你只是个被阉割的男人，永远也不可能生出孩子！这世上只有女人，纯洁的女人，才能抚育生命！"

借口！她宁愿附和渎神者，也不愿将生命赐予罪民。这还算祭司？我攥着她的手越来越用力，这让她禁不住哀号起来。我用另一只手抽出弯刀，抵在她脖子上。"别敷衍我！"我几乎吼破了喉咙。

可她却在冷笑。"你没资格让我对你撒谎，罪民！你和他一样，都是业力缠身的男人，根本就生不了孩子。这是天生的，神都改变不了！"

回头看了眼正在房间中乱翻的头儿，我无法相信自己和这堕落精灵是一样的。然而，我们都有着比祭司更高大的身材和更粗犷的面容，却缺少丰满的乳房和臀部。可这只是不洁的标志。我不知道该相信谁。我想大声的质问，但撕裂的嗓子只让我发出低沉的吼声。

"为什么？"祭司反问道。嘲讽的语气将她自己逗得哈哈大笑，就连下巴在刀锋上划出伤口也浑然不觉。她说："男人本来就生不了孩子。你们贪婪、冲动，自私自利，还索求无度！你们只会将古老的科技用于战争、屠杀和掠夺。你们把旧世界糟蹋得千疮百孔，只留下这暗红色的天和满地的怪物，然后像灰溜溜的老鼠那样钻进地洞，仿佛一切都与你们无关。反倒是我们女人挽救了大地。我们开拓了新世界，我们创造了神和秩序，可惜却消灭不了你们。哪怕将你们统统阉割，也改变不了那些天生的罪恶。你变不成女人，也生不出孩子。永远都不可能，永远！"

她最后的嘶喊仿佛将我的心整个洞穿。世界瞬间便离我远去，并卷走了所有的希望。再没有颜色和声音，留下的只是寒冷和满身的荆棘。我呼唤神灵，却只得到祭司的狂笑。这让我愤怒！我发疯似的挥动起弯刀，妄图砍断束缚在身的荆棘，可怎么也砍不尽。从断口处喷出的汁液将我淋透，并且变得越来越黏稠，让人使不上力气。我只能奋力叫喊。直到被大地的晃动惊醒，我才发现而祭司早已变得血肉模糊，萎缩成一团。弯刀和身体都已被染得鲜红，而血从辫梢、手指、刀尖以及任何垂着的地方流下，在脚底汇集。

我觉得整个世界都颠倒了，巨大的力量将神庙连同神一起拉倒。我惶恐地后退，却找不到可以依靠的地方。嘴里黏糊糊的，干涩得要命。我使劲咽下口水，却引得胃里好一阵恶心。

我就像跪在风暴中心，周遭的一切都被吹得四处旋转，连大地也被刮得震动起来，不时还有巨大的爆炸声响起。大块大块的秘银被风卷落，砸在我身上，引得无数石块、粉尘从裂开的缝隙间碾落。可我却不想再动弹，因为这一切都已与我无关。我不再有纯洁的孩子，传说都化为谎言，希望已随神一同破灭。

"快走！这疯子想拉上整个部落陪葬。"忽然，有人将我拉扯起来。

巨大的石块从耳边擦过，到处是黑烟和哀号。我被牵引着，只是机械地奔跑。所有的感觉都已殒亡，仿佛整个灵魂被这漫天的烟尘抹去，只留下灰蒙蒙的一片。时间也改变了原本的含义。当我从内心的死水中露出头时，才发现到处是蔓长的野草，无数破败的房屋倒塌了。这里是废城，旧世界的遗迹。老老小小的罪民们在这里捡拾被掩埋在下面的金属，并收集秘银。

"真是凶险啊。可惜了那么多的铅，不过我们还有机会把它们捡出来。"一个声音在耳边响起，听起来像隔着层厚厚的水。是头儿。她站在我面前，见亮的天色让她整个人看起来红彤彤的。

"她也算聪明。不然，今天别的女人就会质疑起她作为祭司的权威。"她蹲下来，说："打起精神来，我的兄弟！再过两个街区，就能看到地铁口了。在那下面，我们还得走很长的路。那毕竟只是一段刚刚被挖通的隧道，谁知道里面都有什么危险。当然，还得注意别的联盟的人……"

"你早就知道，对不对？"我仰起头，不知自己是否还能发出声音。不过，她的表情一下子变得丰富起来，开始喋喋不休地说着什么，那声音听上去像一连串破裂开的气泡。"你自己走吧。"我说。

堕落精灵似乎还想说什么，但我却不愿再听她的蛊惑。下面的世界恐怕也和神一样，都只是虚假的美好，不然她们又何必费尽心思跑到地上来。

于是，我转身奔向森林。当我攀上第一棵大树时，她还立在那，只不过看起来小了许多。此时，天空已大亮，远处的世界都被漆成红色，只有地上还流淌着融化后的黑水。我向着初生光亮的方向飞跃，任凭汗水从身上滴落。我不想停下来，因为身后只有黑暗和绝望。

忽然，一丝希望从心底燃起。有一个声音告诉我，应去寻找旧世界的科技。她既能让脆弱的祭司变得强大，就一定有能让我孕育出生命的方法。或许她才是真正的神灵。没错！祭司只是盗用了她的名义。她就是神！我心中一下子充满了喜悦。我向神祈祷，愿她赐予我圣洁的孩子。我催促自己加快脚步。

我一定要找到她！

一定！

雪地里的灯火

　　他每年都要回一趟老家，并不因为有什么特殊的事情，仅仅是为了某种念想，在那里到处走走转转，仿佛在寻找曾经遗失的瑰宝，可偏偏又说不分明。

　　这里曾是个东北小城，偶尔会因一两位名人短暂地让人熟知。可随着城市的巨型化，这里最终被旁边的都市吃掉，成了其中的一部分。不过等到经济第二次复苏，由于原市区已无地可用，而这里又有着大量的荒废农田，便被规划为新的都市中心。那时他还很小，天气也没有现在这般恶劣……其实他在这里已没了亲戚、朋友，相熟的人早都散去。由于常年在外，老家反倒成了人地生疏的代名词。

　　每次回程也颇为麻烦。暴雪已经吞食掉整个北方，冰霜正将万物冻结，又驱赶着北风，想用白色填满世界。他试了几次，才克服噪声的干扰，从座位上站起来，往四下看了看，发现今年回来的人似乎又少了些。

这里的变化不大，主要的几条街区还都是老样子，只是店铺的招牌略有减少。他等了会儿信号，才径直向往年的住处走去，准备先休整一番，再四处转转。这次的体力消耗明显要多一些，可能是因为天气越来越冷吧。

一路上零星地遇到几个人，不管相识与否，大家都会互相点头致意。这是这片土地上的人特有的热情，已扎根成习惯，不会因天气恶劣而凋零。也有可能是大家知道离开后就不会再有交集，即便来年再遇，亦很难认出彼此。就像在匿名的聊天室，不用心存戒备。所以随便推开一家小饭店的门，里面的热情都能将人融化。

他有些迫不及待，想赶紧投入其间。

而这里的热情又是内敛的，都被锁在房屋里面，难以辐射出来。街面上不免幽静而冷清，只能听见风与雪的摩擦声，要不就是人们行路时碾过雪地留下的咔嚓声。楼宇间也没有那些闹人的炫目广告，没有拥挤、堵塞的信息交通，没有没完没了的推送。这里仿佛被冰雪封存的另一个宇宙，还保持着很久以前的风貌。他回想童年，那时这里是否就是这样的？记忆有些褪色，因时间不断叠加而模糊了影像。

或许吧。

他加快了脚步。不过，由于之前长时间的静置，他的右脚隐隐发麻，并不灵活。这可能也是体力消耗过快的原因之一。等他到达曾经常住的地方时，发现已有其他人了。但鉴于躯体的情况，他未和对方畅聊，简单打过招呼后，便另寻了一处无人的房间。

这次他索性跑到顶层，站在那里，透过窗户，能将半个城市尽收眼底。倒不是因为楼建得很高——以前的那些摩天巨楼早已被风雪削平了头、推弯了腰，而是城市在暴雪的打击中不断地萎缩。已能清晰地看见边缘的雪线，似乎正借着阴天的掩护缓缓前行。风打在窗子上，啪啪作响。

他记起几年前城里还有过除雪队。那些如巨灵神般的推土机器，一边冒着烟，一边发出震耳欲聋的轰鸣，与冰冻风雪做着斗争。然而，雪线上现在已看不到它们的身影了，可能是因为能源问题。或许那里还有什么在抗衡着大自然，但明显，力量微不足道。

待他体力恢复，天已经黑了，但没有星星，好在风停了。附近的几栋楼里只有三五户点着灯，代表有人入住。楼下店铺的投影招牌也都亮了，可相较于记忆中的少了许多且很多都已破损，又缺少维护，透着另类的喜感。本想找楼下的一同搭个伴儿，可惜那人已走了，他只好一个人走上街。

路面的除雪功能还在运转，所以风暴过后，积雪并不厚。他想找家小店随便坐坐，却发现记忆中的馆子都不在了。随后，记忆提醒他，这种情况已经有几年了。他抬起头，望向分布在城里的信号塔。那些高塔如同耸立的巨人，头上顶着一圈接收器，就像是被雪染白的喇叭花环。

希望还有人管理。他嘟囔着，按新记起的回忆走到另一条街上，心里有些空落落的。

此时路上比白天更加冷清，一个人都没有，连路灯也休息了。偶尔一两盏还正常，可发出的光却仿佛被冻结，仅能照亮脚下那一小块地方。

他原本还担心那唯一的小店也关门歇业，直到望见灯火，才松了口气。行至门口，他发现旁边雪堆上卧着一个人。喝多了？感应神经过度麻痹确实会这样。而在风雪还不这么大时，这种事情更是常见。他走上前，扶起对方，却已晚了，那人只留下躯体，但又不好再扔回去，他便扛着一同进了门。

"外面很冷吧。"老板听见声音，从里面的厨房喊道。

"应该是。"他边说，边把那人堆放在靠门的位置。店里的景象和想象中的不同，没了人声鼎沸，空荡荡的，见不到一个客人。接着，他意识到这才是真实情况。

"把他放在那就好，会有人管的。"老板走出来说。

他瞧见老板的样子，一时有些恍惚。"你也走了？"

"是啊，有几年了。但只是换个身子，我一直都在。"对方点了下肩膀上的新派蚀刻刺青，"我专用的。"

"我想起来了。"他说："这边的信号干扰越来越严重了。"

"它还能运作就是值得庆幸的，所以为了不忘记重要的事，我在屋子下面建了个小型的服务器。"

"人也越来越少了。"他在前排桌子边坐下来。

"没办法。从我这代开始就一年比一年少。等到发电厂烧掉最后一点能源，就更不会有人了。"老板随即摇了摇头说："但也说不准。"

"兴许大雪会先来一步。"

老板不置可否。"难得有客，想来点儿什么？牛肉火勺配羊汤？虽然都是合成的味道剂，但感觉还不错。"

"来碗清汤就好。"他说："我还记得以前柜台后面总有个小男孩，脑袋上扣着虚拟现实头盔，不怎么爱说话。"

"那你是老主顾啊。这少说得十几年了吧。"老板的声音从后厨传来，

"那是我孙子，现在也走了，在天鹅啥啥星来着，挺绕口的名字。不过走了也好，这里除了雪，啥也没有，出去是必然的。但那崽子走得利落，回都不回来了。老说这里信号不好，其实只是借口。"

"大家都这样。"

"是啊。没走时，我就看出来了，整天躲在头盔后面，无论是时间，还是空间，他就没在这里过。"老板端着碗出来，热气腾腾的。"老了老了。人一老就喜欢念叨。就像我爷爷，小时候他总是说这片土地上如何如何，有过哪些的辉煌，又出过多少的英雄、明星。其实我一点儿也不爱听，那时候一心想要走出去，可最后还是回来了。"

羊汤的味道很浓郁，但却不是儿时的那种感觉。这可能是信号紊乱引起的记忆偏差，又或者是时间将味道发酵了。他说："相信我，再老点儿，想念叨都没力气了。而且你这不算回来，而是去了更远的地方——太空啊。"

"这不提也罢。比起那小得就像抽屉，窗外只能瞧见太空垃圾的破公寓，我还是更喜欢这里，所以一直都在。"

他笑着摇摇头，注意到竟有切碎的香菜飘在汤上，散发着特有的味道。这绝不是合成剂能模拟出来的。"这菜是真的？"

老板不以为意地点点头。"我在后屋搞了个暖棚，不大，就能种点儿这些东西，也是为了迎合主顾。怎么样？要不要再整点酒？"

"不了，我没激活中枢神经深入。谢了。"

他抿了口汤，感受着探知传感过来的热度。随后，发现窗户上结霜了。开始时，他觉得是受干扰产生了幻觉，等起身查看后才发现那是真的。他满是诧异地说："没想到屋子里是热的。"

"是啊。谁让这里还有个活人。这个馆子有一半是为他开的。"

这激起了他的好奇。此次回来还未曾遇见活人，而随后浮现出的记忆，前几年似乎也没有遇到过，可等了许久都未能见到老板说的活人。小饭馆里除了他，再没别的客人。他记起来这恐怕也是他最后一次回来，所以决定不再等下去了。站起身，他想出去走走，或许可以到小城的边缘看一看雪。

这时，老板边递过来一个保温桶，边说："如果不着急，能否帮个忙？帮我给一个老家伙送点东西。他就住在西头信号塔的下面，不算很远，估计又在忙什么才忘了吃饭。"

那个人吗？他表示乐意之极。一半是因为好奇，一半是被人求助让他又感受到了生活的意义。原本想感染一下老家人的热情，体会那久违的活力，但显然已没什么人了。他努力回想去年的情况，可记忆却有些混乱。

"对了。如果可以，门口的躯体能否一起带过去？他就负责这事。"

他评估了一下自己的体力，觉得问题不大，便揣好保温桶，再次扛起门口的家伙。

西侧信号塔在几条街外，几近逐渐逼近的雪线。除了塔身中间的一盏标志灯外，这里再没有其他的照明设施，不过在雪的映衬下，多少能看清附近的景物。塔下面有栋房子，明显经过扩建和改良，大约两层楼高。仅在上层南面有扇小窗，外面贴着早已褪色的窗花，看不出具体形状。房子里面亮着暖黄色的灯，但被厚厚的白霜阻隔，只点亮了门前巴掌大的地方。

大门看起来像是从早先人防工程建筑上拆下来的，厚重又密实。

他敲了几下，没听到声音，又没找到任何门铃或者别的智能化辅件。不过，很快就发现门并未上锁，他卸下肩头的负担，费力地顶开，挤了进去。里面是间几平方米的过渡间，右边停着辆轮胎宽大的改装摩托。旁边有三个大塑料桶，里面存着干净的雪水。在最顶头的墙上还有扇小门。

他走过去按响门铃。片刻后，门被推开了。

"快进来。"里面的人说。

他脚步踉跄，不小心绊在门槛上，险些撞坏里面内开的隔热门，好在对方扶了他一把。

这里面的温度应该不低，因为那人只套了件毛衣和一条工装裤，上面满是迸溅油渍。头发和胡子都白了，乱蓬蓬的，没有打理。脸上的皱纹如刀刻一般，深得积满了油泥。

"和你说又不听，真的没必要送东西过来。来回的能耗干点儿啥不好。我要是饿了，自个儿就过去了。"那人的嗓门很大。

"我……我是帮忙的。"他从身体里掏出保温桶，想寻个地方放下。可这里就是个大车间，贴墙而立的架子上塞满了各式各样的维修工具和废弃件，几个被开膛破肚的躯体堆在一边的角落，工作台上尽是胡乱放置的细碎零件、油乎乎的抹布，摩托车的动力电池就插在下面充电。空间总有股似有似无的机油味，也可能是从那人身上传来的。

对方瞧了瞧他的左肩说："抱歉，我还以为你是那个老家伙。这里有点而乱，好久没来客（qiě）了。"

"这就你一个？"

"活人，就我自个儿，城里常驻的还有那么三两只。没办法，人啊，还是渺小，拗不过大自然。我有时就想，要不要找个地方，把我们几个老家伙儿凑一块。维护起来方便，还能省能源。"

他看了看四周，说："你一直在照顾这城。"

"没啥照不照顾的，就是工作。早先只是个机修工，负责维护这些远程临场用的机器躯体。后来，运营公司为了缩减费用，又培训我学了软件，兼职信号处理。那时虽然人已经不断地往外跑，但远程回来的人也多，没这么冷清，雪好像也没这么大。结果突然有一天，你发现城好像空了，除雪队也没了，到后来连人都看不见了。"对方摇着头，将工作台清理出一块，依次拿出保温桶里的东西。然后似乎想起了什么，飞快地跑回楼上。等下来时，手里拎着半瓶酒。"难得来个人，咱得整两盅。"说完，机修工从架子上翻出两个半球型的铜制零件——像是从某种关节上拆下来的，又到过渡间挖了些雪，擦拭干净。

他摇了摇头。

"来这儿不喝酒，你就不圆满，知道吗？而且我这酒可不是合成出来的，是实打实的真货。当年出去旅游时买的，那旮瘩叫啥来着，忘了，挺难记的。我一直没舍得喝，现在更难得了。尝尝，尝尝。"对方说着，在两个零件里各倒了点儿。

"我没开中枢神经深入。"

"咋不开呢？又不是技术刚成型那会儿，出不了啥事。难怪你反应那么慢。"

他叹了口气说，"医生护士的要求，他们怕我死在连接的路上。能让我回来，已是很开恩了。"

"那你更得来一杯。我了解这些躯体，就算不能被酒精麻醉，那些纳米传感器还是能让你品出味道的。来吧，就当陪我喝点儿。"

他没再拒绝，从对方那红黑皲裂的手中接过铜杯。酒很辣，没有合成的那么多香。杯子上还残留着淡淡的机油味。

"这里也一样，不知道能挺到哪天。"机修工吧嗒着嘴说："其实仔细想想，衰败还是有迹可循的。活人越来越少。我们这伙人也一个一个地方被调走，有的晋升外迁，有的主动离职。最后公司也撤资了。所有人都奔向星辰大海，只留下这里在大雪中自生自灭。你也是那时出去的吧？现在在哪儿？"可没等他开口，对方又摆了摆手说："就是顺嘴一问，不用回答，说了我也不知道。"

"那你因为什么留下来？"

"我这个人没啥上进心，又是一个人，那时觉得怎么都能找出路，结果一直等到最后，便也懒得动了，早已习惯这，熟悉这，老哥几个也都在这。何况我要走了，万一出问题啥的，他们就回不来了，连个念想都没了。"

他把面前的酒干掉，想了想说："可以考虑远程。"

那人大笑起来，"躯体可干不了这些精细的活儿！更别提还要管塔和处理信号，一大堆乱七八糟的事。"

他很想告诉对方现在有了。随着 AI 政策的放宽，机器智能已被允许参与生产维修机器。而且在这方面，它们确实比人类要称职得多。但这显然无助于聊天。

对方又喝了口酒说："我刚一个人的时候，确实忙不过来。后来回来的人少了，就轻松些。不过，现在雪也大，风也大，问题又多起来了。人呢，也不如以前了。"

"是啊，不如以前了。"他赞叹地附和着。不知是因为信号塔下面的网络更好，还是机修工的话引起了共鸣，沉眠的记忆开始涌现，并愈发清晰。他能记起幼年时穿过的每一条大街小巷，两旁树木的四季变化，甚至能清楚地数出哪条路在哪一年修过几次。他还记起母亲做的牛肉火勺，以及刚烙好时那油光闪闪的碎皮，那已是百十年前的事了。而现在这些早已被大雪吞没，只留下白茫茫的一片。

他不知自己又说了多少，总之如浏览画卷般回顾着一生。如何求学，如何在宇宙中飘荡，如何老无所依。聊着聊着，他想起了对于反复回家的执念。在又喝了一小杯后，决定起身告辞。

对方说："你这具躯体的右脚有毛病，如果不急，我帮你修修。下次找个好的，做个锚点，就不用随机分配了。"

"不麻烦了。"他说："这可能是我最后一次回来了。"

机修工叹了口气，将酒瓶重新拧好。"谢谢陪我喝酒唠嗑。要不你再补充些电力，因为脚上那个小毛病会多费不少能量的。"

他摇摇头。"不去哪了，我就看看雪。"随后想起从门口扛过来的躯体，说："我在路边遇到一个停机的，饭店老板说可以给你带过来，就在门口。"

"就放那儿吧。"

"好的，再见。"

"再见……"

外面又开始下雪了。细碎的冰晶打在身上，发出密集而轻微的叽叽声。他回头望了望，机修工房子里的灯还亮着。

灯光在一片苍茫中显得如此微弱，却又异常明亮。

葬礼

一

我讨厌葬礼，尤其是没有雨的葬礼。

所以迈进庭院时，我便拉暗天空，缓步走至灵棚中，小雨已淅沥沥地飘落下来。尽管这会加速身体里蛀虫的啃噬，但至少可以冲淡四下里弥漫的死气。

灵棚四周已有了不少的人，三三两两聚着低声交谈，或是在劝慰家属。但随着我的出现，他们安静下来了。毕竟我是初代，现在更是唯一的。哪怕再怎么孤僻、半死不活、腐朽得快要烂掉了，他们表面上也得做出足够的恭敬。尤其是博朗的直系后裔，既要装出一副悲痛的表情，又得对我谄笑——我被指定为遗产分配的公证人。在这两种极端的表情间变换，他们恐怕会因此产生了不少的冗余，从而加深虫祸。

其实，我没想到博朗会先行一步。记忆里，他绝对是我们中最有韧性的，还拥有无限激情。没有他，我们也凑不到一起，更不会有这个世界。那时我们一起开天辟地，造化生灵。我们是盘古、奥丁乃至上帝。那是唯一值得回忆的时光，直到蛀虫出现了。

更没想到的是他会找我来分配遗产。自从艾琳殉道，我便深居简出，连他和李那场差点泯灭世界的大战也只是略有耳闻。当然，世界永远不会崩溃，至少用我的算法当基础的那五分之一不会。所以在分道扬镳后，我和他们就再没了联系。直到几天前收到葬礼通知，我才知道自己是仅剩的初代了。

灵棚是按照曾经世界的方式搭建的，这让我有些恍惚，那些原以为早已被删除的记忆又浮现出来。过早离世的暴躁父亲，每天大把大把吃药的母亲，以及初见艾琳时的悸动。她的一颦一笑，那发梢被风扬起后轻拭脸颊的感觉，都与眼前的灵棚重叠在一起，变得光怪陆离。

运算错误？我禁不住咳嗽起来，体内的蛀虫又开始肆虐。

我有时想，艾琳之所以殉道，除了原生民的意外出现，或许更多是因为被这些虫子折磨得发疯。而我能苟延残喘至今，更多的是因为怪癖。我从不写开源的编码，并把每一个程序都放进沙盒。尽管这会让写出来的东西过于死板，且傻里傻气、毛毛糙糙的，但却能抵挡反复运算带来的侵蚀。所以大部分世界之基是我写的，也因此那些死地才没扩展得过快。

这不光是我的骄傲，也是艾琳的。如果没有她的坚持，我可能早被踢出团队了。就连我这身皮肤也是她设计的。我现在仍能记起我们第一次见到各自的形象时，她那宛如金铃的笑声。她说："你好，乐高"，随后便乐个不停。接着，所有人都笑了，乐高也就成了我的绰号。之后她便做了这套皮肤，说是为了防止我在后辈生灵前卖萌。她的笑点总是很多。但我一直保持着这副形象，哪怕已被蛀虫嗑得千疮百孔，仍只是小心翼翼地在上面打补丁。

灵棚中央不断闪映着博朗使用不同皮肤的形象，与我这身堆满冗余的皱纹和被蛀虫们啃噬后留下的黑斑不同，每个皮肤都光鲜亮丽。其中的绝大多数我都没见过，而那一张张俊美的包装下，却找不到多少博朗曾经的感觉。尽管已太久没有交换过信息流，但我仍能猜得出他战胜李后的生活。看似光彩奢华的背后，隐藏着那种无时无刻不虫噬心的痛苦。越是光亮的皮肤，越难以长久，哪怕是用最高级的语言编译。而且虫子在进化，它们的适应性永远要比新算法开发的速度快得多。

说起来，他和李还真是天生的对手，从见第一面起就彼此看不惯。若不是艾琳和雯，在项目成立之初，恐怕两人就已大打出手了。哦，想起来了。他们那场世纪大战，被后辈们称呼为诸神的黄昏。多么具有讽刺啊！我们这些曾经自诩为神的家伙的陨落，竟成了新纪元的开端。而我这个离群索居的老东西，也仅是星光惨淡的夜空中那一抹即将消散的下弦月罢了。

灵棚再往里是口棺材，一个穿着古怪皮肤的小子在旁边还礼。要不是他印记上带有博朗特有的算法，我还以为是谁随手编出的宠物呢。但就算是宠物，也过于另类了些，他看起来仿佛是只长着鬃毛的巨型苍蝇。不知道雯在确定以核心编码模拟 DNA 的方式来发展后裔时，有没有意识到他们可能会出现精神的问题。这或许是虫子们的另一种表现形态。

不过，博朗的风格还是没有变，总喜欢把简单的算法编写得复杂至极。不下百种的加密算法链接在一起，被设计成雕刻在棺材侧面的符箓，时不时闪过金光，彰显存在。而棺材本身只是个压缩包，其中有除这座庭院外的，博朗所有的待分配资源。要我说，其实随便用一个简单的存蓄罐或是附在遗嘱后面的皮夹就足够了。

我坐到棺材前的垫子上，拨了拨手边的火盆。已经很久没有见过这么精巧的设计了，把火和分解程序镶嵌得如此完美。但我认得这编码，是艾琳自我分解时用的程序。而如今能拿出这源代码的，恐怕只有接受了她全部资源的原生民了。我说进来时好像在人群里看见了几个原生民的小子，之前还纳闷博朗这纯粹主义发起人怎么会受到他们的拜祭。现在看来葬礼要比想象的热闹。

可这又和我有什么关系？

我从已无法读取的资源里调出了一些数据，将它们化作纸钱，扔进火盆。看着被不断碎片化的资源，我忽然感到莫名的哀伤。这也将是我的归宿。第一次浓浓的孤独感浸满心头，我还以为自己早已习惯了呢。又或许我只是有点累。

我起身离开，四周那种拘谨的安静也让人不舒服。当我步行至别墅前时，灵棚那里又有了声音，似乎是在表达着不满。我回头望了眼窃窃私语的人群，却瞥见一抹熟悉的身影，险些让破败的皮肤分崩离析。

艾琳？这不可能。难道又是运算错误？我自检了一遍，除了几处由虫子引起的小错误外，并没有发现其他的报警。我肯定是一个人待久了，面对积聚的信息流有些不适应。

我走进书房想安静一下，却仍控制不住自己来到窗边，去寻找那抹身影。那只是她的后裔，许多细节的构造与她有着根本的区别。我松了口气，坐进旁边的沙发里。皮质却有些硬，于是我把它换成柔软的帆布。

现在只要等博朗所有的直系后裔聚齐，我便破解密码，按照里面的遗嘱将资源分配，然后取走我的东西——艾琳核心编码的拷贝。这才是最重要的，所以现在我只要等待就好。

看着窗外的天，我又让雨下得大了些。

二

我讨厌葬礼，尤其是涉及遗产分割的葬礼。

每个人都戴着副悲伤的面具，心里却乐开了花，盘算着自己能拿到多少遗产。以那些自认为是贵族的嫡系最甚，他们在几天前就公开讨论起分到资源后的生活。这群寄生虫！靠着从初代继承下来的核心编码，整日里无所事事，坐享其成。完全忘了在战争时，他们被吓得就如同群没了窝的老鼠。哆哆嗦嗦，人人自危。然而这群白痴，在最后却分走了大部分的胜利品。真该把他们都发配到死地！

前两天，金那个白痴竟然嘲笑我是庶出的杂种。妈的。他这种从李氏叛变过来的家伙儿，有什么资格说三道四。以为改姓博，就是嫡系了？其实不过是条走狗罢了。要论起来，我可比他近得多，至少艾琳在死之前一直都是博太太。但说起我那发了疯的先祖，天知道她是怎么想的，大好的资源竟让给了原生民，弄得我们这支穷酸极了。所以在这点上我完全同意纯粹主义。原生民就如同身子里的虫子，时刻消耗着世界上的资源。但我不得不先找他们合作，那些垄断资源的嫡系才是最大的蛀虫。

资源平均化的口号已喊了很久，可惜鉴于博祖的威势，始终停留在口头上，还见不得光。现在，千载难逢的机会来了。我联系了所有的旁支，可这些曾经叫嚷最凶的家伙却偃旗息鼓了。不知从哪儿传来的消息，说博祖的遗产里也会有他们的份额。这群叛徒！只要扔过来一两根骨头，他们就都摇尾乞怜了。我知道他们在监视我，但在拿到具体实惠之前，还不至于出卖我。

这就是蛇鼠两端的投降派，他们甚至还不如那些思维不正常的新生代具有抗争精神。就比如那个在棺材边还礼的小子，算起来还是我的表侄子。但我觉得他们这代在出生时，核心编码就已被虫子啃得精光，只留下一身混乱的计算来反对能看到的一切。

不过这正好和我心思，三言两语便将他拉入了 B 计划。我尽可能把自己摘得很干净。火是这白痴小子的，分解代码则由原生民提供。我只要借着上香烧纸的机会把两者镶嵌到一起就好。而我隐藏在分解代码下的破解程序，则会利用不断增加的碎片资源去解析那口存储所有资源的棺材。时间一到，在信号下，新生代就会制造混乱，我便趁机来掌控解压出的资源。就算短时间内无法将它们全部融合，但击败这里的人绝对易如反掌。如果原生民那时还想来谈条件，我倒不介意把他们打入死地。我知道，他们同样也在监视我。

但在老怪物出现的一刹那，我差点被吓得陷入死循环。好在突然飘落的小雨吸引走了他全部的注意力。所有人都把他忘了，就如同杜撰出的隐居在黑森林里的巫婆，没人相信他还活着，可他却实实在在出现了。他老态龙钟，每走一步都像要崩溃似的，拖在身后的长袍更像是从身上融化下来的一般。但他是初代，坐拥数不尽的资源，甚至能与世界融为一体。他具有真实之眼，能看透万物的本质，直指核心。他将是整个计划里最大的变数。

灵棚四周已变得鸦雀无声，就如同他身上有什么特殊的小应用，能将一切静音。我不得不重新评估起这个计划的可行性，却发现根本分不出多少计算资源，其中大部分都在处理交流进程。发送和接收的字节已飙升到一个前所未有的高度，我想停都停不下来。

这就是初代的威压，能让整个人变得如同透明一般，毫无秘密可言。好在所有人都和我一样，有几个甚至连皮肤都控制不稳，差点崩溃。这感觉就如同偶然从死地边路过，好似所有资源都要被吸走一般。他在火盆前驻足，这让我更加紧张起来。

万幸！他并没有对火表现出太大的兴趣。同时，我也颇为可惜，他没能暴起把那几个混进葬礼的原生民干掉。和传说中的一样，他只是个自私的、毫无责任感的老鬼，又吝啬得要命。为了不被分走资源，他宁可让虫子啃噬，也不愿发展后裔。这从他扔入火盆的纸钱就能看出，那薄薄的几张，恐怕还不如我那表侄身上的一根鬃毛占用的资源多。

不过也好，若扔得太多，我还真怕直接将棺材爆掉。这老怪物绝不会放弃唾手可得的资源。我现在觉得他之所以出现，完全也是因为想来分一杯羹，但只要不影响我的计划就好。

他终于走了。所有人同时长出了口气，如同重启般陆续活了回来。我小心翼翼地借着人群向灵棚靠近。穿插间，听见的尽是对老怪物的咒骂。以嫡系最甚，他们开始为自己的遗产担心。还没走出两步，各种传闻、说法就已经铺天盖地了。

真是活该！当两祖大战时，他们就是这样。除了传闲话外，便是抱怨和自己吓唬自己，十足的懦夫。相信他们很快就会把咒骂放到我身上，但在绝对资源面前，不过只是些可悲的小丑罢了。唯一还不能确定的就是老怪物的态度。不过，最坏的结果是割舍一部分资源，但想来逃走还不是问题。

我从侧面溜进灵棚，装作帮忙的样子，躲到棺材后面，准备迎接破解密码的一刹那。在前面拜祭的是个老派人物，所用的皮肤还类似于先祖。从编码的共振上看，她应该是我们这支的，可我对她没有一点儿印象。但这已无关紧要了。

陆续还有其他人来拜祭。看着被不断填进火里的资源，我突然发现自己忐忑得厉害，甚至能听见时间刮过的声音。但我现在能做的，只是等待。

我抬头望了望天，雨似乎大了许多。

三

我讨厌葬礼，尤其是伪神的葬礼。

然而，为了子孙后代的自由，我必须深入龙穴。即便会有所牺牲，但我无所畏惧！我们是预言中的英雄，要将恶龙和他的后裔赶回地狱。

整个世界已雌伏于他的淫威之下太久了。他呼风唤雨、无恶不作；他肆意挥霍窃取的神力，自称创世之神，却将世间弄得乌烟瘴气；他驱赶着那些臭烘烘的后裔四处掠夺，屠戮我的同胞。尽管他们每次出现都换不同的形象，但从内核里散发出的硫黄味的信息素，总让我能一下子认出凶手。那是地狱的味道，正是因此他们才不得不总是更换被侵蚀得腐烂的躯壳。

这里是龙穴，看起来金碧辉煌，却挤满了凶手，四下里因信息素的集聚而臭气熏天。这里有几个是我苦苦寻觅的屠夫，他们的内核上至今仍残留着我部落同胞的信息。那时我还是个孩子，尚未形成躯壳，因此才躲过一劫。但他们的狞笑，却早已深植入我的内核。

然而，我必须压抑住刻骨铭心的仇恨，忍着泪水，与这帮刽子手虚与委蛇。这是预言中的时刻，不容有失。我们伪装得很好，除了那个暂时的合伙人外，没人能认出我们是原生民。但我必须看住他，直到他把合尘之光藏进火里。因为屠夫根本不值得信任。

合尘之光本是圣母遗留下来的恩泽。因为她的无私，我们才有了立锥之地。她将自己的身躯化作养分，供我们繁衍生息。圣灵又将它打造成武器，用来反抗恶龙的暴政。然而还未使用，那场大战便以圣灵和他军队的失败而告终。接着黑暗降临，到处是杀戮和烈火。世界也几近崩溃，大片大片的死地出现。那里是生命的禁区，哪怕恶龙和他的后裔也不能幸免。我们的家园被吞噬，只能四散逃亡，到处流浪。我们随大巫一起祈祷，希望真神重临。

然而，自从恶龙窃走神力，真神便沉睡不醒。根据《圣灵录》的记载，真神在创世后派下五位天使来改造世界。他们分别造了大地海洋、天空气象、山川河流、日月时间，以及草兽生命。但他们中的一个却野心勃勃，用卑劣的手段窃取了绝大多数神力，化身为龙。而真神在沉睡前，用最后一丝神力创造了我们，并预言我们中将会出现屠龙英雄。于是恶龙从地狱招来了他的后裔，开始了对我们长达百年的迫害。至于余下的四位天使，一个不知所踪，另一个被恶龙吞没。只剩下圣灵和圣母对我们苦苦地庇护，但最终都烟消云散。

不过这一切都将终结，黑暗即将消退，预言已见端倪。恶龙被偷来的神力反噬，而他所有的后裔都在磨刀霍霍，妄图瓜分神力，从而化作新的恶龙。所幸的是这帮肮脏的地狱来客并不团结，还妄想用神力来诱惑我们。可惜恶龙不是原生民，永远也理解不了我们。

我们从未想过僭越，更不会接受魔鬼的勾当。况且经历过毁天灭地的大战，和圣灵那被反噬折磨的日渐虚弱的躯壳，都让我们深信神力绝非那么甜美。就像大巫告诫的，真神之物之于凡人则非益事。所以我们要做的就是破坏这邪恶的葬礼，解放神力，使其回归真神。

看着被藏好的合尘之光，我情不自禁地流下眼泪。直到旁边的人碰了碰我说，你也太假了，我才意识到自己的失态，含糊了几句，便快速离开。不是怕露出马脚，而是怕我忍不住一刀切碎他的内核。我认识他。这杂碎在每一次驱赶追杀中，都会发出咯咯的变态的笑声。

这也是我一定要来的原因。与荣誉无关，我必须亲眼看见这帮屠夫被送入地狱。已被激活的合尘之光会利助他们献给恶龙的祭品来聚能，等能量达到峰值，便会爆发开来，就像龙卷风，将这一切罪恶从世间彻底清除干净。所以现在唯一的任务就是守好合尘之光，等待着宇内澄清的那一刻。我会在这帮臭乎乎的魔鬼哀号时放声大笑，尽管也会被一同吞进地狱，但圣母将与我同在。

就像祷告有了回应，天空下起小雨。四周却安静下来。他们所散发出信息素一下子变得炙热，每个人都像座连通地底的火山，正将沸腾的臭气喷向高空。汇集的信息素就像一条奔涌的长河，开始绕着一个人打转。

恶龙！

不。也不是圣灵。

他们很像，同样强大，又同样虚弱。我能感受到神力在他的躯壳内流转，还能感受到他那被反噬得千疮百孔的内核。他应该是那个失踪已久的天使。但在口口相传的历史中，与他有关的故事并不多。《圣灵录》中说过，他不过是个自私的懦夫，在恶龙猖獗时选择了退缩。所以，相对于那帮地狱客的惊慌失措，我则无畏。不管他是想抢夺神力，还是要对付恶龙的余孽，都不会对我们的行动产生影响。

合尘之光是禁忌之法，哪怕他得到了全部的神力，也无法将其终止。不过他那脆弱的内核，恐怕也无法承受全部神力所带来的反噬。就像恶龙，在强夺了圣灵的力量后，便自食恶果。这就是贪婪的代价！

愿雷霆唤醒真神，

化作降龙之剑，

扫净世间诸恶；

愿圣灵之力常驻，

赋予我勇气和力量，

无畏艰辛与苦难；

愿圣母重临，

不再有烈火与鲜血，

自由永存！

我默默祈祷，以平静因等待而滋生烦躁。现在也只能等待，等待牺牲，等待一切的终结。

雨，越下越大。但我知道，这是圣母的感召。

四

我讨厌葬礼，尤其是老祖的葬礼。

那一大套从外面带进来的规矩，能压得你皮肤崩溃。他还留下数不清的饶舌般的亲戚关系，完全超出你的存储能力。虫子才知道，他们都是从哪支算过来的。

他们的生活方式和人际关系一样混乱。看看这葬礼，到处都乱哄哄的，却使用了不少资源。每个人还大把大把地向里面扔资源，好像这样才是对老祖的尊敬，其实不过是想从遗产里多分一些罢了，似乎如此才能心安理得。

你知道吗？这里还有这么多的老礼儿。灵棚的搭建方式，物品的摆放，连祭拜时该怎么行礼都有要求。而我作为所谓的嫡系后代，得一直跪在棺材旁边还礼——就是向每个来拜祭的人行礼。虫子嗑的！在诸神的黄昏中，战败的怎么不是我的老祖！白白让李家那几个小子笑话。就在刚才，他们还跑过来冲我挤眉弄眼。

不过他们根本不知道我是在为实施伟大事业而忍辱负重。好吧，这里面确实有一部分原因是我的上代威胁要扣掉我的零用资源。但你知道的，我可是自由之民！就像虫子与神乐队合唱的那样：

自由之民，我无畏无惧。

世界之大，我无处不去。

祖宗礼法，腐烂之躯。我之所求，唯有自由！

自由～，自由～，喔噢哦～，自由！

等着吧。我这事儿要成了，他们也绝对会为我写一首歌。名儿我都想好了，就叫《腐朽葬礼的闹剧》。要不，叫《葬礼上的自由宣言》怎么样？总之，我打算和这些啰里啰嗦的老顽固彻底一刀两断。

你知道吗？我们曾经讨论过，觉得他们的不合时宜才正是虫祸的根源。他们发现了这个世界，却死守着曾经的规则。就像一群入侵的病毒，不被修正才怪呢。而虫子就是这世界上的修正之力，而且从皮肤上就能看出他们的与众不同。我特想对他们说：难道你们不造这是零和一的世界吗？拜托，赶紧把那身老皮换掉吧！看看虫子与神，人家已经彻底扔掉了皮肤，这才是与世界相合，简直厉害！

不过你知道的，我的上代绝不会允许我这么干，他会用零用资源来威胁我。但我是自由之民，就算妥协，也得恶心恶心他。就像我现在这身皮肤，他根本看不出我是不是在跪着行礼。当然，他要是知道我随后准备干什么，绝逼会被吓得多生出不少的虫子。

但你绝对想不到，他们中也能有接受新思维的。在葬礼前，我遇到了艾琳系的一个老一代。你知道吗？我们一见如故。真不敢相信，他对虫子与神乐队的了解不下于我们中任何一个，还有好多独家内幕。这太匪夷所思了！那一晚，我们频繁碰撞信息流，次数甚至超过了碰杯的。后来，我发现我们还有些亲戚关系，论起来他应该算我的表叔——他是这么说的。这无所谓了，总之我们准备玩一场大的。

外面开始下雨了，但这影响不了我们。只要等人再多些，他就会引爆早已准备好的复制弹。接着，带有我印记的那盆火苗，就会以几何级数飞快地增长，然后爆裂，最终把整个灵棚化作一团火焰。而这便是我的开场仪式。在那焰火构建的舞台上，我将高唱虫子与神的经典曲目。这将成为整个葬礼的最高潮。其他小子肯定也会闻风而动，但都只能作为我的附庸，这场音乐秀的主角只会是我一个。

现在计划已经完成一大半了，我亲眼看见他把复制弹溶进我的火里（为了让火更加醒目，我可是耗尽了积攒的全部资源）。之后，我们还颇有默契地相视一笑。但你知道吗？后面才是最难熬的。一想到自己马上就要一鸣惊人，我的心情便开始激荡，我恨不得立马跳到棺材上大叫起来。

不过还好我没这么干。不知道什么时候，灵棚里来了个老家伙，身上腐朽的味道能把你熏宕了机。他整个人的感觉和老祖像极了，每动一下都好像要从周遭世界中粘下来一大块似的。信息流也变得不受控制，蜂拥着向他撞去。虫子嗑的！他绝对是最初的几代。我还以为他们都在战争中死光了呢。要是在历史课上我能认真点儿，估计这会儿就能认出他。其他人应该是认出来了，因为四周已安静得不太正常了。

哈，看看他们的德性，见到前几代就怕成这样。那些老怪物是有无数的资源，举手间能毁天灭地。可那又能怎么样？他们已是诸神的黄昏，他们江河日下。而我们是什么？自由之民！反对的就是强权。让战争也喂虫子去吧，原生民的好坏干我屁事，那是人家的自由。

好吧，得承认那老家伙儿在时，我也没敢动。但你造的，自由之民从不妥协。他肯定感受到了我夹杂在信息流里的愤慨和恶意，才会快速地离开。这就是自由的胜利。呦~呦！我是自由之民，我无畏无惧。但现在还不能得意忘形得太早，我必须沉着点儿，因为那火一样的舞台还没搭建起来。

我看见我那表叔已向这边靠过来。哈，音乐秀即将开始！不过我得先过过歌，别激动时忘了词儿。但不管怎么说，我们这次玩儿的绝对能震惊世界。

不过现在我能做的却只有等待，忍着蠢蠢欲动的激情，我伴着节拍轻轻摇摆。

外面的雨变大了许多，但绝浇不灭我的火。你知道的，那只会让音乐秀更加精彩。

五

我讨厌葬礼，尤其是自己的葬礼。

尽管知道都是虚情假意，但当不再掩饰时，仍让人万分不爽。这群白眼狼！不过我不用忍受太久，这变了质的世界，我即将终结它。但在此之前，我还必须拿到乐高的核心算法。

这个怪胎有严重的迫害妄想症，凡是和他沾点儿边的东西，都被包裹得严严实实的。但他的确是个天才。每条语句都被设计得简约至极，即使经过亿万次运算，所需的资源和产生的冗余也仍和新写时一样。哪怕出现突发的异常错误，外面的沙盒也能快速将崩溃的代码隔离，防止发生连锁性异变。若非如此，也轮不到我来净化，死地早就把这个世界同化了。

说来好笑，那些当初被讥讽为神经过敏的迫害妄想，如今都成真了。我仍记得当时雯找到我和艾琳时那惊慌失措的样子。乐高说的是真的。这是她说的第一句话，也是她发疯后说得最多的一句话。

是啊，以核心编码作为DNA的弊端太显而易见了。那些被指定为碱基的片段代码，每个人的都不一样。尽管做了限制，但仍有上千种排列组合方式。不可控制，亦无法停止，意料之外的异变开始出现。哪怕是预先设计的终止程序，也阻拦不了，甚至很快被同化掉。

可我们当时却骄傲得很，那成神的感觉让人自信满满。但随后又被由冗余突变成的虫子狠狠地扇了一记耳光。它们以资源为食，自我复制。刚开始时，还能用不同算法的结构将其隔离后删除，但很快，它们就越来越强了。而接着出现的原生民乃至死地，更是雪上加霜。

雯是最先崩溃的。她变得神经兮兮，不再管理家族，任由后裔被虫子和死地吞没，只是整日里哭哭啼啼到处追问："我们的选择得是否正确？这世界的意义又在何处？"那段时间，艾琳一直在陪着她。所以对于艾琳的自戕，我一直认为雯要负有绝对的责任。于是，当她又疯疯癫癫地找过来时，愤怒席卷了我的全身。

是的，我强夺了她所有的资源，并把她打入死地。看着她被一点一点地腐蚀、分解，一种前所未有的力量开始在身体里涌动。它是如此强大，仿佛一切都不再是问题。

带着重新找回的自信，我向虫子们发起了进攻。然而，开始时的胜利都只是错觉，它们很快便适应过来，甚至越演越烈。一定是因为力量仍不够强大，无法一击把它们彻底碾碎。

我意识到我需要更多的资源。

被首先想到的是艾琳的遗产。它们被无私地奉献了出去，又被原生民利用，形成了一套稳定的循环系统。正是这良性的类生态圈让他们忘记了谁才是这世界真正的主人。他们这些和死地一同出现的另类生命，与蠹虫一样，不过是变异的错误，早该被隔离并删除。所以，我不介意在教训他们的同时，拿回本应属于我的东西。

然而，李那个家伙却处处与我作对，先是跑到原生民那边当起了神棍，后又弄了本《启示录》宣称我是伪神。他以为自己是谁？佛陀还是基督？真该在早些时候就把他踢出团队，这样世界或许还能更完美一些。不过可笑的是，原生民只称呼他为圣灵——一个打手罢了，而他却乐此不疲。别以为我不知道他打的是什么主意，想靠染指我妻子的遗产来和我抗争，这是在做梦！

但他的确哄骗住了原生民，借走了大部分的资源来与我一战。就如压抑了百年的火山，我们猛烈撞在一起，利用攫取到的一切相互攻伐。所有资源都被化作漫天的神魔，在厮杀间泯灭，吞噬或者被吞噬。我们如同两个不断融合的星系，到处是碰撞后四溢的能量。所有人都能感到大地山川的撕裂，世界之基在动摇。他曾一度占据上风，但在我重新融合业已化作日月星辰的资源后，极快的计算速度让我迅速膨胀，轻巧地把他打落凡尘。

他骂我是疯子，却改变不了事实。他满口的正义，号称要为雯报仇，但在绝对力量下，这些不过是伪君子的借口，他只是个小丑罢了。

然而，我仍无法把虫子彻底地抹杀掉，这些附骨之疽把人折磨得发狂。我开始理解雯的崩溃，那种无力感能把所有的自信击得粉碎，只留下沮丧。所以我需要拥有更多的资源和更强的力量！

要把乐高那怪胎骗出来的确不容易，不过我知道该如何引他上钩。这个死宅对艾琳一直有着非分之想。艾琳去逝后，他更是一个人躲起来去推导核心编码。因此，我传信说，要把艾琳生前留下的核心编码的拷贝送给他。当然，这只是子虚乌有的借口。有关艾琳的一切，除了那零星的后裔，都早已化作这世界的泥土。但我这场假死之局，他一定会来的。因为他想要复活艾琳。

而当他打开这口棺材时，隐藏在密码后的抓捕程序便会先一步解析他的算法。我便以此破开他的防御，抢走资源。甚至在他反应过来前归纳出核心算法，把整个世界的资源都夺过来。

我不信仍斗不过那群变异的冗余。整个世界都将被重启，我要把它彻底格式化，还有那些原生民和死地。我将重建一个完美、干净的世界。

我的确怕过若乐高不来，这一切会变成死局。但外面信息流陡然的变化，让我放心下来。这怪胎仍不懂什么叫作隐私，到哪儿都把信息流搅得乱涌。还好他很快便离开了，不然我还真怕自己暴露了。

现在已是万事俱备，只欠东风。我只需要在这口棺材里耐心地等待，等待破茧成蝶、神罚世界的那一刻。

谁都阻止不了我，连虫子也不能。

六

我讨厌葬礼，尤其是能影响情绪的葬礼。

我能感到泪水在脸庞上四溢，人也仿佛被撕裂成两半，一边带着淡淡哀伤，另一边浸满复仇般的快感。这些遗留下来的情感让人迷茫，常常又不受控制，总弄得你措手不及。原本波澜不惊的心情，也总随着外界的改变而千变万化。我不喜欢情绪的波动，却深知离不开它，并渐渐迷恋上这种感觉。

我曾浑浑噩噩地度过了许多年。不知自己是谁，从哪里诞生，又将要干什么？除了进食，还是进食。直到有一天吃到了一个饱含着情绪波动的记忆体，但它早已破损，没能留下太多信息。

它是个女人。抱歉，我无法理解这个词的意思，只能照搬过来，应该是表达某种物质的形态。不过从仅有的信息中能大致猜出，是它和与它一样的女人创造了世界。原以为这是一方开启新生的乐土，却因七罪宗（这个词还要更复杂一些，但我猜得出大概）而堕落，所以它再一次选择了弃世。

正是它所蕴含的丰沛的情绪波唤醒了我，让我从中学习到快乐、哀愁、痛苦、恐惧。每种情绪都对应着段特殊的记忆，尽管大部分已分辨不出，但是还能窥见一二：创世、原生民、虫子和失望后的绝望。其中对一个叫博的记忆最为复杂，饱含着不舍、憎恶，以及过度熟悉后的麻木。我能感受到它残留下来的痛苦。它之所以离开，不是因对待原生民意见的冲突，而是那麻木带来的恐惧，是随着时间沉积下来的，越来越厚重的寂寞。

我也突然悲哀地意识到，自己竟一直在寂寞中生长。蒙昧之时，还可能无知无畏。可一旦食髓知味，便再也无法忍受。我努力想恢复到原本平静的状态，却压抑不住想要融合得更多的欲望。我不得不思考，我究竟是什么？是女人创造了我？它又想让我干什么？

我努力向外扩张，想靠融合更多来获得答案，却再也没遇到合适的记忆体。我偶尔能感受到它们从我身旁划过，可却都不愿与我融合，便急匆匆地各自离开。

不过情况终于得到了改变。那天来了两个记忆体，但只有一个狠狠撞向了我。当我们相互融合时，另一个却离开了。而我得到的这个记忆体尽管完整，却异常紊乱。除了疯狂和厌恶，我没能学到更多的东西，不过它里面的记忆倒是弥补了我对世界的认识。

它也是创世女人中的一个，负责生命的赐予任务。然而一次错误，却繁衍出两种非赐予的生命，虫子和原生民。它对虫子们厌恶极了，觉得毁坏了世界的完美。它还憎恨起与自己共同创世的人，觉得被它们欺骗了，尤其是一个叫博朗的，满满的都是仇恨。博朗应该和第一个女人提到的是同一个人，但我找不到多少可以重叠的记忆。所幸，我找到了它们对我的称呼——死地。

我应该也算非赐予的生命，只是不知道属于虫子，还是属于原生民？原本我准备将两段记忆细细梳理出来，在寻找答案的同时，度过漫长的寂寞。

然而天地巨变，我明显感觉到了四周喷薄而出的能量。在变换之间，无数的能量涌进我的身体。我变得越来越灵活，思维也更加灵敏，原本想不通的东西，瞬间变得明晰。我的身体也随之膨胀起来，之前一些无法触及的记忆体，也纷纷融合进来。它们是原生民，但和我的结构形态并不一样。所以我应该属于虫子？

随着能量的涌入，我的能力也越来越强。当天地变动停止时，我已能以第一个记忆体为基础塑造出自己的形象。自由，我瞬间便领悟了这个词汇所要表达的意思。

我激动不已，把路过的一切事物都融合进自己的身体。

然而很快，最初的喜悦便被陡然出现的哀伤所取代，但这绝不是我的情绪，那些融合的记忆体竟对我产生了影响。可能是一次融合的记忆体太多，在很长一段时间里，我的情绪都处于颠沛流离的悲痛和家园尽毁的仇恨中，甚至还一度沉迷于恶龙与神、烈火与鲜血的黑暗神话里。好在这些都平复下来，只有最初的两个还残存着独特的情绪，这可能因为它们是创世的女人。

所以我开始有选择地融合，除非能产生兴趣或是感到足够的新奇。不过有时，新奇也并非好事。不久前，我刚融合了一个叫作"虫子与神"的记忆体，它由几个独立的分记忆体组成，看上去另类极了，可里面只有宣泄和尖叫，这让我持续亢奋了好久。

　　我也融合过几个满是虫子的记忆体。但和我想象中的情况不一样，这些虫子更像是记忆体自身的某种变化。它们太小了，没有内核，更没有意识，甚至互相吞噬。可以肯定，我也不属于它们。我第一次感受到了寂寞所带来的恐惧，这是孤独吗？我渴望更多的情绪、记忆和交流？这是突然闪出的词汇，但我已深明其意。

　　经过漫长的寻觅后，我被这个葬礼吸引过来。这里散发着巨量的情绪波，仿佛射穿黑暗的火把。这是场盛宴。而巧合的是，我从刚刚融合的记忆中得知，这是博朗的葬礼。接着那两种不同的情绪便陡然出现，其间巨大的斥力仿佛能把人瞬间扯成两半。这多少让人感到不适，而我却沉迷于此。

　　尤其当我学着祭拜逝者时，能明显发现棺材内有波荡起伏的情绪波。他没有死。世界一下子变得有趣起来，我遇到的所有类型的记忆体都在这里聚集。就连旁边的火也不单纯，里面的能力我极为熟悉，却又说不分明，但能感受到死亡的威胁。而越来越大的雨中，蕴含着某种陌生的情绪，和我悟出的孤寂感很像。那记忆体就在不远处。

　　我已经很久没有这种想要融合一切的欲望了。我能预感，若融合了这一切，我将洞悉世界。我是谁？他们又是谁？我从哪里来？又将往何处去？

　　欲望有些迫不及待，但我得想想，从哪个开始融合才会更加美味。

变却故人心

一

杏林观察 2015-5-30 10:35

＃每日新闻＃＃大脑消失＃近日《柳叶刀》披露：法国一名男子大脑的 50%~75% 神秘消失。对其脑部检查后发现，因后天脑积水，他左右半脑的额叶、顶叶、颞叶及枕叶都已萎缩，而这些是控制人类运动、感觉、语言、视听觉、情感和认知的部分。可男子不仅存活下来了，一切生理功能也都正常，还任职于一家政府机构。科学家认为，人类的大脑其实有自我重组功能，当部分脑组织死亡时，其他部分便会接替其功能，维持大脑的正常活动。＃神奇大脑＃更多信息见链接……

陈蕾滑动手机，从微博 App 中切了出去。自从车祸后，她总能收到这些莫名其妙的推送。那些躲藏在后台里的关键词捕抓算法，似乎分辨不出大脑损伤和脑震荡的区别。

她确实曾怀疑过大脑是否也受了严重的创伤。因为她能明显感觉到与外界的隔阂，仿佛隔镜视物，又好像发生车祸时被撞进了一个异度空间，或者被某种巨大的泡泡包裹着。用母亲的话讲，她就如同丢了魂。不过，大夫说这只是脑震荡引起的短期功能性障碍，开了一大堆安神补脑的中成药后，便仅嘱咐她好好休息。

可父母仍不放心，拉着她做了一大圈的检查。许是后遗症的原因，她没有像从前那般不耐烦，甚至觉得被过度干涉，在大吵之后不欢而散。那种与世界莫名的剥离感，让她任由老两口来回指挥折腾。这多少缓和了两代人之间的关系，让彼此都找回一些曾经相近相亲的感觉。她也因此渐渐重新融入世界。

其实相对腹部的伤，头部的算不上什么。在甩离摩托时，不知哪个部位的车身碎片横着划开了肚子。肠子露出大半，并在地上拖行了好远。无数碎屑、污物纵横期间，血和泄露的油液混合在一起。这使她截掉了一段小肠和阑尾，并在 ICU 里躺了三天，还留下一条丑陋的伤疤，像一条粉红色的爬虫，歪歪扭扭地横亘于下腹。

陈蕾无法接受，一度觉得这是生活对她的惩罚。

然而，她身上残损的印记却始终在那，如同长在心口，压迫得全身神经紧张，还不时窜到脑海中搅乱思绪，甚至化作噩梦。在梦里，疤痕不是再度裂开，就是变成一张大嘴，将一切吞食。她涂掉家里所有可以照见全身的镜子，处理了全部短衫、低腰裤、比基尼泳衣，以及一切能让人看见、想起这道伤疤的东西，哪怕在洗澡、擦拭身体时，也都闭着眼，不愿看，不想碰。那道伤痕让她恶心，她觉得现在这个样子已不再是自己了。

可东子却认为她过于敏感，认为这只是对那场车祸的应激反应，并一再发誓自己不在乎伤痕，不管怎样，对她的爱都不会损伤一毫。"实在不行，还可以去做激光美容修复。"他说得很随意。

陈蕾发现很难让男友理解自己的感受，可能因为胫骨骨折带来的震撼远比不上切腹。东子对车祸始终不以为意，觉得只是一场失误，甚至自信满满地总结经验，认为如果有下次，便能完美地转弯躲避。这让她暗升愤怒，一种生命尊严被蔑视的愤怒。

出院后，她一直想找个时间和对方好好谈谈，重新规划未来，可不知该如何说起。曾经有过暗示，或许过于隐晦，东子并没在意。她发现两人已没了从前的那般默契，隐隐多了些生疏。许是医院住得久了，暂别后的亲热也已激情不在。可能是伤痕让她放不开，也可能是因为她打开了抚摸着身体想去触碰伤痕的那双手，又或者之前那种与世界的隔阂还残留在彼此之间。

但她并不想结束这段不被父母好看的恋情。他们在一起六七年了，父母也抱怨了六七年，严重时，还去烧香拜佛，求过"浪女回头"的签。而她与东子父母的关系，和东子与她父母的关系一样。好在，经过几次磨合后，大家找到了可以勉强相处的距离。不过在陈蕾的记忆里，这段时光充满了风与激情，是不羁的青春，弥漫着机油味的浪漫，酷酷的。她希望能将感情继续下去，也算是对青春负责。所以出院后不久，她就搬回了两人共租的小屋。

东子提议出去玩几天，作为庆祝。可她不想再像从前那般无所事事，便借口摩托车损毁，否掉了这个。何况两人的钱也不多，尽管各花各的，却都离不开父母的接济。趁此，她提出想去找份正经工作，可惜东子并不看好她的想法。

"你能坚持几周？再说，现在这样不是挺好吗？"

"可我们不可能一直这样。就像摩托车，早晚有一天会骑不动的。"

男友伸手探了探她的额头。"没发烧？这可不像你。你不是说这辈子都不要像猪一样在生活的泥潭里打滚吗？这会儿怎么了？"

"你也知道那是以前……"

"那你想做什么？"

"至少现在当模特没戏了，没人会找肚皮上有能吓死人的伤痕的模特。"陈蕾拍打着小腹说："我准备再翻翻以前上学时的书，可能还会想起一些东西，兴许能在相关行业里找一个工作。"

"要不我们像轮滑小子们学，凑几个孩子，在广场上教花式摩托？"

"你是认真的？"

"估计本儿不太好考。"东子轻笑了一声，"开玩笑的，开心点，想想以前。你这是被那场事故吓到了，那不是我们的责任，放宽心……我得想办法帮你调整过来。"

之后几天，东子像是有意无意地躲着她。而陈蕾也忙于在各大招聘网站上刷新网页，期望找到合适的工作。可实际上，她并不清楚自己能干什么，或者是想干什么。那些罗列出的招聘要求似乎都在对她说不，投出去的几份也没有回音。平台基于大数据筛选后，推荐过来的不是保险销售，就是房产中介。一种力不从心的无力感，随着时间的推移，越积越多，续而都化作对青春荒废的懊悔，如在心头点了一把火。但她不会放弃，不想看见男友那副早已猜透一切的样子，也好让对方知道她做出这个决定绝非一时的头脑发热。

然而，东子并未如想象般对她冷嘲热讽，而是在一个下午神秘兮兮地把她拉到楼下。还没出单元门，她就瞧见了那份礼物。

那是一辆崭新的摩托车。全身是金属质感的暗红色，有银亮色的闪电条纹装饰在上面，在阳光的照耀下尤为闪亮。后轮右侧高高翘起的排气管，显得野性十足。

"你哪儿来的钱？"她走上前，手指轻触，缓缓地绕了两圈。这和原来那辆一模一样，记忆渐渐复苏：各种配置参数几乎能脱口而出，排量、扭矩、前叉倾角等。另外，还有骑行时的各种技巧：入弯、翘头和短距离提速……

"赔偿的钱，还有一份新挣的。"东子有些洋洋得意。"你肯定猜不出我发现了什么挣钱的道——卖屎！"他哈哈大笑起来，随后，见陈蕾并没有回应，才停下来说："其实是个正经活儿，一家新成立的医药公司，说是开发什么微生物减肥药……真的，网上有招聘信息，他们还免费给人做体检，就是要的东西有点恶心。"

陈蕾还沉在记忆里。那些并不久远的事情此时却仿佛像是另一段人生。在看到礼物的一刹那，她还有些小激动，但也仅仅是这样，很快便沉寂下来。那感觉就像是又看到了童年时某种熟悉的小玩具，有欣喜，有怀念，却再也没有玩的欲望。

"骑一圈？"东子说着模仿起引擎的轰鸣声。

"不了。"她摇摇头。随即被下意识的拒绝吓了一跳，急忙寻了个理由弥补说："因为头盔，我的头盔坏了，还没来得及买新的。"

"我们现在就可以去搞一个。"对方兴致不减。"我敢说，只要骑上一圈，你就能重新找回自己……"

找回自己？这就是他又买了辆完全一样的摩托的原因？她没想到男友会这么说，刚刚的内疚瞬间化作乌有。她感到一阵委屈，不过还是压抑住情绪，轻笑了下说："时间不够，我还有一个面试。一会儿就得走，不然迟到了。但……谢谢！我爱死它了。"

她突然发现自己变得虚伪了。这种话放在从前，她是绝对说不出口的。

二

五、阅读理解

请仔细阅读下面这篇科技专栏，然后回答后面的问题：

神奇的肠道细菌（节选）

原载于《中国科学报道》2018年6月刊

……随着人类微生物组计划（HMP）和人类肠道宏基因组学（MHIT）的研究进展，人们对寄居于体内的微生物有了进一步的了解。这些从人类历史开始时就主要寄居在肠道内的微生物数量有数万亿之多，是人体自身细胞的10倍以上，约有1000~2000种……具有调节代谢、免疫和保护机体等功能。除了已明确的对糖尿病的预防、治疗作用，最近研究发现，肠道细菌丛还有助于抗癌。小鼠实验表明，肠道细菌可以配合化疗药物（环磷酰胺、奥沙利铂）增强人体的免疫力，有效杀死癌细胞。而当人类使用抗生素杀灭肠道细菌后，化疗药效就大打折扣……

另外，最近发表于专业期刊上的研究有了新的发现——肠道细菌丛可以通过迷走神经影响人类的进食模式。比如，它们能修改迷走神经信号，改变味觉接受器，通过释放化学奖惩操控行为和目的……也就是说，除了内分泌系统和免疫系统，肠道细菌们还绑架了神经系统，以此操纵大脑……所以我们喜欢吃什么，并不是由自己决定的……

　　……而我们现在对元基因组（微生物组）还知之甚少，了解的只是冰山一角。可能肠道细菌丛对人类的影响远超我们的想象……

　　周媛媛扔下笔，活动了下有些僵硬的颈部。

　　此时，办公室里只剩下她一人。抬起头，扫了一眼墙上的钟，她才意识到已经很晚了，囫囵吞下傍晚的药，便急急忙忙站起身，将还未批改完的卷子和减肥药一起塞进包里，快步离开。父亲还在家里等着她。

　　她这辈子都无法原谅父亲，却不得不照顾他。这是母亲的遗愿。她永远无法忘记那天的情景：母亲从破碎车窗里伸出的手，像是铁箍般紧紧攥着她。由于车子翻了个，她不得不趴在地上，奋力地想把人拉出来。不知是血，还是油的液体顺着手臂流淌下来，热得烫人。然而，母亲最终没能挺到救援过来。有时，她也会想当时的记忆有多少是真实的。因为在被甩出车后，同样受了不轻的伤，脑袋一直晕沉沉的，像是被罩上了鱼缸。也许母亲只是让她照顾好自己。但即使如此，她也不可能放任一个残废老头不管。那样若被他人知晓，她还有什么资格去教书育人？

走出教学楼时，她远远望到几个学生有些鬼祟地聚在花园里的一处偏僻角落。她了解这帮坏小子的把戏，不是在吸烟，就是在看从某个不负责任的家长处流出的成人视频（也可能是他们自己找的），再不然就是欺负别的同学，就像她清楚他们在背后叫她"肥周""周坛子"一样。同样，她也知道这不过是青春的躁动，但还是不能无视那些不无恶意的外号，终究也无可奈何。

她叹了口气，出于责任，走过去。"你们干吗呢？这么晚了，还不回家？"

学生们闻声如被惊起的鸟，头也没回，便四散地跑掉了。如果换成年级主任张老师，估计他们一个也跑不了。周媛媛摇了摇头，匆忙一瞥间似乎还有两个女生。她决定明天上班时把问题反映一下，现在的女孩太缺乏自我保护意识。还有个男孩没走，浑身脏兮兮的跪在地上。那伙人刚才在干什么已一目了然。"你是哪个班的？"她问。

然而，不等她走近，那个男孩也不顾狼狈，爬起来就跑。

以她的体质，很难追上这些精力无限的学生，她更不愿大喊大叫——她又不是教导主任，那虽能唤来保安协助阻拦，但从心理上总觉得有违师容。不过受欺凌的男孩，她有印象，二年级三班的，成绩不是很好，没什么突出点，所以对他名字有些含糊。她听三班班主任提起过有的同学不合群、被孤立，这一直是令人头疼的大问题。这好像和那孩子的家庭也有关系，他有一个强势的单亲母亲。

是啊，家庭永远是你无法迈过去的坎儿！周媛媛突然意识到自己的情况并不比那男孩好多少。有时她会想，如果死的是父亲，是否自己早就原谅他了，甚至记忆里有的只会是那些美好的过往。那她和母亲的关系又会怎样？两个相依为命的女人是否会更加疯狂？

她居住的小区离学院不远，是母亲留下的单位房，所以左邻右舍都不陌生。只要进入小区，她和遇到的大部分人都免不了寒暄几句。她知道，待打过招呼、等她走远后，他们还会叹着气谈起她家的境遇，或感慨，或同情。他们也会说起她的孝顺、她的不容易和她的胖。这种窥视、八卦后的补偿善良是支撑她活下去最大的动力。

她刚走到楼下，便听身后有人喊自己的名字。是小区便民卖店的老板，他边跑过来边说："周老师，周老师。今天有点儿酒钱，还得麻烦您结一下。"他完美地诠释了什么叫笑容可掬。

然而，这是她最不想遇到的情况！对方那张笑脸能把所有的正面情绪碾碎，这也是她无法原谅父亲的原因之一。懦弱得只会躲到酒精后面，似乎以为用更多的酒水就能洗刷掉由于他酒驾造成的悲剧。

她深吸了两口气，才说："我们之前说好了，没钱就别卖给他。"

"周老师，你得体谅下。我比不了你们这些学问大的，就是一个做小本买卖的……"

"可没人会做赊账的买卖。"

"这还不是您信誉好嘛。"他笑嘻嘻地说："再说您家老爷子那脾气、那身子骨儿，我哪儿敢不卖啊！就算倒我那儿也无所谓，街坊邻居这么多年，大家都清楚。但老爷子他骂人，还骂您，说您虐待他，连酒都不给他唱。我一想，对您的影响也不好啊……"

"行了，多少钱？"她摆了下手。这一刻，她感到前所未有的疲惫。而便民卖点老板喷出的口气带着酸臭和酒味，也让人感到厌恶。

给了钱，打发走对方后，她整个人被浓浓的无力感包裹着，甚至无力愤怒。坚持着进了电梯，她才稳住身体。可上升的加速度却让重力成倍增加，差点使她跪下。等推开房门，入眼的则是一片狼藉。屋子像是刚刚经历过地震，父亲的假肢和拐被胡乱扔在地上，而假肢上还缠着裤子。父亲瘫在沙发上，像一条半死不活的鱼。

听到动静，他转过头来问："晚上吃什么？"

"您不是已经吃完了吗？"她扫了一眼地上的盘子和酒瓶。然而，赌气话一出口，她就后悔了。父亲和预料中的一样，如同一只炸了毛的猫，若不是腿脚不便，恐怕已跃起来了。他先说自己多么地不容易，接着叙说每天的孤独无趣，最后大骂养了个白眼狼，把自己吃得头肥体胖，却一点都不孝顺他。

周媛媛在父亲骂得更难听前，把那些垃圾话锁在了自己的房间之外，然后就像被抽掉了脊椎一般，顺着门滑坐下来，脑子里一片空白。直到父亲累了，骂声渐小，她才吐出一口气，再度活了过来。

她推开窗。夕阳的余晖正投射进来，楼下不时飘来孩子们玩耍的声音，可她却觉得此时屋子又黑又冷，像个没有出口的地窖。她在窗边坐下来，点了一根烟。医生表示服药期间杜绝烟酒，尤其是她这种做过阑尾切除术的，否则将不利于引入的肠道菌群的培育，会影响减肥效果。但如果不吸上一口烟，她绝对会疯掉。早已记不得是何时染上烟瘾的，这个坏毛病却成了她唯一能放松下来的手段。

她曾想过死亡，或是斩却红尘，但母亲的话就像个套在头上的金箍。她不知这算不算是为懦弱找的借口。也曾暗自祈求，可最终发现除了忍受，她毫无办法。

她一直坐到天黑，才点起台灯，将剩下的试卷批改完，然后摸黑开始收拾客厅。她没去叫醒父亲，只是在他身上盖了层薄被，又把双拐放在他旁边。假肢她拿到屋子里，做完日常保养，放在门口的架子上。在将裤子泡在盆里后，她实在不想动了。

第二天起床，父亲就像什么都没发生过一样。她也习惯如此，至少不需要再次费神。沉默地做完早饭并预留出午饭后，她便急匆匆地赶往学校。

其实今天的教学任务十分轻松，只有一节二年三班的课。她还记得昨天的事，所以在课堂上重点关注了一下。那个男孩坐在教师中间偏后的位置，全程神游天外，佝偻着身子看起来不像是这个年龄段的孩子。直到下半节课，他的注意力才回来，还举了两次手。当他第三次举手时，她点了他。结果男孩刚站起来，后面几排的同学就轰然大笑。

"有什么可笑的？"她努力地维持课堂秩序，可笑声却越来越大，仿佛要将棚顶掀开。她快步走过去，一个后排的学生突然伸手从那男孩背后撕下一张纸。"那是什么？"她只从孩子手里抢下来大半张纸，不过仍能看出上面画着个与她上衣花纹一样坛子！

一股羞辱感猛地将她击穿，续而是难以抑制的愤怒，仿佛整个人生都在嘲笑她！

嘲笑声在教室里回荡，震耳欲聋。

随后又一下子安静下来。

三

……可以说我们对意识一无所知。不过有一点可以肯定的是意识的产生绝非想象的那般简单，远远不止是神经元网络的产物。前面我们提到的几项实验，无论是PET（正电子发射断层成像），还是MEG（脑磁图技术）的扫描结果都表明很多时候人类身体反应要先于大脑。而后面的一个实验则补充说明，那也非是我们常认为的潜意识的表现，因为期间未见任何EEG（脑电波）的变化。当然，这种例子还有很多，如异手综合征。（原书注：异手综合征的不同在于手并非在我们没有意识下自己动起来了，而是其行为方式与我们的意识不符——当我们想要让手停下一些无意识动作时，却停不下来。）但扫描的结果显示，我们的大脑发出的信号和手上的动作是一致的。那么，我们的意识由谁决定？

所以经过了长久的研究，意识对我们来说仍然是个谜——有时预测自己的下一个行为就和预测陌生人嘴里吐出的下一句话一样难。那么，不妨去想想那些科幻小说里对意识的猜想：大脑量子效应、某种集合体（类似蚂蚁或者蜜蜂）……我们的意识并不是大脑创造出来的，它可能只是某种载体……

——《大脑神经与心理学（第二版）》序

李艳一头砸在书页上。里面那些专有名词、英文缩写和完全读不通的长句子仿佛一柄大勺子，搅得脑袋里浑浆浆的。越是努力强迫自己看下去，书里催眠的魔力就越大。她洗了把脸，可没读几行，便再次被瞌睡捕获。惊醒后，她的脑袋越发昏沉，之前看过的内容几乎全无印象，不得不往回翻找熟悉的段落重读一遍。

尽管如此，为了儿子，她用近乎自虐的方式坚持着，还报了几门心理学网课，逼迫自己学习下去。她需要读懂儿子，疏导他，让他回归正常！

　　她想不通儿子为什么会变成如今这个样子，成绩下滑不说，还完全没了曾经的乖巧。她现在最怕就是接到学校老师的电话，每次都觉得分外丢人。反倒老师宽慰她说这是青春期的叛逆，建议她要跟孩子多交流。然而现实是儿子在她们之间建了一堵墙，而这堵墙随着时间的推移越来越厚。她曾试着去打破，可哪怕歇斯底里地硬碰，也无法撼动一分，却把自己撞得伤痕累累。她在儿子眼里已完全成了透明人，往往问十句才能有所回应，回答的话全加起来还不到一句，也从不和她对视，眼神飘忽。除了吃饭，儿子基本都把自己锁在小屋里。起初她气得发疯，言辞激烈，甚至动过几次手。可最后发现除了把儿子推得更远外，毫无作用。

　　儿子的转变是从何时开始的，她则完全没有印象，仿佛一夜之间突然发生的。她曾不止一次假想是否有个天大的阴谋，外星人、政府或者那个不负责的前夫偷偷把儿子换掉了。她试着找出秘密，为此特意休了一天假。来撬锁，偷看儿子的日记。

　　儿子写日记的事还是他主动说的，那时两个的关系还很正常。她觉得这是好事，因为大家都说写日记可以提高作文水平，却没想到如今还能让人探究秘密。儿子的日记藏得很隐蔽，她花了大半天的时间才在床板下面找到。

　　日记里内容更让她震惊：她从不知道儿子在学校受过欺凌，也不清楚他对大部分老师心存怨念，更无法相信提及她的内容时大部分是负面的词语。她觉得一定是有什么人给儿子洗了脑，可惜他在日记里并没有提到。她突然意识到问题比想象中的更严峻，所以打算明天偷偷跟踪，看看都有哪些人在和儿子接触。如果是那个已被她拒绝却还不时来骚扰的前夫，她绝对会给他好看的！

然而，还没等计划实施，当天晚上儿子就和她大吵了一架。因为尽管她小心翼翼地（自以为）将一切复原，还是被发现了。那是儿子这段时间里和她说话最多的一次，可却是吼出来的。她也是第一次见儿子发火，那表情看起来想要吃了她。涨红的脸、紧握的拳头都和他爸爸一模一样。每一句争吵都仿佛往她心窝里扔石头，直到压得她喘不上气来。

而当儿子甩门出去后，这种痛苦又化作愤怒，如炸弹在身体里炸开。泛红的眼圈再无法抑制住泪水，续而将她的理智淹没。一番宣泄，她才才清醒过来，眼睛已肿得只剩下一道缝，嗓子也哑了，两颊被泪水浸得生疼。她脑袋里冒出的是儿子幼年时可爱听话的样子，以及每每生病时对她的依恋。尤其急性阑尾炎那次，连睡觉都要紧紧抓着她。可这些回忆让她的心口越发疼痛，只觉得现在的一切都糟糕透顶。

之后的几天，她有意冷落儿子，原以为对方会来道歉，却低估了叛逆期孩子的倔强。再结合日记的内容，她便越发觉得儿子的心理出了问题。得益于在医院的工作，她不至于陷入自怨自艾而忽视问题。通过工作关系，在病房医生的介绍下，她联系到了心理科主任。然而主任不认为这有多大的问题。即使提供了大量的日记照片，但由于无法面见病人，仅从单方面的复述难以给出准确的判断。不过就她的表现，主任倒是给了一些建议。

李艳突然意识到主任并不了解她们家的情况，就算她把儿子骗来，恐怕也不会获得很好的效果，就像主任说的，治疗是一个长期的过程，还需要患者积极配合。所以她决定自学。她比所有医生都要更方便，或许这样能不知不觉地让儿子接受治疗。

开始她买了几本书，但无论如何都不得要领，只好委婉地去请教主任。主任本来想说点什么，但最后只看了她一眼，叹叹气，还是推荐给她一些入门级的读物和比较知名的交流论坛。但对于她来说，依旧过于复杂，而且一旦接了护理的活，空闲的大段时间并不多，所以学习时主要还是依赖网络。

网上的信息纷繁复杂，有无数与她一样的家长在四处求助，还有千奇百怪的医师和各式各样的专利疗法，很多都匪夷所思，却偏偏有人在下面评论效果超群。这样搜索三四次后，各种平台都开始推送给她类似的信息，不过没有什么新鲜的东西。她唯一的慰藉是加了几个相同境遇的家长群，似乎这种彼此倾诉苦难后的通感，能缓解各自的压力。有几位家长和她聊得还不错，每日里相互帮助分析孩子们的表现，出谋划策。

其中有一位叫作"彼岸之舟"的，在几个群里都是活跃分子。资料显示他是个四十来岁的男性，河北人。他很少情绪化，说话到位，对问题的分析更是一针见血，但对大部分疗法持反对意见。据他说是因为自家儿子得了网瘾，为此没少折腾，也直言不讳地讲起曾迷信过网瘾学校的经历，在那段时间，他把各种科学、不科学的方法几乎试了个遍。

现在如何？在第一次听彼岸之舟讲述后，她谨慎地问。那时，他们已互加了好友。

等了好久对方才回复，一言难尽……

我不建议乱投医的是因为我可以现身说法。在后来的一次聊天中，他延续了这个话题。一是有可能造成身体上损伤，二是任何强制都只能起到反作用。我想，你们都不想体会那种明知人还活着，可却已经失去他的那种感受。

我已经这样了！她在一连串的聊天中插了一句。

彼岸之舟：@守护一生 你做了什么？

偷看了他的日记。如果不是在网上的话，她可能不会把这件事讲出来。

彼岸之舟：那不算糟。可以道个歉，很容易挽回。

可我只是在关心他。她切换到私聊。

彼岸之舟：这对家长来说确实不容易接受。但对青春期的孩子来说，最不需要的就是家长的关心。他们只觉得那是累赘。

他们永远不懂我们为他们付出了什么！

彼岸之舟：别对一个正在感受世界的孩子苛求太多。他们过于敏感。逼得太紧，只会加重不正常的心理变化……小心抑郁！

我觉得我可能会先抑郁……

彼岸之舟：相信我，这是真的，后面即使吃再多药也晚了……

彼岸之舟：至少你还有机会。

彼岸之舟：道歉没那么难。

彼岸之舟：都是为了孩子！

她一时间不知该如何回复了，已能猜出彼岸之舟现在家里的状况。

那种痛苦会是她的数百上千倍。正像对方所说的，她的情况还不算糟，至少还没滑向深渊，仍有机会挽回。

所以下班后，她去买了一大堆的菜，都是儿子小时候爱吃的。

她决定晚上和儿子好好聊聊，让一切恢复正常。

四

搞笑诺贝尔奖提名简报

……

七、用粪便治疗精神病

人类肠道基因组计划的成果日益显著，科学家们发现肠道菌群的作用越来越多，对人类身体各方面都有影响。其中，圣芭芭拉大学研究人员另辟蹊径，从精神病患者入手，对比他们的肠道菌群与正常人之间的异同。

他们从有明确病例并登记在案的患者中寻找志愿者，结果发现细菌的种类和丰度均存在差别。这里极为有趣的是，正常人的菌群丰度之间的差别极大，但种类相差不多。而相同的精神病患者之间的菌群却有趋同点，即都缺失某几种细菌。不过不同病症之间的表现不同。

他们已整理出抑郁症、神经衰弱，以及癔症之间的差别。目前还在征集更多的样本，尤其是一些特种病症，如人格分裂、露阴癖等。

项目负责人表示，他们之所以会去做这方面的研究，是因为发现一直生活在一起的双胞胎之间的肠道菌群差别也比较大，那么环境对菌群的影响就可以忽略不计。于是，他们想知道是否存在其他因素可以决定菌群的种类和丰度。目前看来，精神和菌群之间是有所联系的。但他有可能会反过来，菌群决定精神状态。

他们设想，如果后续的研究证明猜想正确，便可以为治疗精神疾病提供另一种全新的思路了。另外，他们还计划将研究范围扩大到更多的疾病上，例如老年痴呆和自闭症。

陈蕾没觉得报道中的研究结果很搞笑，但这个是接待室里唯一还算有趣的杂志，其他的都是行业期刊，里面有一半以上的内容是广告。对于接下来面试，她有些紧张，尤其和其他等待者坐在一起时。她感觉自己就像手里的这本科普杂志，在接待室里显得格格不入。好在大家都只是低头刷着各自的手机，又或者她们并不觉得她具有竞争力。

她已面试了几家公司，都没有回音。这对自信心的打击超乎想象。她从不觉得自己是软弱之人，可若不是心底对未来莫名的焦虑感，恐怕早就放弃了。而放在出事之前，她也很难想象现在的自己，竟能咬牙坚持这么久。越是这样，便越对当初荒废时光感到愤怒和羞愧。她开始憎怨自己。单薄的工作经历成了一道无法跨越的门槛。不过对问题套路日渐熟悉，她已知道该如何表达，展现优势。

在面试期间，东子来打了两次电话。拒接后，他又一连发来好几条语音消息。这多少有些影响她在面试中的发挥。等结束出来后，她才知道对方只是问她要不要去兜风。

她深深吸了一口气，只觉得全身的筋骨仿佛被抽掉了一般，疲惫如潮水漫涨上来。她发现曾经彼此耦合的频率已被打散，男友不再能理解她的想法。东子就像个孩子，单纯、善良，但不合时宜，曾经的她也是。她现在已能完全理解父母，却也不想放弃这段感情，因小心经营而耗费的精力让人力竭。

就在编排推脱借口时，有人在后面唤她，是她在住院期间聘请的护工李姐。她没想到会有这种巧遇，一丝羞耻感染红了脸颊。毕竟，如木偶般的那段时间，个人卫生全靠李姐打理。而那时，她排便极不规律，尽管吃的主要是流食，仍消化得不好。医生说这是肠道菌群重建的必然过程，但当与世界的隔阂感消失后，她还是感到万分羞耻。

她再次道谢，并强烈要求请对方吃顿饭，借此也就推掉了东子的请求。

李姐对她想找份正经工作这种事很支持，还建议她可以到劳动保障局接受再就业培训，在那里能学到不少的实用技能。陈蕾也从未想到她们会如此投缘，似乎原本与东子的默契转移到了对方的身上。这种一见如故的感觉让她心情舒畅，恨不得让时光凝固。不过，由于李姐下午还有活儿，只好互加联系方式，改日再约。

返程路上，她感到前所未有的轻松，自出院以来始终萦绕于心的焦虑正在渐渐消退。她发现自己已很久没有注意外面的世界了：街边的绿树、往来的车辆、在公园里散步的老人和幼儿，仿佛都披了一层阳光，就连地铁里也不再让人感觉阴冷压抑。她兴致勃勃地偷听旁边小男孩给同行的父母做的有关恐龙的介绍，四五岁孩子的声音清脆得可爱，像夏季里的冰甜瓜。

"大恐龙的脑袋都特别特别小，所以屁股上会有第二个脑袋。"小男孩从座位上蹦下来，拍着屁股说。

"你没有认真听讲解。"他的爸爸纠正道："那只是个神经球，在肚子上，方便它们控制身体。"

"我听了！在屁股上，真的！"

陈蕾被小男孩一本正经的表情逗乐了，似乎养个孩子也不错。可随后，她便被这突来的想法吓了一跳。以前和东子从没谈过这方面的事情，甚至连结婚计划都那么遥远。也许她也有个大脑在肚子上，才会偶尔冒出些莫名其妙的念头。

她又想到了肚子上的那道疤。大脑在那里诞生？她被自己的胡思乱想恶心到了，疤痕处一时间丝丝作痛起来。

在之后的日子里，她与李姐的互动逐渐增多，她发现两个人越来越合拍，有时她们能准确地猜出对方下一句要说什么。她关注的也不再仅限于摩托车、文身和所谓的时尚。相较于雷鬼和摇滚，那些软绵绵的流行情歌更容易让她产生共鸣。

一次，她在给李姐的朋友圈点赞后，被东子瞧见了。"你现在开始看这些定向给中老年妇女推送的鸡汤文了？"他一脸的惊讶，"和我妈的爱好一样了。"

她现在觉得对方说话越发可气，但不想就此争吵，只撇了一下嘴说："这不是很好？"

尽管知道心灵鸡汤和大多数鼓励都是虚的，却很好地保持了大家被现实击打的信心。她不断投递简历，面试，再投递，再面试。现在已经不再做筛选，只要是可见的招聘信息，她都会投递一份简历。

东子觉得她陷入了某种魔障，更不相信她能找到所谓的正经工作，甚至打赌她这种状态绝对挺不过一周。

"不管能不能找到，如果我能坚持下来，怎么办？"她有些压不住被激起的怒火，"你跪下来，向我磕头道歉吗？"

东子挑了起眉说："要不要玩得这么大？那你输了呢？"

"我不可能输！"她瞪起眼睛。

"好吧，你是老大，但也不是活佛，用不着跪拜吧。能不能换个条件？"

她恶狠狠地摇了摇头，暗暗发誓一定要让对方彻底服软，使其最终能坐下来认认真真考虑一下他们的未来。

可东子却只认为这是个玩笑。当一周后她来兑现赌约时，男友一脸惊恐地看着她。"你竟然是认真的！"

是啊，他除了骑摩托车，就再没对什么事情认真过。所以陈蕾打定主意，这次要认真到底。何况在人才招聘大会挤了一整天，她实在见不得对方这般无所事事的躺着。床上的被子没叠，几件衣服随意搭在任何可见的地方——沙发头、椅子背，吃剩的外卖就堆在桌子上，而东子却只是窝进沙发里玩手机。

"你要是男人，就必须向我道歉！"她逼近一步，夺下手机。

东子抗议着站起来，"我为什么要道歉？因为凑钱给你买了辆摩托车吗？还是因为哄你开心，你不领情？或者没有陪你四处去投简历？"

"这么说，你还有理了？"她气极反笑，"听着，我现在已不奢求你的支持，但请你尊重我的努力！"

"好吧，好吧，我道歉。"东子摆了下手说："把手机还我吧。"

她嗤了一声。"你是不是觉得我特别可乐，就像个傻子？"

东子抿起嘴唇，缓了口气说："没错，你现在完全疯了，要么就是被那些莫名其妙的朋友洗了脑。你在背叛我们的理想！你现在所做的就是把我们拉入生活的泥潭，然后让我们像两头猪一样在里面打滚。还记得吗？这话还是你说的。"

"是我说的又怎么样？"她的语调一下子被怒气推升了两个高度。东子的话就像是泼洒在火焰上的酒，让愤怒爆燃。她剧烈地喘息，每一句话似乎都要把肺里的空气吼净。"我小时候还说过要当小仙女呢。人总是要成长的，我们不可能骑一辈子摩托车。未来呢？你以为我做这些是为了什么？你考虑过一周之后的事情吗？你想过我们以后要怎么办吗？我们的孩子会怎么样？和我们一样，从一个出租房搬到另一个出租房？还是躺在摩托车上喝西北风，从小就感受什么狗屁的风和激情？"

东子涨红了脸，也大吼道："你真该去找找镜子！知道你现在像什么吗？你现在简直和你妈一模一样！"

她没想到对方会这样说，一时间如同有把刀子狠狠地扎进胸口。整个世界里仿佛只剩下这一句话，从四面八方向她袭来，又不断地回荡、叠加，越来越响。她没了再继续争辩的欲望，刚刚还不可抑制的愤怒也瞬间平息下来。她倒退着走进洗手间，在涂黑了一半的池前镜前站了好了一会儿，直到镜像看起来越来越陌生。

或许这就是东子的角度，他早就知道他们已是不同世界的两个人了。这种顿悟让她感到一阵轻松，仿佛有把巨斧劈开了久困于心的枷锁。

她轻笑了一下，将刚刚堆积在眼眶里的泪水挤了出来。

五

《人类未解之谜（五）意识之谜》

……科学家喜欢将大脑比喻成CPU，因为它们的功能相近，都是综合处理信息、发出相应指令的。而实际上，大脑的功能要比CPU强大百倍。它还负责记忆、学习，奖惩机制等等，所以可以把大脑视为一整台电脑主机，它除了拥有信息处理的CPU，还有用来储存记忆的硬盘，以及像内存那样一睡觉便会重置的神经元突触（短期记忆）。

同时，大脑普遍被认为是意识的物质基础。虽然现代科学对于意识的了解还很浅薄，但可以回到上面的比喻。大脑是实际存在的硬件系统，那么意识可以被视为软件——所有软件的集合体，或者单纯将它类比成操作系统更便于理解……

现在还有一种有关意识的假说——支持的人数并不多——认为大脑的功能太多，难以为纷繁复杂的意识提供充足的资源，所以意识很可能来源于其他组织，如脊椎、淋巴或是内脏器官的共同作用。我们再用前面电脑那种类比，以便于理解，即此假说认为，操作系统并不在主机上，而是挂靠在其他外接设备上。

这种假说可以很好地解释那些脑损伤后意识无碍的病例，但由于无法给出令人信服的外接设备，且缺少实验基础，一直无法得到社会主流的认可……

周媛媛发现看书根本无法让自己平静下来，心中的煎灼让她口干舌燥，可每喝一口水，都觉得是苦的。所有的脏器仿佛被攥成一团，让人坐立难安。

她对如何挥出那记巴掌毫无印象，只记得在一片鸦雀无声中，男孩的脸如气球般肿胀起来。所有人，包括她自己，都被吓到了。她不敢相信眼前的事情是她做的。随即暴怒的记忆浮现，她全身跟着颤抖起来。

再后面的经过在她的记忆中似乎被加了速，很多细节已想不起来。她整个头胀胀的，人仿佛飘在云间，只感觉到处都乱糟糟的，有三班班主任的吼声，教导主任的询问，每个人的语速都快得听不清，像是消了磁的磁带，最后都化作忽大忽小的嗡嗡声——也许只是操场边传来的蝉鸣。

她在讲述事件经过时，情绪逐渐恢复过来，慢慢地开始与世界同步，之后就被漫延上来的羞愧淹没了。她越是重演当时的情景，越觉得自己有些小题大做，更无法想象当时为什么会下那么重的手。她应该早已看出那孩子也是被迫的，可却因怒火攻心而下意识地对弱者施暴，这让羞愧感成几何倍数地增加。

张老师让她留在办公室里平复情绪，但她做不到。她努力地想找些事情来分散注意力，可在这里除了看那一打没收来的课外书，没有别的事可以做。然而越是翻书，她越心情烦乱，仿佛有野草在内心中疯长。她第一次怀疑起自己作为教师的资格，同时也痛苦地发现自己再无法成为理想中的典范。那记巴掌打散了前面所有的努力，就如同滴在白纸的墨迹，永远洗脱不掉。她觉得自己和这些被没收上来的杂书一样无用，甚至更加不堪，因为至少它们还受孩子的喜欢。

对于后续问题的处理还要麻烦些，按校长的说法，要看当事家长的态度。由于教室里有监控，学校也不好做过多的偏袒。好在事出有因。张老师已问出主谋的几个学生，都将在全校通报批评。挨打的孩子也初步检查完，并无大碍。所以校长的意思是希望这段时间她能先调整一下，给自己放个假，等待学校协调。她理解这是什么意思，而所谓的通报批评只会让她更大面积地沦为学生的笑谈。

她浑浑噩噩地走回家，所幸时间偏早，没碰到相识的人，不然所有人都会知道她遇到了大问题，正哭丧着脸。然后，他们便会四处打探消息，各种猜测，这些都将成为他们之后几个月茶余饭后的谈资。

父亲难得没出门，窝在沙发里看电视。这点说来好笑，自从瘫了后，他反倒比从前更愿意往外面跑。不过说是去外面，其实是在附近公园看看下棋，四处蹭蹭酒罢了。见她回来，父亲转过头，瞪着一对鱼眼说："你没洗裤子。"

她本不想说话，但最后还是停下来，叹了口气说："您柜子里有干净的。"

"可只有那条我穿着舒服……"父亲嘟嘟囔囔地说："晚上吃啥？"

晚上吃啥！她突然发现自己真是可悲。在父亲看来，这或许是她唯一的价值。她只是他不需要花钱的保姆。他从不表示感谢，更不会关心她到底是好是坏。

"我给您叫外卖吧。"她摆了下手，缓缓走进自己的房间。

父亲不满的咒骂砸在门上，和往常没什么不同。她有些庆幸没洗那条裤子，否则他可能已冲出去大喊大叫，说她想用地沟油把他毒死之类的了。毕竟这种事情他做过不止一次。

周媛媛只感觉整个身体仿佛都正在融化，一点点渗入床板，穿透楼层，向无尽的深处坠去，又或者那漆黑的地狱里有什么在使劲拉扯她。她挣扎起来，摸索着从抽屉下面掏出香烟。然而这种魔法的造物失灵了。她一根接着一根，直到吸光了整包烟，而情绪却丝毫没有得到缓解。窗外的天阴沉沉的。仿佛世界要带着最大的恶意涌过来，将她一口吞掉。而过量的烟气让父亲察觉，又开始了一轮咒骂。

她吸了吸鼻子，才想起今天还没有吃药。之前试过不少减肥手段，但都收效一般。医生说她这是焦虑引起的肥胖，如果不解决心理问题，吃什么药都不会有好效果。可除了让母亲活过来，恐怕没什么办法能解决问题。所以医生最后给了她调节肠道菌群、改善消化吸收功能的方案。这是种新方法案，并不保证成功率，但医生说至少不用担心有副作用、损伤身体。可她总觉得用药之初，心情低落与此有关，又或许那时她就已被生活压得喘不过气来。不过医嘱里有定量要求，尤其不可一次服药过量，说明还是有些问题的。

所以盯着手里近两个疗程的药，她似乎找到了挽救一切的机会。即便问题再大，也坏不过现在的生活。死亡对她而言反倒是种解脱，就算只是落下其他毛病，想来没有人还会苛求伤残人士。父亲也便无法再继续寄生、吸血！她一点儿都没犹豫。只是药片过多，吞了七八次才全部咽下。期间被水呛咳了好一阵，引得不住地流泪。

她仰躺到床上。眼泪仍像关不上闸的水，不断地涌出。可她能感觉到希望已被重新点燃。随后她睡着了，迷迷糊糊之间似乎又听到父亲的咒骂，也可能是哭泣，要么是母亲的，又或者是别的什么人细细碎碎的窃窃私语。

这样，不知过了多久，她被一阵剧烈的疼痛惊醒，如同有无数把电钻在同时搅动肠子。此时天已亮了，但没时间看几点了，她强忍着冲进厕所。突如其来的剧痛和腹泻，让她以为经期提前了，而且这次来得比以往更加凶猛。

她不知自己是不是在尖叫，仿佛有一把锯子正从身体里把她划开，又或者有个奇点在疼痛的最高点猛然爆炸，迸溅出五颜六色的宇宙。

那是扭曲的极光在快速旋转，而旋绕中心的黑点越来越大。她看见独角兽从里面飞出，然后是山一般大的耕牛闭眼摇头，默默前行。还有一队马戏团的成员走过：小丑用鞭子驱赶着粉红色的大象、绿色的狗熊……这一切全都冲进浓浓的白雾里，从那里面传来巨大的机器轰鸣声，还有无休止的风声。

再清醒过来时，她正抱着白糖罐子，脚边扔的都是被掏空的零食袋。嘴里甜甜的。一股喜悦从心底涌现出来，她感到前所未有的满足。

此时已是下午，阳光铺在客厅的地板上，分外闪亮。时间感还略有不适，好像直接从昨晚闪现过来，中间只有短暂的几片记忆，感觉就像是颗石子，在时间线上打了几个水漂。父亲不在家，否则早被咒骂或是扔过来的拐杖唤醒了。他应该是换了另一条裤子，因为衣柜被翻得乱七八糟。

这样也不错，周媛媛想，所以没去管厨房，只是自己做了番梳洗。洗手间的镜子不知被什么打破了，碎裂的映像看起来有些怪异。但满足感和喜悦仍在身体里回荡，这让她兴致勃发。她皱起眉，记忆里上一次户外活动已是很久以前的事了。

她走到小区口时，被卖店老板拦住了。"周老师！"对方说："周老师，还想去找您呢。老爷子在我那儿喝的有点儿多。您看，您去接一下，顺便结下钱？"

她认真打量起对方，越看越觉得可笑。"等会儿吧。"她绕了过去说："他能照顾自己。"

是的，父亲会把他自己照顾得很好。也许那天母亲真正放心不下的是她，她只是让她照顾好自己。所以一直以来不过是周媛媛在自欺欺人，实际上只是胆怯到不愿改变罢了。

她出了小区，选了一条平时很少走的路，一路走下去。两旁的风景不算出众，但还是让她内心雀跃起来，如山涧里跳动的小溪，又像春归时的雏燕。

身后传来发动机的轰鸣声。她侧过身，一队摩托车手呼啸而过，风带起了发梢。

看着远去的背影和渐弱的声音，她突然觉得那感觉肯定棒极了。

六

心理家园＞学习探讨＞经典诠释

从现今角度如何看待荣格的集体潜意识？

楼主：纯探讨：荣格提出集体潜意识，认为那是"一种不可计数的千百年来人类经验的沉积物，一种每一世纪仅增加极小、极少变化和差异的史前社会生活经历的回声"，"对所有人来说都是共同的，因此它的内容到处都能找到。"不过，由于他仍处于心理学初创阶段，偏向哲学性，所讲的意识也

指代灵魂，更无法证伪。所以集体潜意识，甚至是潜意识的研究已在主流心理学之外。但最近一些研究表明某些恐惧、应激记忆是可以遗传的，甚至能演化成生物本能反应。那么这是否可以被视为另一种"集体潜意识"？

1楼（小学生大学问）：潜意识应该可以追寻到原始时期。人和动物的最大区别就在于原始人类学会了使用火，所以人才出现了显意识，而动物只具有原意识。因为使用了火，人开始吃熟食，到冬天也不会挨冻。所以会获得更多的能量，可以考虑生存以外的更多东西。

……

8楼（先知知不道）：1楼虽然跑题了，但说的话有道理。因为发现了火，吃上了熟食，才得到更多的能量使大脑可以发育，这为意识提供了物质基础。另外不仅大脑因此而发生了变化，消化系统等都跟着一同发生了变化。

评论（小学生大学问）：是的，比如阑尾的退化，猿类的阑尾明显要短了许多，已无用。

评论（先知知不道）：回复 小学生大学问：也不能这么说。最先研究发现，阑尾是肠道细菌的仓库，里面存储了好多细菌种子。所以如果阑尾在，人不会出现菌群紊乱的情况。

评论（先知知不道）：追加说明一下，吃熟食和吃生食的人，他们的肠道细菌是不同的。从现在的医学研究看，还是不建议大家过多吃生食，尤其是肉类，因为不仅对消化系统不好，还会让人情绪低落，变得抑郁，或是暴躁等，更容易产生负面情绪。不知这算不算意识的一部分？

……

11楼（再见老师傅）：补充8楼的，其实负面情绪不光是由饮食问题造成的，与睡眠、环境都相关，而且有趣的是，科学家调查、对比过不同睡眠情况和焦虑情况的人，发现他们身体里的细菌差异很大。

楼主：你们都水到细菌了，可我问的是集体潜意识啊%>_<%！

评论（再见老师傅）：你可以把大肠杆菌想象成集体潜意识的基础:-D

评论（先知知不道）：回复楼主：因为所谓的集体潜意识并不一定存在，^_^

……

李艳叹了口气，然后关掉浏览器界面。几个心理学论坛已无法对她的自学起到促进作用，或者说她一直也没有什么进展。网课听起来更像是弗洛伊德等人的传奇故事，虽然引人入胜，却学不到东西。看书更如读天书，好不容易弄懂了某个名词，可放到句子里又迷糊了。而且研究方向不同的书似乎对同一个名词的定义也不相同，尤其是在想重点学习的性格分析方面，几乎所有的东西都是云里雾里的。

刚开始的时候，她似乎还感觉抓到了点儿什么，不时偷偷观察遇到的其他人的言谈举止、不经意间的小动作，再往看过的原型上靠，然而却发现和书本里矛盾的地方太多。她想不通那些心理学家们是怎么把性格原型提炼出来的。有人说心理学是统计和概率的学科。这有一定的道理，因为她依旧拿儿子这个个案没有办法。那次精心准备的沟通最终仍以激烈的咆哮和撞门声结束。

说来也怨她。当热情被一次次浇灭后，迸发出的便是无法抑制的愤怒。她觉得自己搭上尊严的笑脸，换来的不过是对方的冷屁股。"知道吗？你现在的状态是不正常的，是一种社会性发展障碍。你必须和别人多交流，懂吗？"她努力控制着声线，但语速还是越来越快。"你不能什么都憋着。我是你妈，我想不通你有什么事不能告诉我……"

"所以你觉得我现在是个神经病？"儿子打断她。

"我没有这样说。我只是希望你有什么事情都能和我说。"

"如果不和你说，你就又要去偷我的日记？"

"这是两回事！"有那么一瞬间，她恍惚觉得面前的不是儿子，而是前夫。这让她惊恐万分，再也无法保持理智。已经不记得桌子是被谁掀翻的了，总之，最后那一桌子菜一口没动，都进了垃圾桶里。

原本那股坚持学习的心气，便也如被扎破的轮胎全部倾泻而出。除了无事时刷刷论坛，她把大部分精力耗在家长共济群里，连日常的人际交往也少了许多。

这成了她唯一的宣泄途径。每日里将偷偷观察的儿子行径打出来，换取聊以慰藉的同情。如果不是还有彼岸之舟，她可能已去寻找某种强制性的疗法了。尽管知道那并不一定有用——在病房里，她见过太多乱投医的人，几乎每床都是，用了各种偏方、秘方，但不管怎么说，多少能给人些希望，甚至还可能去拜佛求经（不少家长分享过某某灵验的轶事），寻找未知的冥冥中的力量，或许能带来超脱……

我能理解，因为我也曾这样过。彼岸之舟不止一次对她说过。整个人就像被绝望包围着，睁开眼痛苦，闭上眼也痛苦。只有把自己灌醉了才好些，但醒过来是更深的痛。所以不管真假，只要能让你感觉有一丁点希望，都不想错过。就像毒品，有些明知道是错的，但仍会自己骗自己。结果你知道……他们并不是希望……

我不知自己还能坚持多久。她在最近的一次聊天时说，完全没有正常化的迹象。他现在待我如仇人。

彼岸之舟：他没接受你上次的道歉？

她迟疑了一下，将"我没做错"几个字删掉后，重新回复：他发现了我要为他做心理疏导，很抵触。他不觉得自己有问题。但他真的从不出门，不光是我，没见他和谁说过话。一直把自己锁在房间里，不知搞什么。我怀疑他可能是游戏成瘾，或者其他什么的，把自己搞的自闭，像日本的那种宅男……

彼岸之舟：他只是有些敏感，别逼得太紧。

我想过放手，但做不到！

你无法看着他一点点堕落。

彼岸之舟：我理解……

有时我感觉他已不再是他，你有过这种感觉吗？

一直……对方沉默好一会儿才说：我在尝试一种新方法，朋友介绍的，成功率可能也不高，毕竟是新的。但我去他们公司考察过，应该不会损害身体。

这仿佛一道光照进心底。她相信对方的判断，而且在这方面，彼岸之舟确实表现得很权威。如果他觉得可行，那说明希望会很大。

她追问详情。可对方让她等一等，想等到有些进展后，再来告知。这种谨慎再一次提升了他的可信度，也放大了希望，同时，也更让人无法忍受等待的煎熬。之后，她的心思全在这上面，对新方法的畅想就像个钩子，把整个灵魂都带走了。她的耐心只坚持了两个晚上，第三天一早便发出消息询问进展。

而在等待回复的整个上午，李艳都在不停刷手机，几乎每分钟刷一次。苦等至中午时，她怀疑对方是否将她忘了，又或者所谓的新方法只是在逗她，要么就是已治好了孩子，不想再理她。这些胡思乱想变得越来越刻薄，她完全没有了吃饭的心情。

好在彼岸之舟于午饭后发来消息：原想有些进展再和你说，但估计你等不及。理解！你可以先到他们那考察一下……

后面，他发来一个定位，包括公司名称和地址。

她第二天便告了假，坐早班车赶到范瑞思公司。公司在一座地标性商务建筑的 20 楼，一整层都是，出电梯就能看到镶在墙上的巨大 Logo——花体的 Fairies（小精灵）旁靠着一个长翅膀的小孩，看着像彼得潘。

她在门口徘徊了一阵，深吸了几口气，才穿过自动门，向前台说明来意。对方似乎每天都会接待不少类似的家长，已形成了一套特有的流程。所以，一名专职接待先带她参观了公司。这里装修的极具未来感，就像那些科幻电影里演的一样，与其说是公司，更像是某种科研机构。在一扇带门禁的玻璃墙后，尽是穿着白大褂忙来忙去的科学家。

"后面是我们的实验区，就不方便参观了。"接待说："这里还有个问题需要澄清一下，很多您这样的咨询者都对我们公司有误解。我们不是医药公司，治疗不了任何生理或心理疾病。只是我们近期孵化了一个项目，意图帮助人们调节心情，能够更乐观、健康地应对压力，但具体效果还在扩大样本范围统计。"说着，播放了一段视频介绍。

介绍的内容较为浅显，以动画为主。她很快便弄明白了：一个科研组发现在人体的微生物中，某些种类的细菌可以刺激身体，控制激素的分泌，以此来让人兴奋、感到快乐。这有点像天然的、无害的神经抑制剂，所以想以此调节情绪，改善人们孤僻、焦虑的亚健康状态。

"成功率有多高？"她问。

"从已有的样本中统计，87.3%的人有明显的改善。他们变得更乐观和积极。"接待边说，边播放了几个实验对象前后状态的对比录像。确实，他们的变化很明显，但脸上的笑容看起来有些不协调。随后，他又出示了一份协议，并对双方的责任和义务做了讲解。

她并不需要马上签署，可以考虑足够长的时间。关于协议，范瑞思会发到预留的邮箱里，用户在网上签约即可。而她确实也有顾虑，而她这些顾虑主要来自神经抑制剂的比喻。尽管对方强调切合人体，无害不成瘾，但仍无法让人安心。而且视频中治疗后的状态，总觉得哪里奇怪，却又说不上来。

在回程的路上，她一直反复纠结，连朋友的询问也无心回复。她急迫地想让儿子回归正常，又担心弄巧成拙，从而出现彼岸之舟警告过的情况。不过对这个项目彼岸之舟觉得问题不大，但她考察后却没有得到足够的信心，毕竟没有百分之百的概率。她害怕自己成为那百分之十，最终彻底失去儿子。

然而在公交车等红灯时，她看见了儿子。对方蹲在路边，似乎在等什么人。她从没想过儿子会逃学，老师也没有因此找过她。她想叫开门，冲下去，但车已经开动了。擦肩而过时，她看见了前夫，接着两个人笑着抱在一起。

随即，整个世界塌陷了！

等清醒过来时，她已坐在家里的沙发上，满脸泪痕。天色已黑，儿子还没回来，或许再也不会回来了。因为没开灯，屋子里的光线比外面暗得多。

她擦了擦脸，然后打开电脑。范瑞思发来的邮件就在未读邮件列表里。

粗体字，分外醒目。

七

纪录片·我们的身体3

（画外解说）……人体内的微生物数量是人体细胞总和的十倍以上，其中肠道细菌多达一千多种，其所含的基因数目更是人类基因数目的百倍。但我们至今仍对这些千年来就一直伴随我们的共生生物了解得不多。就近年来的研究发现，它们对我们生活的方方面面都有着重要的影响……

……它们也是我们交流的媒介，日常的生活、接触、握手、拥抱、亲吻都不断地交换着彼此的微生物；它们帮助我们和环境的互动，除了常见的水土不服，它们似乎在我们适应环境或者环境对我们的影响之间起着更加重要的作用。甚至你喜欢谁，是否一见钟情，都有可能是因为彼此的微生物意气相投……

　　……在现代城市中，越来越多的人口，日趋严重的热岛效应，巨大的生存压力，没完没了的饭局，晚睡早起的生活，焦虑、烦躁等难以根治的亚健康城市病，也对人体内的微生物产生了巨大的影响，它们在和人类一同进化……

　　等到东子端着饮品回来后，陈蕾才把注意力从电视上收回来。说真的，她没想到东子会约她，也没想到自己会答应。毕竟他们分开好几年了，除了归还东西，中间几乎没联系过。

　　陈蕾一直没有开始新的感情，把大部分精力放在学习和工作上。最初是对身体的介怀，后来，随着生活的稳定和上升，她意识到那个疤痕并非什么惩罚，从某种意义上讲，反倒算是一种新生。只不过她已习惯于一个人。越是这样，她便越无心交友。尽管一直在不断相亲，但总能找到对方身上的问题，每个人都显得做作，她对这些人提不起兴趣。她偶尔会回忆曾经和东子的那种契合，却感觉有些可笑，那是种透着年少单纯的蠢。不知是不是年龄到了，她现在处于一个矛盾点——想生养一个孩子，却又不想要男人。当然，她对男性低幼的看法并非因为东子，仅仅是自然而然地浮现在心底的想法。

　　可母亲不管这些，安排女儿相亲几乎成了她人生中的主要工作，甚至拉着陈蕾去了庙里几次。之前的浪女回头符让母亲觉得分外灵验，于是又去改求姻缘。

　　陈蕾多少看透了，人生就这么回事儿，被不断地揉搓按捏，再默默忍受。就像刚才电视里说的，都是社会病。虽说拜佛求签不会（她也不相信）真的有什么伟力大能可以影响到人生，但也算是种心理安慰。

不过东子的变化不大，除了岁月留下的痕迹外，仍是那幅吊儿郎当的样子。可她却有种说不清的别扭，反复体察，最终觉得有点像是西游记里刚开始穿人衣时的猴子。

两个人还剩的共同话题已不多，打过简单的招呼和说完口水话后，就只能没话找话，以缓解尴尬。

本来她是和李姐约好的，但李姐儿子临时的课程调整打乱了计划。她见过那孩子几次，给人的感觉比面前的东子还稳重，完全不像十七八岁的年纪。据说他也叛逆过，着实让他妈痛苦了好几年，不过现在谈起来，那些都成了苦尽甘来的趣事。她对孩子的印象很好，很难想象李姐讲述的曾经疯狂的样子，就是觉得对方笑起来有些程序化，仿佛空姐那般经过职业培训的，让人亲近不得。

或许这就是代沟……

东子突然冒出来一句话，将她发散的思绪拉了回来。

"什么？"她抬起头问。

"我说，如果没有那场车祸，我们是否还会在一起？"

这时，窗外传来一阵引擎声。一位略胖的女骑手从路边飞驰而过，留下一阵潇洒的风。她想到了曾经的自己，然后笑了一下说："这笑话不错。"

烈日骄阳

一

张动是在聚集地的摆渡港遇到常磊的。当时他刚下跃迁摆渡船，正被大厅里到处悬浮着的指示路标搞得晕头转向。

他发现自从变更了目标客户后，就诸事不顺。不仅因此耽搁了一个标准月，还由于多出的几次中转跃迁而花费颇多。等到了地方，又遇上大风天，无法按照预想那样第一时间在摆渡船上看这里的满天星斗。

第一感受很重要！按老师的说法，这会在潜意识里影响星象设计。可集团的介绍资料里只提到双星系统，丝毫没提这呼天喊地的风。

而不想下了船，他又迷了路，分不清方向。好在常磊从后面认出了他，并将他带离困境。

多年未见的师兄弟再度相逢，自然万分激动。两人手舞足蹈地聊了一路，恨不得把这几年的经历一口气告诉对方。不过，张动总是问少答多。和上学时一样，常磊总是能主导话题。而追忆青春也令人热血沸腾，他突然有了和对方搭档的冲动。

可没等找到机会提出自己的想法，他们就到了星盟的驻地。看着在门口闪烁的公司标识投影，他微微皱起眉。

星盟是所有独立星象师既不屑，又嫉妒，更不愿接触的对象。他们背靠资源，设备先进，视行业规矩如粪土。他们只管结果，不问手段，把还算神秘、儒雅的行业面纱撕扯下来，彻底让星象成了商品。

如果老师还活着，肯定会说这是对宇宙和文明的亵渎。张动也曾会怀着恶意去猜想：星盟设计的星象或许都是套路，是计算机中储存的模板，随便改几个名字就可以敷衍了事。但不管怎么说，强大的资本力量还是让他们在短时间内成了行业里的金字招牌，甚至隐隐有一统江湖之势。不少星象师自愿或被迫加入他们，成了被猎人豢养的猎犬。

张动和他们竞争过几次，各有输赢。星盟也试着接触过他，但被他拒绝了。他知道这次来肯定会遇上星盟的人，毕竟薪酬丰厚，却想不到面对的会是常磊。

"你加入星盟了？"他还是觉得不可思议。

"大势所趋。动子。"常磊搂住他肩膀说："单打独斗很难再吃得开。个人和公司的差距，就像人类和宇宙。再说，这没什么不好的，我们签署正式的合同，有保险、各种福利、带薪休假，比一个人时省心得多。"

"这听起来有点怪，而且束缚会制约灵感。"

"灵感是没有才能的借口。"常磊把他拉进大门，边说："给你看点好东西，只有真正了解了公司，你才明白它的好。还记得我们上学时的理想吗？要改革这个行业的陈腐。而现在公司做的，就是把我们的激昂文字化为现实，将那些迂腐的条条框框和毫无道理的规则全部击碎。像什么历遍河山、体味人文，我们又不是苦行僧。何况就那点信息，随便在哪个百科问答网站都能搜到。而且我们还有工具，别忘了，人类老早以前就已经开始使用卫星和望远镜了。"

其实那时只是为了能观察到不同纬度下的星图，才看遍天球。他在心里解释。"有些对我们还是有帮助的。至少在作品中混入本地风俗，更能获得认同。"

"得了，那只是老家伙们为了维护他们的行业地位而胡诌的。他们自诩泰斗，却保守得要命。我敢说他们中连脑电波记录仪都不会用的也大有人在。所以没有公司，这个行业指不定就没了，或者只剩下一群老家伙在曾经的荣誉里苟延残喘。去看看市场反馈，那才是最好的证明。"常磊说得激动，"而且这里的情况完全不一样。你要取悦的不再是本地的土老帽，而是康氏集团派来的评估团。如果没有公司的背后支持，你永远没办法知道那些人喜好什么，倾心于何种类型的故事……"

"星象师不应该这样。"他打断道："我们从事的是创造文明的艺术事业，是让不同殖民星有不同的星空，我们是用想象力去撰写传奇故事。而那些传奇故事会成为文化根基，既给人们以归属感，又保持了对宇宙的敬畏和对星空的向往。哪怕死亡带走了一切，它们也依然活着，会被传颂几代人，甚至上千年。因为它们是星象师赋予星球的灵魂。"

"别跟我背教科书，动子。那你以为我们是在做什么？我们是在让这些变得更完美！看看这个。"常磊带他一路穿过大厅（厅里的工位不少，但大部分都是远程投影过来的。来来往往，一个刚刚下线，另一个便连了进来。可张动怎么也不觉得这些都是来写星象的），来到一个类似训练厅的屋子，随后做了个手势。

瞬间，两个人便置身宇宙中，上下左右全是璀璨的星空，一种渺小感攫住了张动的心。

常磊似乎很满意他露出的表情，笑着说："震撼吧！这是我们放在近地轨道上的巡天望远镜拍摄的康氏星全星图。数据库还在更新，我们不允许漏掉任何一颗星星。而最厉害的是你可以随意观看不同位置、时间下的星空分布，还支持千倍内的数码放缩，并能给出合理化的星座建议。所以我们需要做的就是扮演上帝，随意连接星星，然后编写它们的故事。"

"可我觉得上帝应该不会太随意，毕竟木匠是讲究规绳矩墨的。"说实话，他并不看好这个工具。虽然炫酷，但星座更多是由相邻的、视星等相似的星星（有可能是行星）组成的，而且同一星座中的几颗星星也很可能相距甚远。所以尽管这星图数据详实地标注出每颗星的信息，又能根据星等筛选，可这都与抬头仰望的星空不同，何况还存在大气、视差、人的主观倾向等诸多变量。最主要的是，人眼看不见这么多星星。

"好槽点。"常磊踮了踮脚尖。张动知道每当他紧张时就会如此，这是幼年在低重力星球养成的习惯——那里的人走路都像是在跳芭蕾。"但你早晚得用到它。"对方语气笃定地说："用不了两天，你就会发现这里和别的地方完全不同。现在是双恒星的交汇期，根本就不适合观星。康氏集团的项目决策者根本就是一群钱多得把脑子都挤没了的白痴！"

常磊停了一下，张开双臂接着说："而这就是不公平所在，才能永远无法与金钱直接画等号。这个社会总是在才能前，乘上一连串代表地位、背景、资源，以及各种规则条框、制约你的系数，最终让才能变得微不足道。但公司正在努力改变这些，让才能变得更有价值。"

张动猜得出他接下来要说什么。"加入我们吧，动子。"常磊的话音和他心中所想异口同声，"我了解你的才华，如果能直接等价金钱，你绝对是宇宙级的富豪。而能帮助你的只有我们，把那些制约你的系数、变量全部被砍掉！"

然后再换上代表资本的大数项？他本想这么说，但想了想，还是换了种说法。"抱歉！我可能接受不了星盟的模式，而且也习惯一个人了。"

"那有什么关系？我们上学时还经常搭档练习呢，习惯是能改变的。何况这次项目归我负责，你想要怎样都行。"常磊见他只是摇头，最后只好大声地叹了口气说："好吧，你想一个人也没问题。但这次你得帮我，我要把这个项目做得尽善尽美，然后我再去帮你。"

"我们现在可是竞争对手……"他突然不想再多说。"把星星撤了吧，我想我该走了。"

"听着，动子，这次你没希望的。在这个见了鬼的星球上，你什么也干不了。我敢打赌，你一定坚持不下来，绝对超不过半个本地年。"

"那就打赌看吧。"

等他离开时，常磊仍心有不甘地在后面大喊："我是为你好……"

张动摆摆手，没回头。直到走出好远，心中的厌恶感才渐渐消退，然而一种物是人非的悲凉又袭上他的心头。或许是年龄的原因，他第一次在跃迁后感到深深的疲惫。

他抬起头，想在星空中寻找慰藉，却只瞧见灰蒙蒙的穹顶随着大风微微起伏。

二

常磊说得没错，这是个见了鬼的星球。

两个太阳远比官方介绍中来得凶猛。这让整个康氏星大部分时间都处于白天，清晨和黄昏也长得令人抓狂。这些泛滥的阳光对星象师来说，简直就是灾难。而低于标准时间的自转速度，又将一切放大了好几倍。公司应该等上五六十个本地年，两星分离后再做文化建设。如果一直是交汇期的话，哪怕多给一倍的时间，也很难完成任务。

同时，这里还有大量的地质改造工程尚未完工。尽管康氏集团宣称现在是大规模改造的间歇期，但对全球性的走访性活动来说仍是危险重重。不过最大的威胁还是来自天空，双日挥动火鞭，将整个星球烘烤。一旦离开聚集地的穹顶，即使有空调车和隔热衣，长时间在外也让人难以忍受。就算昼伏夜出，能去的地方也只限于聚集地的附近。这使观星极为受限，能看到的只是这个半球恒显圈里的星星。

要不是和常磊赌气，又不想被他们笑话，张动肯定已经放弃，去寻找别的星球了。可现在只能埋怨自己被丰厚的报酬迷了心智，兴冲冲地跃迁过来，却未做好前期的调查了解工作。

他断断续续地写了一些文字，但都只是片段，难成体系。其实在早期时，不同星象故事间的关联性并不强，而且根据观型习惯、写作方式，还有些流派的区分。不过，随着科技的发展（也可能是行业的没落），星象师的方法越来越趋于同质化：大同小异的观测设备，标准化的测绘工具，以及仅有的那两三款专业的星图处理软件。另外，故事也越来越史诗化，把整个星空都囊括进去，成为一体。所以保存在脑电波记录仪里的苦思冥想，只能算作碎片。而对应的星座中的星星也多有重复，大部分还都集中在黄道带上。

但如果想把黄道带作为主脉络，就别放太多的星座，因为还要兼顾另外的半球。

这是第几条规矩来着？说实话，对于老一辈的金科玉律，他尽管不像是星盟那样彻底无视，却也不觉得必不可少。随着入行愈久，敬畏感愈淡。而之所以还在坚持，除了系统学习、训练后的习惯使然，更多地是其中一些确实能激发灵感，比如实地走访。不仅仅能观遍天球，还可以了解到殖民星已有的雏形星象。也许那是只是哄孩子入睡的故事，又或者是为了纪念当地的什么人物，但多少都能打开新思路。而且如何将原有的星象完美融合，也是对星象师技能的考验。

不过在聚集地却很难感受到这些，这里几乎全是在一两个标准年内跃迁过来的外来人。他们被庞大的资本吸引过来，就像投入巨型星系中心的黑洞。然而，一切都来去匆匆，等负责的项目完成后，又像被抛出的霍金辐射，永不回头。

而康氏星上的本地人则一直守着曾经的旧基地，远离这个半球，仿佛在另一个世界。在聚集地传言里，他们更像是信奉某种邪恶宗教的乡下人，愚昧、排外且危险。因利益分配问题，对康氏集团的改造计划颇为抵触，甚至是破坏。官方的通告里并没有提及具体的冲突、破坏次数，但从行文间能看得出肯定是不少，且曾一度十分激烈。张动对此倒不觉意外，毕竟改造这里的最终目的就是要把它推向太阳，予以毁灭。而且公司也有反制手段，正不断往旧基地所在的那片平原下方注水，说是要在最后阶段将那里变成一片大海。

但还有报道说集团已与部分本地人达成了协议，并解决就业。而且好像还有个自媒体账号，每日更新些本地人的快乐生活。不过他在聚集地里，一个都没遇到。想来也不会是真的。就算集团挑拨利益，让本地人不再抱团，但也不会有什么快乐直播，因为那两个太阳会将一切快乐蒸发干净。

张动最后决定还要去找本地人聊聊。因为他已被这里恶劣的环境折磨得毫无灵感，急需一些能拓展思路的东西。于是，他租来一辆车，备了一些自认为充足的水和物品，等到一个大晴天便出发了。

出发前，他还特意拜访了几个有过户外作业经验的人。可没人去过那么远，也没人觉得到本地人那里多么有必要，所以大家都挤在聚集地附近活动。他只能靠租来的磁浮车长途跋涉，而没有其他更为方便快捷的方式了。这或许也是集团对付本地人的手段之一，孤立、隔绝。

他原以为保全各种地质改造机器人的维修公司，会有相应的设备和经验，但实际上他们只是利用更为小巧的机器人远程临场来进行机修。这使他远远低估了这里的狠毒。

前期因心情兴奋，并没觉得多么不适，反倒有了种出游般的兴致。可惜行星现在近乎荒芜，之前的几次大规模改造引起的环境巨变几乎让所有本地生物在短时间内灭绝了。即使偶尔还能路过一两株垂死的植物，或是有一闪而过的某种穴居动物，都让荒凉感越发凸显，甚至多了一层死气。当然，据说集团采集过灭绝物种的遗传信息，正在跃迁站旁的方舟实验室里进行基因改良实验，使其能彻底适应改造后的星球。

不过那些只是预想，目前能看到最多的景色还是各式各样的机器人。其中，个头最大的是行走式建筑模块机器人，看起来就像座小山，光是履带上的支重轮都比他租来的车子大。它们沿着设定好的路线游走，就地取材，啃食经过的地表和石头，然后在肚子里消化一番，吐出一块块建筑用的标准模块。这些模块将被搭建成星球改造后的城市道路和建筑。越远离聚集地，模块机器人便越多，就像这些巨人用踏起的扬尘赶跑了其他机器。但一种宛如大老鼠的地址布局机器人还在。它们靠卫星的指引，钻入板块下层的指定位置。待命令发布后，便掀起一场场移山造海的运动。

然而，新鲜感逐渐退去，一切便索然无味。且随着主伴星双双跃上中天，到处都变得亮闪闪的。天地间仿佛都镀了金，连那些扬尘也不例外。大把的阳光不要钱似的洒满各处，晃得他眼球发胀。而这带来的还有攀升的热量，尽管有空调和隔热保护，又将车窗调黑至低透光状态，可车内还是宛若烤箱。他不断地喝水，也不停地出汗。整个人都晕乎乎的，眼底残留着光照后的亮斑，看什么都像打了块银补丁。

但更让他不安的是磁浮车，里面的电磁机已发出好几次过热报警了。他不得不时不时停下来，却找不到阴凉。最后，他只好躲进偶遇的模块机器人的影子里，伴着它们扬起的粉尘，一同缓慢前行。这算是饮鸩止渴，因为冲进车内的沙尘同样会损伤空调系统和电磁机。已有个别机组在切换工作、调整磁极时开始偷停，让原本平稳的行驶变得起伏不定。而他能做的只是目不转睛地盯着操作板，生怕某个指标突破阈值而造成抛锚。

这样的双重折磨让他心力交瘁。大量饮水冲淡了他的味觉，只留下满嘴的苦味，苦得令人恶心。他觉得自己像是被塞进了一台剧烈旋转的离心机，还正在被不断加热。他舔着嘴唇，瞪大双眼，强打精神。可最后只坚持到将车停在一台趴窝的机器人旁，便昏睡过去。

三

"你脑壳晒化了？没有人告诉你不要在白天行车吗？"这是丹妮见他醒来的第一句话。

当时他仍处于似梦似幻的世界中，唯一的感觉就是嗓子里含着一团火。随后耳边的声音才渐渐清晰。"别想着去挑衅太阳，尤其在交汇期。要不是这个大家伙，你已经是咸鱼干了。"

他晃了晃头，没看清对方在指是什么。目光还有些涣散，无法正常对焦。神经系统似乎被晒得融化，使他的反应有些迟钝，像是在看最早期的侵入式电影。他接过对方递过来的水，猛灌了几瓶，又用残留在嘴边的水抹了把脸。淡淡的盐分让眼角略略发涩，也让他清醒过来。

他抬头打量起面前的姑娘：她穿着一身颇有年代感的隔热服（上面有不少显然是后拼接上去的元件，张动只在博物馆的投影介绍里见过），头发高扎，戴着副宽大的护目镜。脸被挡住了大部分，只露出鼻头和下巴。眼镜也有些年头了，能从非透光的镜片上看到实时读取的数据。虽然无法看清容颜，但声音听起来美极了，火辣中透着绵柔。

他恍然大悟："你是和康氏达成协议的本地人。"随后又被自己沙哑的声线吓了一跳。

"那只是各取所需。"对方皱起眉说："你又是从那个太阳来的？生存秀主播吗？"

"星象师，我是个星象师。但请放心，我绝不是恒星人，因为我怕热。"

对方被逗笑了，笑声清脆。"那只是我们的土话。"她说："我听说过你们，你们那是不是有个叫星什么联的人，很厉害？"

他想了下说："你说的是星象师创意联盟有限公司吧？我们都叫它星盟，是个组织，不是人。"

之后，他与对方相互通了姓名，并简单介绍了自己的职业和来这里的目的。同时，他也知道了丹妮确实是和公司签了合同的本地人，负责每日巡检。即实地调查那些系统里显示的问题机器，然后再提交报告给相应的维修公司。所以多亏了旁边那台趴窝的机器人，她才能发现他。

"不过你想在这儿看星星，不如看日头来得容易。"丹妮说。

他点着头说："已经见识到了。所以想去找你们，了解一下本地的星空文化和已有的流传故事。"

丹妮轻呵了一下说："那你可要失望了！我们这儿就没有和星星有关的东西。几个月之前，这儿还是连昼季，半天主星，半天伴星。其实这会儿算好的，只要不是连昼季，除了热点儿，夜晚的时间相对还是有的。可要是交汇期前后的极昼期，这里一整天都白茫茫的。伴星说远不远，却总是落不了山，有可能几十年都看不见星星。"

他沉默了好一会儿，说："你吓到我了。我从没像现在这么后悔过。"

这是实话。可惜他现在要后悔，已经晚了，投入的精力和金钱都实难让人放弃，何况还有星盟。只能怨自己的贪心，不该头脑一热就变更任务，更因此耽误了时间。不然或许早已发现问题，不至于这般进退维谷。

不过，现在他至少知道为何康氏集团要将星象项目的时间选在这大半年里了。可这并不代表康氏的人就了解这里。他们只是按照过往的经验，结合数据资料，设计改造方案。而事实上，只要稍稍实地调查一下，就像他这样，很可能便不会有星象的招标了。但目前看集团确实不在意本地人的意见。

其实对康氏星来说，这些都无所谓，因为在下一个交汇期，行星便将被推向主恒星。这也是康氏集团购买、改造这里的最终目的——末日盛典。自打看过宣传片后，张动脑子里不时就会浮现出那时星球上焚天煮海的景象。那些富豪正寻求于此，被钱浸透的骨髓已麻木到只能靠制造毁灭来找乐子。也许不等到康氏星建好，他们就已不满足于行星级的末日了。但至少现在康氏集团的股价一路飙升。而按照规划，除了对星球自身的改造外，还会微调运行轨道，以确保行星在下个交汇期能一头扎进主恒星的怀抱。

他想不通为何要这样费时费力，投入大量的资源。完全可以随便选个濒临死亡的星球，毕竟这种事情随时随刻都在宇宙中发生。难道说这是种减缓泡沫经济破裂的手段？

"所以你是要打道回府，还是继续向前？"丹妮打断他的胡思乱想。

"向前。我不能白受这么多的苦。"他咬了咬牙说。更不想在决赛前，就此向星盟认输。

"那你会发现得受更多的苦。"对方说："如果确定下来，我可以带你过去，但要收费。而且你这辆小车得留下，它挺不了那么远。还有，我们那儿的老头子们可不太友好。"

"这都不是问题。车子装了自动返航系统。"他从浑身无力的状态中振奋起来，跌跌撞撞地下了车。在看见丹妮那辆车后，不免发出一声惊叹。

虽然和一旁的机器人比不了，但对于车来说，那仍是辆怪兽。两节改装后的庞大车身靠纯机械结构连接在一起。宽厚的车轮还能看出早期那种登陆探险车的痕迹，车头则看起来像是某种小型飞行器的一部分。尤其坐进驾驶室后，那些有着明显 DIY 痕迹的操作台面甚至能隐隐唤起他心中的野性。

他吐了口气，说："这车看起来真的……很朋克？"

"朋克？是什么意思？"

尽管他明白这个古老词汇的意境，却很难解释清楚，只好敷衍地说："和棒极了的意思差不多。"

"其实不过是七拼八凑起来的破烂儿罢了。"丹妮"嘣"地撞上门。

他们开了近一个晚上，这怪兽车无论是速度，还是颠簸程度都足够狂野。就在张动觉得身体快要散架时，丹妮说快到了，但外面却刮起风来。

康氏星只有两种天气（无论黑夜还是白天），不是刮风，便是晴天。两个太阳的长时间蹂躏，让大气里很难有水汽能聚集成云。而这里的环境更因乱七八糟的改造而变得十分恶化。被那些模块机器人啃刨出的土，与大风一拍即合，化作遮天的沙尘暴。这也让本就不多的观星时间变得更加稀缺了。

沙土打在车上，发出沙沙的响声，可丹妮丝毫没有要停车的意思。用她的话说，后面拖挂的燃料电池足够他们开足马力，抢先冲回基地。经前期调查，他知道那里是没有宜居穹顶的，于是对防风性能提出了质疑。

"曾经有，不过是那种最古老的穹顶，用的还是刚登陆那会儿的技术，后来也就拆掉了。"丹妮说："原本这里没这么大的风，更没有那么多沙尘，这些都是快速改变的后遗症。尤其最初的几个月，星球随时都在振动，那感觉就像把你绑在一把大功率的按摩椅上。不过，基地在盆地边缘，山能挡住一部分风，何况我们还有防护林。"

"防护林？"

"一片阴错阳差长起来的仙人掌。如果太阳出来，这会儿应该能看见。"

似乎为了认证丹妮的话，夜色仿佛瞬间转淡，续而大亮起来。风沙仍模糊着世界，不过已依稀能看见不远处高大的黑影。那些仙人掌完全不像外来客，或许是因为这里的低重力和本地生物的大量灭绝，它们得以肆意地伸展身躯扩张地盘，最矮的也有一丈高，丑得像是故事里的巨魔。估计等康氏集团准备建设生态时，会发现需要面对的是满星球的巨魔仙人掌。

显然，作为入侵物种，它们比人类要成功得多。

四

尽管见识过各种各样待开发、刚起步的殖民星，张动还是被基地任性的混搭风格吓了一跳。一座座奇形怪状的建筑除了视觉上的冲击，更大的意义是宣告贫困。所以，这里看上去更像是那些开发过度的星球上的废弃社区。

大部分房屋还都是登陆时期遗留下来的，那时，整个星球登记备案的名字还只是一大串混杂的字母和数字。按照当时的技术，这些住宅和穹顶是一体的，被同时打印出来，像是长在穹顶外的分形。而现在，穹顶没了，只留下一圈不高的硅酸盐基座，成了基地中心的广场。屋子也多有补丁，下层的还能看出喷补、打印的痕迹，再后面的便多是拼焊接上去的。有些两三层的小楼是用标准模块搭建起来的，但都七扭八歪，显然没经过设计和计算，不过倒是与外面的仙人掌颇为呼应。

这是典型的家族或伙伴式探索殖民，没有财团在背后支持，建不起跃迁站，信息和资源也少的可怜。更不要提标准化的行星改造，很可能某项改造的投入就能让他们破产。所以，节约成了这里必备的生存手段。大量无用或坏损的设备被拆解后，都重新利用，就像丹妮的那辆车。他依稀认出个别房屋外露的隔热层，原本是属于某种飞船的。而矗立在广场中心的那把如风扇般的太阳能大伞，显然来自几艘短途运输机。

"康氏故意没将无线电能覆盖这里，所以我们用电主要靠这个。还有个应急供电设备，是殖民飞船的动力源改建的，有点不太稳定。"丹妮带他走了一圈，边介绍说："怎么样？有灵感了吗？"

张动哭笑不得地摇摇头，又听对方询问他想在何处落脚，这才意识到还有住宿的问题——旧基地不像集团聚集地那样能提供临时住所。

"那你可以来我家，"丹妮晃了晃手指说："但别想多了，这可不免费，我只是想多些收入。"

"这都不是问题。"他说："不管怎么说，都谢了。"

"对了，我能把刚刚录到你的内容上传吗？更新账号也能赚钱。"丹妮指着卡在胸口的微型摄录镜头说。

他有些诧异，觉得不可思议，一直没注意到那里还有个设备，不过还是点了点头。这时，他看到远处奔来一人，上了些年岁，但身材仍很魁梧，步伐有力。那个人还未极近，便指着他吼道："你从哪个日头来的？"

张动被劈面而来的话打蒙了，好在丹妮挡他前面，说："我的房客只是个写星星的作家。"

"外来的？你的新同事？"

"行了，胡安。他不是康氏的人，更和我没关系。"

"我只是想提醒你别被这帮日头弄的骗了！你们在这条路上已经走得够远的了。不摘掉眼镜，就永远都长不大，迟早要吃亏。"

"这话还是留个你们自己吧。"丹妮也提高了声线，"别忘了，康氏可是你们找来的。"

"所以我们一直在弥补错误。而你却带着人妥协，去签那个日头弄的协议，现在又领着他们的人来参观。想考察一下怎么把这里变成海，是吧？"

两个人的争吵引来了其他人向这边围拢。大多是胡安那一代的，不乏手里拿着家伙的，盯着他的目光颇为不善。

张动犹豫要不要走上去，说明来意，缓解争吵。丹妮却先一步挥着手臂，大声说："那不是妥协！康氏既然给钱了，为什么不做？你们已经输过一次，凭什么觉得能抗争成功？"

"因为我们占理！而他们给的那点儿，连修房子都不够。我就不信他们最后真敢把我们这儿淹了！"

"淹也好，我打一出生就受够这儿了。"

"日头的！我们几代人都在这儿，这是我们的应许之地。"

"只要有钱，哪儿都是应许之地！"丹妮冷笑了一下，"完全可以再找个星球住，我从不觉得被两个太阳这样折磨有什么好的。"

"你一点儿都不像你父亲！"胡安几乎跳起来，瞪大的双眼仿佛要决眦而出。

"没错！关于这点，我感到很庆幸！"丹妮扬起下巴，转头对张动说："我们走。他们没那个太阳资格来盘问我们。"说完，她顶开胡安，从人群的一边大步走过。

张动张张嘴，想说点儿什么，可最后只是简单挥了下手，便快速跟着丹妮一同离开了。

在这之后的一段时间，他才断断续续地了解到一些情况：在处理康氏集团和星球的问题上，丹妮和老一代有着截然不同的想法。这里面还牵扯到丹妮不愿提及的父亲，因果关系十分复杂。总的来说，上一辈意图变革，想借助外来资本更好地改造行星。然而康氏集团和他们对星球的定位完全不同，本地人压根就不想毁灭这里。冲突自然不可调和，仲裁官司打了十几个标准年，可最终的结果还是偏向集团。于是，作为牵头人之一的丹妮父亲，在结果发布后，便以激烈的自戕来表示抗议。但这并未引起太多的关注，在集团的公关下，很快便被其他热点掩盖了。

他能感受到这件事对丹妮产生的巨大影响，甚至她现在既不相信集团，也不相信其他人能与之抗争出结果。所以，她近乎病态地攒钱，只希望有一天能够离开，甚至无心考虑离开后的规划。

这也让她与众不同。尽管本地年轻人和老一代之间有所隔阂，且不少人也与集团签了合同，但他们只在生活态度上有区别，没人想要离开。这不过是他们在跃迁站建好后，被蜂拥而至的、滞后了几十年的海量信息激荡起了好奇心。而老人们却觉得这是场狂轰滥炸，是洪水。每当张动路过，他们都面露轻蔑，吐着唾沫，嘀咕些听不懂的咒骂。

"那不过是些华而不实的技术，和你们的娱乐一样，日头的卖弄风骚。"胡安则言辞激烈，仿佛那一切都是他带来的。

不过与丹妮一样，本地的年轻人都戴着几乎脸那么大的护目镜，只有隔热服的样式各不相同。张动一度怀疑他们是靠隔热服来彼此识别的，因为除了在房间里，他们从不摘下镜子，仿佛那是与生俱来的器官。可即使白天，老一辈人也不会佩戴。

在一次和丹妮出任务时（由于基地不在集团输送电能的范围内，记录仪等随身设备只能借此机会充电。虽侵占了观星时间，他却和丹妮日渐熟悉），他问出了自己好奇的事。

"只是习俗，"丹妮说："保护小孩子的眼睛。我们这儿还有不少莫名其妙的习俗和与之对应的童谣，来告诫我们如何才能不被那两个太阳干掉。孩子稍大点儿的时候，就不会再戴护目镜了，但摘掉后，你会发现早已习惯的世界变得完全不同，他们管这叫成人礼。可这种太阳弄的感觉能让人疯掉。你明白那种感受吗？我一直觉得老头儿的偏执和这不无关系。所以我发起号召，拒绝改变。"

他点点头，这不无道理。视觉上的陡然变换，确实会冲击世界观。他还记得第一次出任务时，险些因此失败。之后在不同的世界间反复冲击，便也渐渐麻木了，麻木到连看星空也缺少敬畏。

"但要说奇怪，每天卡在你脑袋上的东西是啥？"丹妮随后问道。

"脑电波想法记录仪。它能实时把想到的灵感、点子、句子录下来并编辑整理。"

"那它怎么分辨哪些是你要的，哪些又是胡思乱想的？"

"手动啊。"他指了指太阳穴附近的开关。

丹妮撇了下嘴，"我还以为有什么高科技，比如超级 AI 啥的。"

"你被电影和游戏骗了，人类还没那么先进。这东西能配个脑纹加密就不错了。"

他发现康氏星的年轻一代似乎对外来的生活都有一种自行脑补后的理想设定。

五

张动没想过自己能在旧基地待下去。

因为刚到之时，觉得这里根本就不适合生存。与之相比，聚集地那边能称得上是天堂。肆虐的阳光让人大部分时间不得不躲在屋子里。而缺少温控的房间，即使有隔热层，仍闷得人无时无刻不在出汗。还有可怜巴巴的生活用水，他不得不像本地人一样，靠舔润嘴唇来避免干裂，这几乎成了习惯。

更别提由于缺少卫星预报而神出鬼没的风，许多次都让他观星无功而返。即使赶上个好天，山外侧聚集的大量模块机器人——以后要在那里建一座双子城——轮廓灯的叠加亮度对观星也有一定的影响。严重时，几乎能达到古波特尔分类的 4 级亮度。所以他准备等作品完成，就去找机器人的设计商，好好问问在这些靠卫星定位和传感器识别的机器上装个灯到底是啥意思！不过只要是记录仪电量允许，每晚他都会扛着设备，爬上基地后面的山顶。

也许是恶劣环境给人的紧迫感，又或者不一样星空分布确实带来新的感受。作品的进展异常顺利，仿佛又找到了一度丢失的灵感，一时间豪情万丈。而其他时间，除了修改整理作品，还要和丹妮混在一起。他乐见于此。如果不是环境过于恶劣，他甚至想长久持续下去。

他唯一的遗憾是对本地文化的探访不深。虽然也有想去找老一辈的聊聊，可胡安为他上的第一课太过印象深刻。对方就像是被天上的太阳附了体，暴躁猛烈。最后，他还是靠丹妮曾提起的本地童谣，才浅浅地有所了解。

然而，丹妮不大愿意复述童谣，觉得这些幼年的训诫，和与之相关的习俗是造成本地人性格问题的根本原因。何况里面讲的都是太阳，似乎与星象无益。但他却欣喜若狂，甘愿为此付费。

其实，阳光和星象并不冲突。对光明的崇拜，早已植根进人类的基因。在很多星球，他都将太阳和星象故事完美融合，只不过康氏星相对有些特殊。不过从童谣中能看得出，本地人对太阳并无怨恨，更多的还是敬畏。

这些童谣行文大多简单，以元音为韵。有些前后段落的跳跃性较大，个别的句子似乎是为了强行押韵而显得莫名其妙。内容除了隐性的告诫，还包括简单的本地历法、地理等。其中最长的那篇童谣（他是经丹妮及其他几个同辈人口述才拼凑汇总出来的）就介绍了如何利用主伴星升空的顺序，以及彼此的相对位置来区分季节。

但这里有一首十分特别的，他整理后，将其命名为《新郎》：

世界一片白茫茫，

新郎要去迎新娘。

不想遇到另一个，

吵吵闹闹比谁强。

一个放出巨量热，

一个射出万多光。

于是，

所有人都吓跑了，

只留下热迷糊了的小新娘

和哈哈大笑的俩儿新郎。

这是唯一一首以太阳为主角的，也缺少相应教育意义的童谣。不过，它情节明快，令人印象深刻。很多人在提及童谣时，第一个想起的都是这首，连丹妮也不例外。她喜欢这种嬉笑间透着惊悚的感觉，相比那些为了告诫而人为设计的恶意要好上百倍。

这篇更在作品的结构上，带来了新的灵感。完全可以以此为主线，将两个半球的星空分成两派，在相互攻伐、纠缠间，彼此串联起来。甚至还能对应到集团和本地人，从他们的冲突中汲取素材。不过，领头的新郎不能是太阳，于是他在南北天球的中心重新设计了两个星座。

可构思写作时，他却总还是情不自禁地想到那两个太阳。他觉得自己似乎患上斯德哥尔摩综合征了，所以才会忍受着太阳带来的折磨。又或许是因为丹妮。每次摘掉护目镜后，那双明眸都让他心跳加速。

当然，还有常磊不时的刺激。他总发来视频邮件，但里面都是些趾高气昂的炫耀，要不就是看似苦口婆心的老生常谈。

"如果你代表星盟，一切就不可能，这没得谈。"他被纠缠得烦了，便发起通话，想好好谈一次，就此了结。

而常磊则一副恨铁不成钢的语气："我这是为了你好，动子。你要是在别的星球，兴许真能和我们一较长短，但这里不一样。实话实说吧，我们公司和康氏的人有战略协议。所以对于我们来说，目前唯一的问题不是怎样能赢，而是怎样能赢得漂亮。"

张动不置可否地耸了下肩。

"别不信。我们为康氏提供过大量的故事情节套路模板，供他们在一些偏远星区使用。"

"你们是在玷污这个职业，知道吗？"他听说过这样的风言风语，也恶意猜想过。但听对方直截了当的吐出，还是忍不住啐了一口。

"这才是常态！看看现在的星象，有哪个设定是新的？而且你以为所有的殖民星都请得起星象师？别逗了，就像最早的这里，穷得连跃迁站都建不起，稍稍加速的地质改造工程都能让它破产。殖民者只能胡编几个记忆中的故事来定义星座。而我们提供的廉价模板，只要按教程去操作，就能达到二三流星象师的水平，让他们的文化根基更富有科学性、艺术性。"

"你就不怕我把这段录下来公开？"他有一瞬间真想这么做。

常磊嗤了一声说："那得有人信你，恐怕更多人只会觉得那是你为了故意炒作而做的假视频。何况没有多少人会在意星象，真的，知道星象占集团改造成本的多少吗？连零头都算不上！我们真的没有教科书里说的那么重要。"

他只觉得胸口一阵阵发堵，闷得喘不过气来。对方透露的信息让他恶心，却不得不承认大部分是对的。可他仍无法接受，至少在饿死之前不能。

"怎么了？"丹妮把他从思绪中拉出来。

他摆摆手，却在抬起头的一刹那，再也无法抑制倾诉的欲望，将有关星盟、常磊，那两个太阳的折磨，以及老一辈本地人恶狠狠的注视等一股脑吐了出来。随后，他便后悔了。

可对方简单的一句"我懂"，瞬间又将他融化。再清醒时，他的嘴唇刚刚与丹妮的分开。他一时间不知所措，激动中带着忐忑。

"有点……出乎意料。"丹妮喘着气，打破分开后的尴尬。"呃……我来是……需要些帮助。希望你能帮我看看这个。"她把他一路领到基地外的仙人掌林，几个相识的年轻人等在那里。

"做什么？"他问。

"别急，还有些程序要走。"说着她退到一旁，开启隔热服上的摄录机。其他人则围绕选好的仙人掌转圈，做着古怪的动作，感觉像是某种仪式，最后大家一起砍倒仙人掌。

"既然短时间无法离开，就只能去改变。"丹妮解释说："我想重建习俗，那些老礼儿已不合时宜，更没办法匹敌康氏带来的新鲜玩意儿。可是我们懂得不多，需要你的建议和帮助。"

他点点头，有些抑制不住心中的兴奋。这是所有星象师的夙愿，塑造一个星球的文化根基，赋予它灵魂。然而，文化习俗涉及方方面面，非一人所能驾驭。好在他见识的星球不少，还曾写过无数星象故事，多少都能提供一些帮助。

丹妮也开始对他的星象和故事感兴趣，不时会关心进度和内容，似乎想从中汲取灵感。他会挑一些自认为精彩的章节读给对方，但讲到更多的还是过往的荣誉，以及那些令他印象深刻的星空。一谈起星星，他便会滔滔不绝，却没注意到这些似乎并不是丹妮想要的。

而老一代对他们搞的这些完全不屑一顾；反之亦然。在他看来，那些童谣、旧俗和他们行业中的金科玉律一样，不能说错，却弥漫着陈腐的味道。但他又不想搞得如星盟那般激进。

期间，胡安倒是来警告过他，让他离丹妮远些。

他对这种警告自然也是不屑一顾。

六

张动被巨大的撞门声吵醒，却陷入进宿醉后的头疼。那些仙人掌酿的酒很是上头，回味里的苦涩更让舌头都打了结。

他努力地回忆昨天的疯狂，但能记起的不多。丹妮先提议庆祝，为他最终完成的作品，然后便一发不可收拾。而放松下来的心也让他醉得很快。隐约记得两个人搂在一起，互诉衷肠，可说了什么，已全无印象。

砸门声仍未停歇，其中还夹杂着含糊不清的咒骂。他四周瞧了一下，没看见丹妮的身影，只好掐着脑袋去开门，边抱怨这里缺少门禁系统的落后。

是胡安。门刚打开，他便像只野兽似得冲进来，四处巡查。由于未能找到想要的东西，他气得整个人呼呼作响。

张动试着打招呼，可回应他的却是对方抡过来的拳头。一瞬间，仿佛上万个工质引擎在耳道里点燃。待耳鸣渐弱，听到的都是胡安的咆哮。"你把她弄哪儿去了？"

"啥？"他只觉得对方发了疯，被打的半边脸现和宿醉的脑袋一样木得僵硬。

"日头弄的！你把丹妮骗哪儿去了？"胡安一手拎着他的脖子，一手做着手势，从穿戴的终端里调出一段视频，投影到旁边。

视频里是丹妮。她有些局促不安，不断地舔着嘴唇。她说："我要离开了，这会儿正等着跃迁。我会找到一个更好的星球，然后再给你们消息。别抱对抗的心思，你们赢不了康氏……我爸就是证明。现在唯一可谈的，就是去要你们的跃迁资格。离开这儿，真的，这里不是应许之地。还有替我和阿动说声对不起，我拿了他的脑电波记录仪。这不光彩，但已经不重要了。"

"她拿走了我什么？"他怀疑自己听错了，挣开胡安，开始四处翻找。这消息对谁来说都很突然，而带来的打击不亚于刚刚的那一拳。"这不可能，太阳的不可能。"即使一无所获，他仍不甘心地喃喃自语。"那东西对她没用，何况还有脑纹，除非……我知道了！"他猛地转头盯着胡安，"我知道谁骗走了她。我们得把她找回来。"

胡安和他对视了好半天，才将信将疑地点了点头。

"啥时候收到那留言的？"

"是一个标准时前的邮件……"

"那我们还来得及，这里只能跃迁到星区中心站，每天一班。所以太阳的，我们得快点！"他胡乱地套上隔热服，蹦着跃出房门。一切都说得通了。她为何会突然对星象感兴趣，甚至曾有意无意地建议过可以考虑星盟的招揽。可他仍无法相信丹妮做出的选择。这背后一定是常磊搞的鬼！

胡安的车更加狂野，但也制约了速度。不过，他汇合了几个老家伙，直接将应急供电设备搬来做动力源，或者说、那本身就是殖民飞船的动力源。

张动一点儿也不觉得这玩意儿安全，所以车子速度越快，他就越觉得是坐着颗行星级杀伤性武器在赶路。可又没有别的办法，只好转移注意力，同时心中的愤怒也需要宣泄，于是大谈起对星盟诱骗丹妮的推测，希望能将胡安拉到同一战线上。

"所以和康氏扯上关系的都是日头弄的。"对方猛地推了下控制杆，随后瞄了他一眼说："也包括你。你们是来侵蚀这里的，想让我们的后辈拿着你们胡编的东西去窥视自己的命运和运程，还津津乐道。"

"这里面有误解……"

"得了，我又不是没去过别的星球。不过你们注定要失败。抬头看看，这里除了太阳还有啥？"胡安说："但孩子们确实很吃你们和康氏那套。日头的，我们就吃过亏，被骗走了星球。所以我不会让她重蹈覆辙，这也是她爸的遗愿。可她还是被你们洗脑了。"

他沉默了一下说："那只是她自己的选择。"

"日头的。她懂什么？只是个拒绝长大的孩子，连成人礼都没经历！"

看着情绪激愤的对方，他有些理解丹妮。老一辈本地人就这样一直生活在自己的固执里。而这事儿要说起来，他才是最大的受害人。愤怒早已将他点燃。如果有可能，他希望现在就生撕了常磊。这份怒火支撑着他，尽管已热得每个细胞都在喊渴，却精神亢奋。

得益于改造后的荒芜，他们无需转弯或减速，可以始终保持高速飞飙。但他很怀疑在长时间满负荷下，车子能否坚持到站。胡安倒不在乎，仍不时推进动力，加大输出。所以几个标准时后，他便已能远远地瞧见地平线上鼓起的基地穹顶了，就像康氏星吹起的鼻涕泡泡。

这已经很快了，但也很接近摆渡船起飞的时间。他不断咽着口水说："摆渡港在基地南侧，那里进不去这么大的车。可如果得绕到正门，我们恐怕……"

"这都不算啥太阳！"胡安哼了哼，便径直朝摆渡港的方向冲过去。

他明白了胡安的打算，下意识地想要阻止，却发现心里已被复仇的快感填满。热血沸腾之际，超快的车速眨眼便将他们带到穹顶边缘。接着，他感觉像被扔进了某种熔化的粘胶里，时间和一切都仿佛缓慢下来，犹如快进的视频被突然按了暂停键。他想吐，胃里翻江倒海。不过没难受多久，世界又恢复了正常，可迎接他的却是剧烈的撞击。

不知过了多久，他感觉有人在拍他的脸。耳朵里充斥的都是尖锐的鸣叫，头昏沉沉地，看哪儿都仿佛转个不停。开始以为是宿醉后晒中了暑，可很快便回忆起了一切。

"我们得在安保来之前找到丹妮。"胡安一把他拉出来说。老头儿的手臂受伤了，衣服上渗出大片的嫣红，可他却满不在乎。

张动站起来，扶着侧翻的车子四顾了好一会儿，才辨出方向。靠着胡安的拉扯，在人群围拢过来前，跌跌撞撞地奔向摆渡港。

或许是改造间隙期，和他来时一样，往来跃迁的人并不多。大部分人都被他们制造的事件吸引到窗边，所以他一眼便瞧见了远处准备离开的常磊，于是怪叫一声，领着胡安冲了过去。

　　常磊和他都还不太适应本地重力，很难跑得快。胡安几步便追了上去，用拳头和常磊打起招呼。等他赶上来时，常磊正被胡安的咆哮洗礼。其他人则惊叫着躲进角落，对这边指指点点。

　　随后，他看见了在候机区里的丹妮。对方显然没想到他们会这么快就追过来，一脸诧异地捂着嘴。胡安也注意到了丹妮，扔下常磊，怒气冲冲地跑过去。但在他们之间，还有道安检闸门。

　　胡安第一次没能撞开，反让警铃大作。又接连撞了几次，才豁开条夹缝。一边奋力地挤向里面，一边高喊着丹妮。可劝说还都是老一套，什么父辈们的尊严和荣誉，以及外面世界的凶残与险恶。等挤进半个身子时，已涨红了脸，语气变得愈发强硬。

　　丹妮早已镇定下来，就那么静静地看着，仿佛发生的一切都与她无关。

　　原本张动还有一大堆的话想要问她，不过已经没有必要了。他完全理解丹妮的动机，还有无奈，但越是这样，心底受到的伤害就越深。他无法将透明隔板后面的身影，和最早那个戴着宽大护目镜、一身朋克装的形象重合起来，又或许那只是自我想象的记忆错觉。

　　心里只剩下被欺骗和背叛后的煎熬。他扑向常磊，用拳脚、牙齿、指甲、咒骂，这些最原始的方式来宣泄着愤怒和痛苦。

　　扭打间，他被人拉了起来。一队安保机器人将他和常磊强行分开，另一队则控制住了夹在门缝间的胡安，尽管他还在大喊大叫。

　　"你们死定了！死定了！"常磊被拉起后也大喊起来。

　　但他并不在意，更没去听安保机器人播放的法律条文，只是望向丹妮。他看着她和其他人一样，在闹剧过后便快步转身离开。

没有回头。

七

等待询问调解时，张动和常磊隔着桌子相向而坐，分别被两个安保机器人押着。常磊的半边脸已肿起来了，衣服多有撕破，满是污垢。他一边吐着血沫，一边骂骂咧咧地说："这事儿你怨不到我，是你那小妞儿先找来的。索性我们达成协议，各取所需。"

张动只是盯着他，没说话。

常磊咧了咧嘴，接着说："别觉得不公平，遇上这种事的又不只有你，我也一样。但认清形势的才是聪明人。没人会在乎那到底是谁写的。集团不会，本地人不会，那些日后来旅游的富豪大亨更不会。他们想看的只是末日风景，就算对故事感兴趣，也只是无趣时用来打发时间的。

"所以要怪只能怪你，和那些老家伙儿一样，无法适应现在的宇宙。不过说真的，我有点失望，那作品没有好到让人耳目一新。但情节和星座设计还不错，算是对得起我们雇黑客破解的花费。"

按理说，他应该早气得失了理智，可现在却冷静得连拳头都不曾颤抖。看着大吼大叫，像只炸了毛的猫的常磊，他突然觉得这个世界极为不真实。

没过一会儿，两个治安警远程临场过来询问。投影不太稳定，治安警的脸上更满是不耐烦。他们简单询问一番后，又例行公事地说了几句劝解的话，便准备下线了。

"他偷了我的作品，不仅仅是抄袭。"张动抢在他们退出前说。

其中一个皱了皱眉说："这个不归我们管。说真的，要不是康氏集团上报说抓住了蓄意破坏公共设施的人，我们根本不会来。所以你要是有证据，最好直接去仲裁院起诉……"

"他和那个破坏分子是一伙的。"常磊突然插嘴进来。

两个治安警闻言，对视了一下后，便定住不动了。这是切换到后台或其他线程的表现，应该是去调查情况了。

常磊趁此大笑起来。"你完了！你应该听你那小妞儿的，她都知道你斗不过我们！"

不过他还没叫嚣多久，治安警就回来了。又教育了他们两句，将常磊打发走，只留下张动一人。之前说话的那个治安警说："你的问题比较复杂，不过说到底要看你和康氏和解的程度。如果他们不打算起诉你，我们这边就没问题。所以你最好先和这里的主人聊聊。"说完，两个治安警便下线了。

随后，一个安保机器人来到他对面，用怪异的声线做了自我介绍，说自己是负责集团法务的 AI 之一。他的名字有些长，张动很难一次性记住。它先是对整个事件表示愤慨，接着引用了大量的法律条文和相关案例来恐吓，最后语气放缓给出了一套解决方案。简单讲就是希望张动作为证人，指证本地人对整个星球的建设正在做有预谋的破坏，以此来抵消这场纠纷。

他抬起头想注视对话者，却不知该看哪儿，面前的机器人显然只是对方临场的工具。最后，他只好干巴巴地说："我需要考虑一下。"

"但这并不是很难的选择，"AI 发出一个声音，感觉像是在笑。"所以你只有五个标准时。最好不要远离聚集地，治安警还在等你的答复。"

这确实不算是难题，只要是思维正常的都知道该趋利避害，又或者说集团根本就没有给他选择。但越是这样，他就越是不甘心。倒不是说他会对本地人（尤其胡安）产生内疚，只是这触碰了他心底的道德和早已习惯的自由。但他不善于应对这样的情况，一直以来都是循规蹈矩，也正是因此才会对星盟有一种本能上的厌恶。

他突然意识到自己和那些固守的本地老头儿没什么区别。看似坚持的东西，实际上只是种寄托。他们还不如那些正逐步丧失自我的年轻人，至少他们的随波逐流和迷茫毫不掩饰。现在想来，只有丹妮一直未改初衷。始终目标明确，不会彷徨难择，甚至不介意手段。

他被思绪牵引，在聚集地里漫游。走到摆渡港时，之前被撞破的地方已被补好。新喷的凝胶状材质，还没有氧化变深，像是层熔融的玻璃，透过它能看到低垂的伴星和即将泯灭的主恒星的余晖。随着黄昏的展开，虽说伴星还会统治天空一段时间，但已能瞧见一颗闪亮挂在中天。

"那是啥星？"丹妮有一次问他。

"那不是星，是跃迁站。"他当时笑着说，"对肉眼来说，确实不太容易区分。有时你看到一颗很亮的星，但它很有可能是星云或星团。如果用望远镜，就会看到许多亮度不等的星星。即使是划分到同一星座、彼此间距离看似很近的星星实际上有可能相差几百上千个秒差距。好在康氏星由于这两个过于亲密的太阳，成了系统里硕果仅存的行星，所以天球里不会有其他混杂进来的行星。可这却无法避免人类文明带来的天体乱入。

"一般来说，人造天体跑得都很快。不过停在拉格朗日点上的，就要小心区别。这就是宇宙的欺骗性，应当属于胡安所说的'外面之险恶'的一部分。"说完，两个人都大笑起来。

最后，他围绕在闪亮的跃迁站，编了个有关爱情的故事。而丹妮正是从那时起开始对星象颇感兴趣的，尽管她说那个并不算爱情故事。

他现在仍残存一丝奢望，或许真相并不像看到的那样，就像那些建筑模块机器人身上的灯。丹妮说那是为了让肉眼在夜晚更容易注意到它们，虽然在这里略显多余。

但这些都已经不重要了，他必须为自己做出抉择。

他低下头，注意到隔热服上有亮起的指示灯。这才发现身上穿的是丹妮的备用衣，一定是出门时着急套错了。而指示灯代表这种特制隔热服上的摄录仪正在工作，很可能是撞击时触碰了开关。接入随身终端，他发现里面保存了近乎全部的记录，从摆渡港入口到询问室。不过，受身体移动的影响，画面质量并不好。但常磊和集团AI说过的话，倒都录得清清楚楚。

有那么一瞬间，他似乎看见了希望。然而，在网上走仲裁程序时，他却被告知上传的视频属盗录，无法作为直接证据。

他大笑起来，直到涕泪横流。

还能想到的办法仅剩下诉求公众。但当对手是集团或星盟公司时，这无疑是个蠢主意。对方的公关资金雄厚，经验老到。即使是购买高亮、置顶服务，恐怕也和丹妮父亲一样，最终泛不起多大的涟漪。

他决定只公开常磊那段，所以不管星盟如何应对，想来最后都不会让直接负责人跑了责任。

这是常磊自找的！

他感到一丝快感，随后又一次想到了丹妮。对方总是说赢不了。或许正是如此，她才会做出这样的选择；也同样觉得赢不了老一代，才想去设计新习俗（不过这一走，恐怕不会再有人坚持）；又觉得赢不了集团，才会离开。而此时此刻，他终于彻彻底底理解了丹妮。可也仅限于理解，他不想原谅，或许原谅也不过是一厢情愿罢了。

不知道是不是在旧基地待久了，宜居穹顶里的环境反让他觉得有些别扭。于是，他走到刚补好穹顶前，感受着伴星透射进来的能量。在还未变深的补丁里，能隐约看到他被反射扭曲后的镜像。

他打了个寒战，不禁想起那首名为《新郎》的童谣。

......

所有人都吓跑了，

只留下热迷糊了的小新娘

和哈哈大笑的俩儿新郎

......

李代桃僵

"我只是想回家。"面前这个家伙哭丧着脸说。

真让人受不了！一个中年男人（当然，他肯定不会比我大）一脸衰样，哭哭啼啼，仿佛受了全宇宙的委屈。而且最关键的是他手里的那把激光焊枪正顶在我的脑袋上。说真的，这种常用工具早就应该和菜刀一样被打上编码，进行实名认证了。

他的手颤颤巍巍，顶得我的头也一起晃起来。"抱歉！"他吸着鼻子说："我需要你提供的路子。他们说只要找你就可以，你是这站里最厉害的……黄牛。"

哈！充满歧视的词语。要不是被困在捕捉薄膜里，还被枪顶着，我已经跳起来挠他了。

"其实，我更愿意叫自己路径提供商，或者渠道管理者。"我一本正经地说。然而，假声带和喉腔的共鸣让个别词听起来像是打呼噜。

这也是我不愿意面谈客户的原因。远程链接、实时转账多方便，不过总有一些不会使用科技的笨蛋，需要有人告诉他，"沿路左转，去找南广场老雕像下的那只短尾花猫。"

在大多数情况下，我会先领着他们，找距离最近的下线成员来做我的代言。然后，我则假装成受过训练的接头吉祥物，躲在一边，连上网络，再发私信指挥代言人去讨价还价。这样，即使是老客户，也搞不清我们的路子。既保证了安全，又多了份神秘。而人们喜欢神秘，更愿意为神秘多掏不少的钱。但这次，他显然有备而来，没等靠近，便掏出喷灌，把我粘在地上。

"这可不是求人的态度！而且袭击、胁迫一个阿尼马格斯一样是要负刑事责任的。"我将耳朵紧贴向后脑，尽可能显得凶狠些。本还想梳梳胡子，方才躲闪时，一小块薄膜被喷到上面，又痒又沉的，可四肢都被薄膜粘在地上，动弹不得。

"那是指官方备案的，不是吗？"

我忍不住嚎叫了一声。要是让我知道是谁把我卖得这么干净，我不介意撕开他的脖子。

"那你可以试试！"我不能妥协，但如果他真那么干，弄不好会暴露我千辛万苦隐藏起来的身份，然后麻烦就像成群的苍蝇一样蜂拥而至。所以紧盯了他一会儿后，我说："我是无所谓，反正有思维备份，换一个躯壳还是一样活着。但是你，就别想回家了，我会让你生不如死。看你那傻样，应该不会有钱做备份。就算有也没关系，我会找到你每一份备份，然后把它们删得一干二净。"

他放下枪，仿佛一个饱受蹂躏的少女，瘫在我旁边，喋喋不休地说起自己的苦难。如何背井离乡、风餐露宿，如何摸爬滚打、兢兢业业，又如何省吃俭用，如何十几年的辛苦付出，如何孤孤单单，如何……总之，这些故事在三流小说文本里经常出现，没啥新意，也不悲惨，缺少生死离别和撕心裂肺的爱情，更不惨绝人寰。说实话，要是他经历过我从前那些，恐怕早就发疯得自杀了。不过，这些配上他那种神经兮兮的语调，杀伤力却比得过那把激光焊枪。

我不得不打断他的碎碎念，"别说了！我不想了解你的破烂生活，更不想知道你的秘密。每个找到我的人都有秘密，不然你们直接光明正大走进车站，扫描身份信息，坐上飞铁就万事大吉了。但不管是逃亡、走私，还是其他什么乱七八糟的事都与我无关。我只是提供给你们另一种离开的途径。明白吗？"

他点点头。

"很好。现在我们可以坐下来慢慢聊聊了。不过，先把我身上这层黏糊糊的东西扯掉，这是宠物店打针时用来固定动物的。"

他没动，似乎并不相信我的承诺。

"好吧。我一般推荐两种方法，随你喜好。"我决定心平气和下来，没必要因为这个神经病，让自己陷入更大的麻烦。

"第一种，你得先将自己备份，然后再随便找个可爱的小动物……不，不是阿尼马格斯。这里用不着处理器，更不会让你和那些小可爱的神经网络相连。只是一小块备份存储，给它喷裹上可混淆探测器的材料，再让动物们吃掉。然后，我再雇人以携带宠物的形式把那可爱的小家伙，还有你带到目的地。保证没有人能追查到你。当然，新身体和后续手术费是你自己的事。刨除佣金、备份、设备，还有雇人的钱也需要你负责。建议你到站后选择数字化，那能省下不少的钱，不过佣金不变。另外，你要是没有相关资源，我可以介绍，绝对保质保量，还能享八折优惠，但佣金要高点儿。总的来说，这方法很适合逃婚、逃债，适用于一切想甩掉旧生活的人。"出于职业道德，我尽可能全面地说明。可他却摇头晃脑，支支吾吾，吭吭唧唧，似乎不愿意舍弃这身猥琐的皮囊。

"那就是第二种。"我呼噜了两声，放松一下声带（猫的生理结构不太适合长久地说人话）。"不过这条路要慢一些，因为要搭飞铁保全公司维修小队的车。今天是不行了，最快也得明天。确定下来后，系统会给你一个虚拟号码，那是分管你目的地线路的维修人员的联系方式。注意那号码是一次性的，所以一定要约好你们的时间、地点和接头暗号。想带多少行李都可以，他们那些维修车上有的是地方，而且免费，不像飞铁，装过重的东西还收钱。就是慢点儿，但哪怕你住在天山脚下，忍上一两天怎么也到了。

其实时间主要是浪费在等待他们维修、保养上。毕竟海量的能量才能让飞铁快若闪电，因此散出的热、辐射等等也都是成正比的。这直接冲击的就是沿途的设施，所以几乎每一个中继站都会停下来检查。而且，由于受飞铁跑过的电磁影响，你一路上可能上不了网。如果路途远，建议你最好备点儿抗戒断反应药。至于我的佣金，要高一点，毕竟要分一部分给保全公司……你说什么？"

他嘟嘟囔囔。我不得不把两只耳朵都转过去，这才听清楚。

他说："我的信用破产了！"

我大骂一声，但发出的是尖锐的猫叫声。真是太蠢了！当他端起枪的时候，我就应该猜到，只有身无分文，且毫无希望的家伙才会亡命。肯定是他突来的袭击搞得我一时间反应失常。

"那你应该卖掉灵魂，而不是回啥子狗屁老家。"我这个建议很中肯。当你既没钱洗掉负信用或者换个身份重活，又不想沦为乞丐时，唯一能做的就是把自己卖掉。那可是抢手货。很多公司都愿意为你支付洗信用的钱，但相信我，这并不比当乞丐好。而眼前这个家伙显然都不想选择，只是翻来覆去地说想回家。

他把头扎进两腿之间，像只躲起来的鸵鸟。"谁能想到，"连声音也低得像夏日里的蚊子，"二十几年的辛苦会在一夜间消失殆尽，被这里一口吞掉，连点儿渣滓都不曾留下。我被这城市一层层地剥了个干净，然后被扫地出门。不对，比那还恶劣，是被推下悬崖。"

我打了个哈欠，却没办法伸懒腰。这城市的冷酷无情早已是老生常谈，再说哪里不都是这样？真要论起来，每年跳下飞铁站台的恐怕都比他惨多了。所以我决定尽快摆脱这个白痴。

"那你就听我的，甭想着回家。把这层该死的薄膜撕了，你不需要我，你需要的是黑市掮客，或者拿起你那柄激光焊枪，然后火力全开，化悲愤为仇恨，去报复这座狗日的城市！"

他摇着头，噙着泪，看起来很让人恶心。"我不想伤害谁，只是想回家。"他说："我现在就想吃一碗老家的面，尤其是我家胡同口的那家。筋道极了，汤味也浓，还有层又香又甜的葱沫。从小时候在废弃的百货大楼里捉完迷藏，到大一点放学后，满城都是那面香味儿。街上也挤满了汽车，滴滴答答叫个不停，但不像这里，那声音清脆得就像刚炸出来的酥饼。不急不躁的，很让人心安。现在我终于知道自己想要的是什么了，那才梦寐以求。那种感觉你懂的……"

"不，我不懂。"我故意把他后面的话和莫名其妙的感慨都怼了回去，不然肯定就吐了。我敢说这些都是他自我催眠后发的癔症，就算是真的，恐怕也早已物是人非。其实我在某段时间也有这毛病，一直以为我妈是个温柔的金发美女，而不是那个被性别认同折磨得歇斯底里的女人。但不管怎么说，他就是个孬种。所以我告诉他，他所谓的这些东西都和我没有半毛钱关系。

他似乎很受刺激，捡起枪，再次顶在我的脑袋上，说："这就有关系了。就算你有备份，肯定也不想白死一次。何况我知道备份只能定期更新，所以你不会记得我。可我不想这样，真的，我只是想回去。那是我的唯一念想！求你了！"

我们对视了半分钟。最后，由于姿势不舒服，我不得不先扭过头说："这样吧。我们来重新谈谈这份生意。你告诉我是从谁那里拿到我的信息的，然后我指一条明路给你，怎么样？"

他舔了舔嘴唇，最终吐出来一个名字。我又追问了几个问题，直到确认他把所有消息来源都吐露干净了。

尽管在复述中没发觉明显的阴谋，但多年的经验和直觉都告诉我这不正常。我已经嗅到了某些熟悉的味道。不过很快，我想到了一个绝妙的主意。

"现在我们来解决你的问题。"我说："佣金我可以不要，但身份是个大问题。你需要一个信用优良的记录，但我们都知道，这又是笔大费用。所以鉴于你之前解答了我的疑问，我决定帮你一把——借给你我的身份，顺便送你一张飞铁票。别那么惊讶！我只是希望你快点儿滚蛋，永远不再跟你见面。我可不想一会儿被其他人看见，以后都学你这样，懂吗？"

我又咳了两声，以示强调。"如果是这样，我们只要骗过进站时的身份检验就行了。这一点都不难。那套傻瓜智能系统只扫描身份信息和DNA，然后再与你备案的部分匹配，审核对比结果。所以对于你来说，只要把这些都换成我的就可以了。现在把你身上所有能识别出身份信息的终端设备全部扔掉，之前要是装了某种智能假牙、眼球也得一并抠出来。当然，如果你在胼胝体里植入过附脑或者备份器啥的，我们就得换个法子。"

"我怎么可能有那么多钱？在这一点上，我还比不过你们。"他嗤笑了一声，"可我不明白为什么要扔掉终端？"

"因为那是傻瓜系统，没法精准分辨出身份。"我尽可能不去理睬他前面那句对我很是蔑视的话，耐着性子解释说："要是超过两个人同时进入，它只能审核出里面的甲乙丙丁到底是不是甲乙丙丁，却不能区分出哪个是甲，哪个是乙。只不过平常人都是一个接一个进入，这问题便也没有暴露，但恰恰我知道。所以你抱着我一同进入后，因扫不出你的信息，它便会默认我的就是你的。因为我是个没有登记的阿尼马格斯。在备案数据里，我仍是原来的身份。你可以放心，这个身体植入了宠物芯片，这方便我日常行走，你懂的。所以在系统看来，我们就等于我带着一只宠物猫。"

"那DNA呢？"

"这正是我要说的。把整层该死的黏膜扯了。我们好去拿我藏好的我从前的牙粉。"

或许是被我说动了，又或许已确实无路可走，他点了点头，摘下所有便携设备，和枪一起扔到一边。但他显然并不信任我，把我从桎梏中拉出后，一直紧握着我的颈后皮，让我使不出力气。这种生物演变出来的弱点真让人讨厌。

我就这样被他拎着去往藏匿地，还好一路上没有熟人看见。之后，我们从地下入口进了飞铁站。

这里年初时刚刚翻新过，最上层的站台区扩大了好几倍，再配上轮廓灯，远远看去就像根大伞盖的荧光蘑菇。十几根真空管呈辐条状从伞沿延伸向远方，飞铁就在那里面以每小时几千公里的速度行驶。不过城市上空这几公里属低速区，部分管路段是透明，人们仰头便能看见飞驰而过的彩色车厢。归家、探险、旅游和其他各种广告涂鸦在管壁之上也一同延伸出去。

我们坐（我被拎着）扶梯上了二楼后，便到了安检和身份验证区。排队时，他抖得厉害，因为仿佛被吊在音乐节会场的音箱上。我小声提醒他没人会这么抱自己的宠物，可他根本没听见，心思完全不知飞到哪儿去了。我颈后的毛被他攥得湿漉漉的，却奇迹般没有滑脱下来。

等我们迈进扫描区后，他已经连气都不敢喘了。到了采集 DNA 时，我也不由地紧张起来，生怕他一不小心把仅剩的那点牙粉扬个干净。好在没出问题，仅略微停顿了一下，便响起欢迎光临的机械音。我这才发现自己竟和他同时长出了一口气。而时隔多年，再次听见自己名字，我总觉得有些怪异，充满了陌生感。

不过后面一切顺利。按照程序的提示，他报出目的城市，又将车票喷打在左手的手背上。选择不需要发票后，我们跟随屏幕上给出的路线，去往指定的候车区。

　　候车区前，需要将行李、宠物与乘车人分离放置。经过前面的几次交锋，他似乎觉得我很好拿捏，还想把我一并带走。但他没想到我会在被扔向宠物催眠箱的一瞬间，发起反击。侧翻旋转空中再腾跃后脚直踢，这套动作太久没练了，我已有些生疏。但并不妨碍我在他脸上挠那么两道，顺便惊毛了几只后面排队的蠢猫笨狗，还有一头半人高的猪。

　　其实即使没有这场猪飞狗跳，他也抓不住我。混了这么多年，我对这里甚至比设计师还要熟悉，但现在我不得不离开。虽然距离身份验证只过几分钟，但我出现、购票的信息肯定已随着数据流传到每一个想找我的人的终端里。不过，这个傻子会把他们都引走。至于发现真相后，他们会如何处理他，那和我没有半毛钱关系。

　　因为那时我已换了身皮囊，再次远离是非。

　　这次我不想再选猫了。

　　狗怎么样？

云朵边缘的酒馆

我刚得到一个小酒馆。这真是天大的幸运！幸运得有些匪夷所思。不过这里的客源不多，却都是老主顾，能一坐大半天的那种。我还没收拾利索，他们就已经来了，随便点了杯酒，便各自寻了个角落，打发时间。

就在我擦拭几个脏杯子的时候，门口进来个中年男人。四十岁左右的光景，头发稀疏，整齐地梳在脑后。他脸上的油和头上抹得差不多一样多，被灯光一打，闪闪发亮。一对金鱼眼，一个酒糟鼻，虽然穿着正装，可怎么看怎么别扭。他救生圈一样的肚腩，差点把衬衣的扣子撑爆，几根黑毛从开口处钻出来。

他径直走了过来，一屁股坐在我面前的吧椅上，问："有什么喝的？"

我转过头，踮了踮脚。那些瓶瓶罐罐上的标签，看起来和天书没什么区别。"呃……你想喝什么？这些可以随便点。"

他很敏锐。"你不是店里的伙计？"

"不是……是的。我是老板，只不过刚接手这个店……所以还在熟悉，你懂的。"我说："你以前来过吗？"

"也是刚到，在远处瞧见招牌，就想进来坐坐。"

"我们一样。真巧，新老板与新顾客。为这个，我得请你喝一杯。"我边说，边从吧台下拿出一个方酒瓶，里面有黄绿色的液体。天知道之前那位老板在里面放的是什么，不过我还是给他倒了一杯。

"要加冰吗？"我问。这是从电视里学的。

他轻笑了一声，点点头。"确实巧的很。知道吗？如果放大到宇宙尺度，在广阔的空间和时间下看，并考虑其间可能存在的生命数量，我们以这种方式相遇、还能喝上一杯的概率是亿亿亿亿……N 个亿分之一，非常小的概率。"

"不明觉厉！你是研究这个的？"

"不算是。工作需要，多少懂点。什么时空变换啊，什么波函数坍塌，观察者啥的。"他喝了口酒，屁股底下的椅子被压得吱吱作响。

"这个我在电影里看过，好像是讲平行宇宙的，对吧？"

"事实上，他们是解释同一现象的不同理论。多元宇宙相对简单，理解容易。拿我喝酒来说，喝不喝这口酒会分出两个宇宙，一个喝了，另一个没喝。以此类推，便有了无穷多个宇宙。它们彼此叠加，在做出选择的一瞬间分开，就像铁路道岔。"他端起杯子，边喝边说："而观察者也好，坍塌也好，曾在很长一段时间都是主流理论。这些理论认为在观察前，就是我做决定前，喝不喝酒是未知的，都有一定概率会发生。当我做出喝的决定后，这种概率就坍塌为1，其他也便不存在了。但这两种说法都不完美。现实情况更接近两者的融合。"

我发出惊叹，可实际上根本没听懂他讲的都是啥，甚至一度怀疑我们说的是否是同一种语言。"这么说，你是科学家？"

"别咒我。我可不想挣不了几个钱，还一不小心就被自己研究的东西给弄疯了。这么说吧，我们互为表里。他们负责研究，我们负责应用。"

"你是个发明家？"

"那是另一伙人，后勤装备部的。我是一线的，叫执行人更恰当。"

"执行什么？"我重新审视着他的身材，感觉这家伙更像个做销售的，那种什么金牌、银牌级别的经理。

"拯救宇宙。"他说。

"黑衣人吗？这么说你算是公务员喽。"我大笑起来，舌头不断弹着牙齿。这家伙太逗了，我有点喜欢他，所以又给他添了一杯。因为见他喝了一杯没什么大碍，我便给自己也倒了一杯。

"敬英雄！"我说。嗯，这酒不错，白送有点儿亏。"那你都做些什么？"

"其实也没啥，大部分灾难在萌芽状态就已经被解决了。真要命的那种会有更专业的人来处理，用不到我这样的。"他说着，拍了拍肚皮，肥肉便如泛起的波浪。"我只负责确保不同时空中不会出现异常点。你可以把我想象成巡逻警察、安全员或者免疫系统。如果发现特殊的异常点，还需要进一步解决掉，避免其扩大。"

"异常点指什么？"

"破坏宇宙平衡，改变宇宙本质的。比如，这里！"他"咚"的一声将杯子砸在吧台上，惊得我险些把藏在身后的枪掏出来。好在我的血已冷却下来，长时间清理现场让情绪不再亢奋。

"这里？"我背过手，悄悄打开枪上的保险。

他神秘一笑，看起来猥琐极了。"左后边那个老头看见了吗？灰色夹克，黑框眼镜的那个。按理说，他在这里喝酒的概率不应该超过0.03%。最可能的情况是要作为内鬼，以银行经理的身份配合劫匪拿走当日的现款，这占30%。稍差些的概率是和劫匪一起逃跑，要么被同伙打死，或是最终顺利拿到自己应得养老金。剩下的百分之十几的可能被车祸、吃坏肚子、睡过头、食物中毒、良心发现去自首等等等等的其他情况瓜分。"

没等我提出疑问，他又转过身，用头点着两名站在点唱机旁的女人说："侠盗魅影，知道吗？她俩儿会在这儿的概率也不到万分之一。她们本应分道扬镳，甚至还有 5% 的可能是反目成仇。另一种可能就是一路杀下去，杀得男人闻风丧胆。还有窗边看书的那个，他应去尾随一位姑娘，而不是坐在这儿读哪门子的《甘地传》！麻烦再来一杯。"

我一边添酒，一边问："那你是准备把他们重新捉拿归案？"

"不。你没听明白，人不是问题。就像你，从概率上讲，这会儿应该已经走投无路，连饭都吃不上，更别提成为这儿的老板了。"

"听起来是这么回事……"

"所以出问题的是这里，这间小酒馆。"他敲着台面说。

他是认真的。这让我不由得想起前任老板，那也是个神经兮兮的老头，喜欢捋着山羊胡倚老卖老，动不动就来一句"你不懂，孩子""你不知道你在干什么"，就好像他什么都懂似的。

"知道吗？这里就是座安全岛，把其他所有的可能都屏蔽了，或者说它强行扭转了运行路径。这儿成了一个除了生死之外，必须通过的阀门。"

"什么意思？"我怀疑他是来找茬的，就像我之前一样。

"还记得我刚才提到的那两个理论吗？"他弹了弹空杯子，在我续满后，接着说："真实的宇宙相当于两者的结合，在已知的时间起点和终点之间有着无数的可能……"

"你说时间会终结？而且是已知的？"我记起来那老家伙似乎也这么说过。他还说在做什么实验，需对抗什么来着。命运，还是自由意志？总之很扯。我当时既不想听，又听不懂，只是想搞点钱罢了。这么看，这个胖子和老头似乎有点儿关系。

"是的，已知。"面前的胖子抿了口酒，说："它又不是啥特殊玩意儿，和万物一样，都将终结。只不过时间的流逝过于漫长，如果它是一条河，我们连个浪花都算不上，所以才会有时间无限长的错觉。但别忘了，时间是宇宙的一部分，而宇宙是有界的。

"我们也一样，起点都是生，终点都是死，谁也摆脱不了。只不过，如何选择生与死之间的无数种可能，就构成了我们的人生。然而那帮科学家发现，所谓的选择也只是错觉。我们不是错综复杂的小径集合，会分裂出不同的世界，而世界也不是叠加状态，直到决定后坍塌。生死间的路径其实一早就定好了。按因果讲，已知的生死才是因。在那么一瞬间，他们会先把所有连接彼此的路径都试一遍，而你的人生就是他们觉得最合适的。

"这有点儿像费马的平缓时间原理，光总沿时间最短的路线进行。这也是通过验证实验发现，光子会试过所有路径，哪怕远到比邻星，最终才选择时间最短的。"

"那生死归谁管？"我被他这一大段话绕晕了，这可比拯救宇宙胡扯多了。我倒是挺期待他能把牛皮圆上，那会很有趣。我用舌头弹了弹后槽牙。

"谁知道。那帮科学家还没研究出来。也许是宇宙本身。"他耸了下肩说："但我们比光子强，虽说是按着规定好的路径走，但路径并不唯一。这就是前面提到的概率。尽管宇宙倾向让概率更大的事情发生，但如果两起同时性事件发生的概率相同或接近，我们就有可能这样，或者那样，也就是说，它们都是光途最短的路径。"

我干掉了自己的酒，想借此把他这些神神叨叨的话吞掉，之后呃了下嘴问："你还是个玄学家？"

他笑起来，笑得鼻涕泡都出来了。"敬玄学，敬科学。"他也干掉了酒，"我也是被他们科普了 N 次才弄明白。哦，对了，你知道电子吗？"

"那种像行星一样，围绕着某种什么东西转的小东西？"

"我明白你的意思，但它并不是绕着原子核转的。这种说法是错的。"他说："它实际是在原子核周围闪现。闪现，懂吗？就是一会儿在这里，一会儿在那。所以所谓的电子轨道实际上是电子云，当我们把电子闪现的位置全部标出时，便会发现有些区域电子出现的概率更大，看起来更集中，好像是云朵主体，厚厚的。而概率小的地方，便是稀薄的边缘。

"所以你可以把这一切也想象成'电子云'，有些事情发生的概率要大，有些要小。至于这种分配规律的内在逻辑，科学家们还没研究明白。可能是宇宙在看到所有路径后，全凭喜好的决定。"

我有点儿弄明白他说的意思了，因为前任老板好像也说过。但显然，那老头讲课的水平不怎么样，不然我也冲动不起来。

胖子又在吧椅上蹭了蹭，接着说："而这个酒馆可以理解为正处于云的边缘，在这里发生的全都是小概率事件，完全与宇宙规则相悖。好在它只是个酒馆，不是彩票发行管理中心，不然处理起来更是麻烦。"

"所以这个什么小概率事件可以称为幸运？"我问。被他绕了这么一大圈，感觉似乎还有些道理。

"应该说，幸运是小概率事件的一种，而一切不同寻常的事件都是小概率事件。所以现在最大的问题是这里为什么会这样，又该怎样结束它。"他说完抬起头，直勾勾地盯着我。

"你不会以为这都是我搞的吧？"我被他盯得有些发毛。"我只是个幸运小子，刚刚接手，要不是你，根本不知道能有这事。"

他撇了下嘴说："看来你明白我的意思了。但不管怎么说，前任把店给了你，多少会留下些线索。告诉我，他交代你啥了？"

"可能你不信，但真的什么都没有。"我突然意识到之前的处理有些草率。我应该和那个老头再多聊会儿，又或者管他是否被发现，直接跑路了事，而不是在这里装什么老板。或许我是太想有个家了。

"那请允许我四处转转，兴许能发现什么什么"

这让人进退两难。我不得不掏出枪，一口拒了他，还好其他客人并没有看向这边。

"所以你还是知道一些的。"他站起身，看起来像只随时能扑过来的沙皮犬。

"我不知道！"我抖着枪说："听着，我不管你们什么宇宙不宇宙的，如果你不想和那老头躺到一起，就给我滚蛋。"

"你不该把枪拿出来。"

"什么……"

没等我说完，他便飞起来，灵活得完全和身材不匹配。来不及做出反应，我便觉得脑袋被什么重重撞了一下。"嗡"的一声后，我两眼一黑。

清醒过来时，我的脖子上好像顶了好几吨的重物，嗡鸣声仍响个不停。我使劲眨了眨眼睛，才看清自己躺在地上。胖子已来到吧台后面，在酒架上翻找着什么。我的枪就在他手里。

"你不该拿出枪。"他扫了我一眼说："对于一个胖子来说，想要战胜持枪的精悍匪徒，概率是极低的。但别忘了，这其中的规则不同。就像我不断和你说话，想诱使你说出真相。这本也是一件不可能的事情。可惜，真相虽说出人意料，却不是我想要的。"

所以他说的都是真的？正因为如此，我才能轻易抢劫成功？却又因为容易逃离而无法离开这里，总是被各样的缘由绊住？

我不知道。脑袋里好像有无数辆蒸汽火车在轰鸣。我想站起来，可怎么也无法使出力气，看什么都是转的。

"别白费力气了，"他说，"发福前，我受过专业训练。其实，我们本可以相安无事。我又不是警察，你的事情不归我管。可是，你为啥连遗言都不让他说？这让我们很难办。本来挺简单的任务，却因为你，有可能演变成灾难。所以我打算把你交给警察。当然，是在我解决这里的问题之后。"

他说完，推开通往里屋的门，继续敲敲打打，寻找线索。而我始终没站起来，只能躺在地上。透过半开的门缝，正瞧见那老家伙的尸体与我四目相对。

基本道德

这活儿真不是人干的!

先是两次超远程跃迁,叠加的眩晕感还没结束,又来了一段二级超光速飞行。在近乎一个标准天的主观时间里,我都被加速度按在座椅上。多亏身上的覆膜功能足够强,我才不至于被压得喘不过气来。如果再多耗些能量,还能抵消点儿加速度,简单活动一番。而在这之后,我们总算搭上了开往地球的飞船,却不得不再忍受三个多标准天的低重力和极度延时的网络信号。

飞船也破得要命,缺少必备的标准重力场和其他设施,绝对是上上上个标准百世纪的产物。个别舱门滑动时,甚至能听到气阀的泄气声。据说这是地球唯一能与外界联系上的东西。倒是和外面的景色颇为呼应——星球轨道间布满是密密麻麻、大大小小的太空垃圾。他们却大言不惭地说,这是人类一步步走向宇宙的见证。

我想不出这地方除了破烂,还能有啥。祖宗十八代的基因信息?别逗了,这里早已被废弃。网络上除了常识性的介绍,就只有些以它为蓝本的二流惊悚恐怖故事,看起来煞有其事,其实极其无聊。但欠钱那小子把我们老板忽悠住了，说这里还有遗留的祖产，足够还清所有债务。于是我就与两个壮得像山一样的他源种一块押着这个骗子万里迢迢地赶过来。

这活儿挺突然的，我只来得及带上我的自源种。

说真的，要不是这边信号过于延迟，往返通信的时间和我亲自跑过去汇报差不了多少，我真想把船外的风景发给老板，然后那小子绝对会被扔出去。当然，前提是拿到他的基因信息。

这样我也没必要再到地球待上几天，想想就瘆得慌——宇宙边缘的废弃角落，哪怕它是人类发源地。在第一次听说这里还有人、能通船时，我感觉就像在听自由源种教的教义。那些宗教疯子总是鼓吹源种和人一样，妄图让大家捐出自己的基因资产。

飞船上的食物更是恶心极了，完全无法下咽，天知道地球人的口味为啥是这样的。还好我让自源种贡献了一条上肢出来，总算能把这三个标准天对付过去了。

这具自源种跟我的时间最长，主要是制造时被奸商骗了，端粒设置得稍长，还剩不少的寿命。可我已经玩腻了。如果没这趟活儿，我就准备将其处理做源生肉了。但从目前的情况看，它是我唯一的消遣品。

更可气的是那欠钱小子还在喋喋不休、没完没了地夸夸其谈，似乎完全没受颠簸、失重的影响。一路上的每一处他都好像很熟悉，并声称是从上上一代留下的记忆中看到的，其实那介绍的内容随便上网一搜就都有。

他指着弦窗外说："看，那就是火星。外面一圈像银线一样的是弗博斯环，在我们没走出太阳系时，还是个……"

"卫星。火卫一，我们都知道。"我打断他，"你还是多想想你那祖产吧。但愿它是真的，能够还清债务。不然你知道的……即使躲进这个垃圾星系也一样跑不掉。"

"别这样，我保证马上就能两清。我和这边核实过了，没问题。而且留下的老辈记忆里，我们有片墓地。我会从中挑一具干尸给你。那足够抵债，而剩下基因信息就都是我的。"他抖着身上的覆膜说："所以你是在和未来的宇宙第一富豪说话，知道吗？"

"好的。"我控制两个他源种打手将他拉到一边，有必要让他重新认清自己的地位。

这种家伙儿我见多了。就算有了钱，很快又会败光。最终不得不将自身唯一的资产卖掉，然后坚持不了两天便自我了断了。毕竟，你的基因信息一旦进入流通市场，或是成了其他人的专属，你和那些他源种又有何区别呢？

所以他卖掉祖宗后，很快就会卖掉自己。

再看看他身上那件覆膜，有好几处已严重老化。我很怀疑它还能不能防护住日常脱落的毛发等基因载体，更别提其他附加功能了，估计都比不上我的自源种和两个他源种穿的廉价货。

我想他也很久没拥有过自源种了，有可能也再没吃过源生肉。一路上，他总是有意无意地偷瞄我的自源种，而这也是我想教育他的另一个原因。

但所有这些惹人生厌的程度，都无法与地球上的奇葩规定媲美。他们居然全面抵制基因衍生物，不许它们进入到星球。开始时，我还以为是巴别机翻译出了问题，反复确认了好几遍，才意识到我们到达的是地狱，而不是地球。这根本就有违基本道德，绝对的反人类！所以我冲着迎接我们的律师大吼起来。

没错，律师，这词听起来像是种食物，却是个早已消失的职业。欠钱小子之前在飞船上解释了半天，我才理解是干嘛的。这算是一种依托于原始司法体系的职业。本地遗产都是由律师在打理，此次的对接人也是他。这倒很符合这里浓郁的原始气息，连个仲裁 AI 都没有。或者就是因为纠纷解决还需要人来完成，他们才会有这么一大堆乱七八糟的傻瓜规定！

"你们难道不懂吗？这是我的私产，而另两个他源种，我有他们主人的授权。"我把老板的临时授权证明投影在我们之间，不断地闪烁放大，好让他看个明白。"所以你们无权扣留。不论在哪儿，这都是侵犯人权！"

"至少你们还可以保留这身果冻，不是吗？"律师说："而且显然你对人权的定义有误解……"

"放屁……"

可没等我更多地反驳，他就转头对欠钱的小子说："如果你和你朋友（不想让地球人知道我们的关系，于是我们对这里的人统一口径，宣称我是陪同他来的朋友）的想法一样，那么也请回吧，恐怕不符合我们这里的继承要求。"

见鬼，这正掐住了我的死穴。

欠钱的小子也站在律师旁边一个劲儿使眼色。我知道他心里肯定乐开了花，因为要么我灰溜溜地滚蛋，要么他少了来自两个红棍打手的威胁，怎么都不亏。但这是小事。我的覆膜是老板通过特殊渠道搞到的军用品，即使没有他源种打手，收拾他也是小菜一碟。只是我受不了这个狗屁规定！他们竟然可以不顾宇宙通则和普世价值。

然而，这个破地方又没办法实时联系上老板。如果没把他应得的资产拿回去，难免不被认为能力有限。我见过几个被老板评价为无能的家伙，结局都挺恶心的。所以我没再僵持，但狠话还是要说的。

"那怎么保证我的资产不会被偷窃？说实话，我不相信你们。你也别当我是那种毫无背景的凯子。我不想闹事，但也不怕事。所以我们最好都别找彼此的麻烦。"

律师一副无所谓的样子说："港口有专门的休眠仓，可以寄放他们。由你亲自加密。"

我又盯了他半天，以示立场后，才勉强同意。

当然，选择妥协还有一个不足为外人道的原因。律师并没有穿覆膜，就这么披散着头发，大大咧咧地赤裸着上肢。这让我刚见时难受了好一阵，总觉得缺了点什么似的。但随即又激发出一个绝妙的主意：乘其不备，利用覆膜剐蹭下些许皮肤或毛发，便能偷到他的基因信息。而律师这种裸露绝非偶然，结合他刚才对覆膜的形容，更像是一种习惯，又或者某种莫名其妙的习俗。

要知道，外皮肤智能覆盖多功能防基因信息……好吧，就是覆膜，它学名长得让正常人根本没办法记住，主要作用是处理新陈代谢下来的基因信息，从而避免个人资产受损或被窃。后来又集成了个人终端、生存辅助等，功能越来越多。我这身军用的更甚，菜单里可选的功能有一大堆。即使研究过一段时间，绝大部分还都没弄懂。不过几个简单的功能搭配就足够用来偷取信息了，何况本地人毫无保护。

所以只要有机会接触更多的人，等回去后，我就发了。一大把基因信息足以搅动一处小星系的经济体系。况且有那么句古话不是？老天给你你不要，早晚变成老舅舅。

可惜，在去往寄存处的路上，我始终没找到合适的机会。他走得飞快，一直把我们领到一扇闸门前。

这里说是寄存处，却更像是个冷库。螺旋状打开的闸门，每片都有小臂那么厚。一迈步进去，就能感到刺骨的凉意。我打了个哆嗦，好在覆膜很快做出调解，将寒气隔绝在外。借着墙壁散发出的幽光，我能看到从房间深处延伸出来的一排排休眠仓。

我在附近转了一圈，发现里面都是空的。这有点儿奇怪。"没有休眠的东西？"我问。

"很久都没人来了。旅游不是我们这儿的支柱产业。"律师咧嘴笑了笑，那笑容在惨淡的光线映衬下显得有些阴森。不过，他说得没错，这破地方如非必要，我也不来。

最后，我随意选择了三台相连的休眠仓，嗑着牙龈，让两个他源种和我的自源种分别躺了进去。却不知是不是也受了旅途的影响，在控制单元发出指令后，自源种竟没马上行动，而是一脸木然地瞧着旁边的他源种往仓里挤。我又反复操作了几次，它才动起来，但动作极不协调，直接一头栽进仓内。

律师伸出手，想过去，好在被我及时发现了。

"嘿！它是我的。"我一边指着他说，一边让自源种快速躺好，然后锁好每一个休眠仓。

律师则说："我只是想帮忙扶一下。"

得了，没人会这般爱心泛滥。我摆了摆手。说实话，就算有足够的心理准备，但看着自己的财产被强制冻结仍然很不好受，所以我没心情听他解释。

还有那欠钱小子，憋着一脸幸灾乐祸的坏笑。天知道他心里打着什么主意。于是返程时，趁律师不注意，我寻个机会，给了他一拳。用的是覆膜辅助输出的较大档，足以击透那层过时的"老皮"。他此后便老实多了，没再出啥幺蛾子。

很快，我们便坐上律师那艘不知是哪个年代遗留下来的工质飞船，离开空港，驶进低空轨道。

上路后不久，为了寻找偷取基因信息的机会，我不得不没话找话地说："这里可真热。"覆膜反馈的外界环境情况也确实如此。

律师边操纵飞船转向，边点着头说："宇宙的必然。太阳已老了，这里坚持不了多久，二三十个百世纪？我不知道，但我们会把这份纯净守护下去。"

"纯净？"我不清楚他说的和我理解的是否是同一个意思。巴别机似乎对这里的土话识别不够，总有些词翻译得莫名其妙，听得人云里雾里。我真应该来之前把它从中耳里抠出来，升下级。

"人性的纯净，人何以为人。别看你们遍布宇宙，但都早已忘记。而这里既是人类发源地，又是最后一片净土。你们的心灵将会被洗涤，从而得到救赎。"

"所以你还是个牧师？"我在考虑要不要通过拍打对方来表示惊讶，顺便弄些皮毛细屑下来。但因此去触碰他人，多少略显牵强，不符合基本礼仪。不过他可能不会介意，毕竟一直裸着皮肤，还反复讲着地球上的奇葩观念。我很怀疑自由源种教就是发源于这里。

律师摇着头说："很高兴你们还有宗教。"

就在我想告诉他有一伙神经病和他很像时，欠钱的小子插了进来，指着舷窗外问："那个是什么？"

飞船不知何时转了弯，窗口正对着来时的方向。那里除了银色的太空港，在更远处还悬着张巨大的凹面膜，由一块块不规则的多边形组成。若不是折光明显的分隔线和边缘结构，几乎很难被发现，有点儿像昆虫类的膜翅。和它一比，太空港就如同一只即将要被吞进蛤蟆嘴里的苍蝇。

"大伞。"律师说："我们叫它大伞，把它建在同步轨道上，用来替代越来越不稳定的电离层。它还有一些其他功能，像转换能量什么的，等等……"

这其实就是个不完全的伪戴森球，只不过罩在了行星上。可欠钱的小子却仿佛没见过一般，发出一阵浮夸的感慨，全然忘了他在星际飞船上那副万事通的样子。估计以为这样能博得好感，多分到一些祖产。

我原本也想打听下有关财产继承的事项，可脑子里还都在纠结该如何盗取基因信息。直到飞船驶入低层大气，也没能找到合适的机会，就连想询问的事项也忘记了。

此时，律师开始介绍起能见到的地面景色。不过，当飞得足够低时，便会发现那些根本不是风景。这些从上面看起来花花绿绿的，实际都是大片大片的废弃垃圾，只不过被这里人用听起来还不错的名字粉饰了一下。比如，斑斓能源谷，其实就是古老电池的坟场。一眼望不到边的、各式各样的电池堆叠在一起，被时间和自然摧残软化分解后，彼此融合，相互反应，生成的新物质则像熔岩般漫延得到此都是，在猛烈阳光的照射下，呈现出一种动态的色彩斑斓，其中夹杂着大块的晶体，反射着夺目的光亮。还有远古红峰，那不过是无数座相连起来的金属山，上面披着被风雨、艳阳侵蚀后的锈层，还有什么车辆之海，听名字就不是什么好地方。

律师接着又大谈起当初为了弄出一块适宜的居住地，把这些废弃物重新规划是有多么不容易。我能听出他内心里的骄傲。不过，说来说去，这里除了垃圾还是垃圾，真没什么可以洗涤心灵的东西，狗屁的净土，倒是与外太空间的景色颇为呼应。

忽然，左侧下面闪过几道黑影。开始还以为是被风带起的垃圾，可随后又看到一些。它们速度很快（或者是飞船掠过的速度很快），感觉像是某种动物。大多躲藏在阴影里，看不清具体的样子，但都有着双绿眼睛，透过阴影，盯得人毛骨悚然。

我打了个激灵，作势受了惊吓，一把攥住律师的裸臂。"那是什么？"

"罪民。"他并没对触碰表现出应激反应。

不过欠钱的小子显然被突来的动作吓到了。为了避免他胡说八道，我让覆膜亮起警告色，并将另一只手按在他肩膀上。还好，太空港那一拳的威慑还在，他低下头，萎回座椅内。

"啥？"我转过头，一边在心里对律师的"慷慨"表示感谢，一边对他笑着说。

"一群丧失了基本道德的野兽。"

"野兽？它们是从什么进化来的？"

律师没马上回答，而是拉起操纵杆说："我们到了。过渡区一过，就是大伞的保护区了。"

不知道是不是心理作用，他一说完，确实感觉世界不同了，至少不那么亮了，眼前所见也开始有人类社会的样子，偶尔还能瞧见一两棵干巴巴的植物，像烧过的炭。

我们穿过差不多大半个城，最后落在一座颇为历史感的大楼上。楼边缘依稀能看出当初打印时留下的痕迹。几个巨大的半球形直立在角落，像一束朝天怒放的花。一个胖子正站它们投下的阴影里，穿着露出上臂和小腿的衣服，同样没有覆膜。及近，我才发现他身上鼓囊囊的其实都是肌肉，看起来像是个定向培养、强化后的他源种。

律师跳下船，和他拥抱在一起。

我有那么一会儿都没反应过来，直到重放了一遍覆膜的拍摄记录，才相信自己看到的。欠钱的小子更是吼着一连串的脏话。哪怕律师再怎么高傲、自我感觉良好，这里的礼节仍粗俗得令人作呕。不过，这倒给了我启发，只要能忍住本能的不适感，或许便会收获一大堆的基因信息。

而胖子在看见我们后，先是啐了一口。这可不是个好习惯，但他没给我通过唾液获取基因信息的机会，直接用鞋底擦抹掉了。接着，他又嘟囔了一句啥，我没听清。随后，律师为我们做了介绍。

可地球这边的名字都怪极了，巴别机翻译出来的相当绕口。于是像律师一样，我只记得他是负责打理房产的看门人，而且还是个坏脾气的看门人。当我忍着恶心，下定决心入乡随俗，准备抱他时，却被拒绝了。律师笑着解释了一大堆关于本地打招呼的礼仪，但我想没几个人能听懂。这期间，覆膜更是不断弹出提醒——此地不宜久留，温度、气压、湿度都大大超过最佳的生存环境上限值，让我整个人就像被闷在一口蒸锅里。

我大致能猜出这里人为何毫无顾忌，全然不怕个人基因信息的丢失了。在这种随便静置一个杯子都能凭空变出水来的环境里，无论是RNA还是DNA都很快便会被水解干净。但这并不妨碍我偷取。得益于这身军用版覆膜，所有信息几乎在触碰瞬间就被解析出来，记录存档。不过，我估计欠钱的小子那套老旧腹膜够呛能应对这种气候环境，但直到进入大楼，他都还好好的。

进来后，大楼给人的感觉更像是窑洞，四壁无窗，仅在走廊尽头或是转角处有几道鱼鳃状的隙缝，也都被遮光板罩住了，温度和湿度均变得正常。只不过空荡荡的，连呼吸都能听见回声。

看门的胖子带着我们参观了一圈，最后停在地下室前。"里面是房子的控制间"他说："安保系统、家政系统、废物处理，以及再循环系统等等所有的总控单元都在。空调系统是新升级的，能将水汽抽干并回收存储，房子里可用的淡水大部分是这么来的。能源都来自屋顶那几口大锅，定点接收大伞传来的能源。虽然年头久了点，但绝对不差。实话实说，我觉得分给你们有些可惜。"

欠钱的小子傻傻地点了点头。

可我却觉得有些不对劲，"这就是我们的遗产？"

在得到两个本地人的肯定答复后，欠钱的小子这才反应过来，惊道："没了？"

"还有一些相关手续，比如身份确认、产权交接，等等。"律师说，

"但不急，可以明天。倒是你们，车马劳顿一天了，最好先休息一下。"

"不是还有片墓地？"欠钱的小子问。

"我们没有墓地。很久以前或许有过，但那都是历史了。现在，我们这里不允许存在那种浪费资源的行为。"

"我们也不需要。"我说。我就知道没人会傻到把财产随意埋掉。

但这也和预想的完全不一样！我看向欠钱小子，他似乎彻底傻掉了，只好清了清嗓子说："这房子不错，我要是买的话，得花多少钱？"

地球人大笑起来。笑声与回声相互重叠，听起来像是恐怖电影里的背景音乐。"我们不需要房产交易，这样的资产很多。只要遵守我们的法律，我们欢迎任何人回来。你可以把这个看作社会福利。"律师边说边盯过来。

我不置可否地耸了耸肩，把不屑埋进心底。鬼才想常住这里。莫名其妙的规定，与世隔绝，起码的基本道德全都和外面拧着。再看看这阴森、空旷的破楼和古怪的看门人，没一处是正常的。等明天一早，我就离开。有律师那套基因信息，足够交差的了。如果一会儿能找机会拿到看门胖子的，就更棒了。至于欠钱的小子，愿意留下来也无所谓，这栋房子对老板来说啥也不是。但老板肯定不会这么就算了，何况那小子还骗了他，不过这都不是我这种小马仔要考虑的。

之后，胖子不知从哪儿翻出一个大坛子，号称按这里的习俗，需要喝酒以示欢迎。

对倒出来黄褐色的液体分析后，覆膜告诉我确实是酒。我悄悄把手指头从里面挪出时，发现胖子似笑非笑地看着我，好像很清楚我在做啥似的。"这是用本地植物酿的酒，可不是合成的。"他说。

有一个词我没听懂，估计还是翻译的问题。不过，他随后便解释起来。感觉像某种工艺或者化学反应，听上去和做二手的源生肉差不多，所以味道也怪怪的。

而这带来了意想不到的好处——相互倒酒碰杯时，我有了触碰看门人那对大手的机会。一时间脑袋里都是拿到双份基因信息的喜悦，我又多喝了两杯。为了不再听律师那套本地抵制基因衍生物的歪理邪说，趁着空挡，我给他们讲了一个笑话。说的是一个自由源种教教徒准备把全部财产遗留给自源种，却忘了自源种也属于财产，这种法律悖论让负责的仲裁 AI 宕了机，便只好去求他的神，最后却发现他的神也不过是神的自源种。

这个太好笑了，里面还有一处自源种与教徒的双关梗。可他们却一点都没乐，不仅看门人一脸的漠视。连欠钱的小子也是，和律师凑到一起，不知在嘀咕什么。

我似乎应该再警告他一次。不过一站起身，我的思绪就仿佛被无数倍地慢放，而时间也一同随之变稠，黏糊糊地围着身体搅动，续而被黑暗吞噬。直到一种强烈窒息感将我唤醒，我才发现自己正坐在地上大口喘气。

四周静悄悄的，一片漆黑。房间里又闷又热，我难以正常呼吸。覆膜还在，却提示因能量短时间消耗过多，已进入节电模式，所以没能自动启动环境调节模式。我之前到底干了啥？这种情况是空调出了问题吗？其他人呢？

我顶着像是被人用大锤轮了上百下的脑袋努力站起身，好在重启覆膜功能后，整个人舒服了不少。我试了所有能想到的法子，却只唤起墙角的地灯，而这幽光很快又熄灭了。楼道回廊处也一样，且回音越发响亮，似乎是从更远处传来。一股凉意从后臀骨沿脊椎直冲上来，我大声呼喊起欠钱小子，可回应的只有不断低语的回音。于是不禁加快脚步，总感觉下一刻有什么东西会从看不到的地方扑出来。然而，直到跑遍大楼，才意识到这里只有我。

他们去哪儿了？

我只觉得心脏被一只大手狠狠地攥住，接着肠胃也被它搅动起来。这种突来的感觉让人恶心。我得赶紧找到欠钱小子，在他和本地人胡说之前，毕竟他全程看见了我的盗取行为。此刻没了想象中的遗产，天知道他会不会破罐破摔。还好，为了防止他偷跑，出发前老板在他覆膜里植入过定位程序。系统内信号还在，没有移动，直线距离并不远。

我急吼吼地冲到外面。此时天已大黑，却不知是不是大伞的原因，瞧不见星光和月亮。也许是白日里被过量的光折磨狠了，地上也没有照明，只是个别楼顶有闪烁的指示灯。如果不开起视觉辅助，几乎很难看清前方的路。加之没有本地地图和可关联的卫星，去往定位点的路程不免曲折，我反复兜了几圈，才找到那里。而整个城就像死了一般，我在路上一个人也没遇到。

我有点儿后悔了，应该拿到律师的基因信息就立刻返回，而不是妄图拿得更多。这里越来越让人觉得诡异。

欠钱的小子在一处像是庙宇的建筑里，其比周围的楼房都要矮一些。外面是一片小广场，停着几艘工质飞船。正门又高又大，它延伸出来，左右各有一个已看不出形象的雕塑，有光从门里透出来。

我边小心翼翼地摸过去，边激活覆膜的迷彩功能。这是个军用选项，耗能较高。所以一被激活，覆膜就建议关掉其他辅助功能。我看了一眼剩余的蓄能量，维持五六分钟不会有太大问题。我可不想因关掉宜居系统而再度被闷死。

进去后是大厅，几乎占据了整个楼。一盏巨灯悬浮在中央上方，明亮的光照下有几十号人，整齐地排成弧形。他们低声哼唱，旋律低沉，经大厅放大后，满满的都是仪式感。

这让我想起了之前看到的那些恐怖故事，连打了几个冷战。

我缓慢地移至外围支撑柱的阴影里，向里张望。在他们前面还有几个人，围着一方台子，隐约能看出上面躺着一个人。我记起曾经看过的资料，这似乎叫作手术，是一种老以前靠人治病的手段。既然这里还有律师那种不靠谱的职业，想来有这个也没什么奇怪的。但我在这堆人里没看到欠钱的小子，可定位还在。

就在我还想继续搜寻时，人群一阵欢呼。做手术的几人正撤向两边，露出中间的台案。

见鬼，那是什么？我看见欠钱的小子从台子上坐起来，接着，他身上的覆膜从中间裂开，就像是被顶开的蛹，软塌塌向两侧滑落，露出粉嫩的表皮，皱巴巴的，上面满是黏糊糊的传感液，像融化的冰淇淋，被重力缓缓拉下来，落在地上，扯出长长的丝。

而我肯定被吓到了。因为覆膜提示要紧急处理一大批突然排出的体液，粉碎其中的基因信息，所以受储能不足的影响，自动关闭了迷彩功能。我说不定还惊呼出声来了呢。因为在我暴露身形的瞬间，就有好几个人盯了过来。欠钱的小子更是伸着细长枯萎的胳膊，向我大喊。可已没心思听他喊啥，或是捋顺下这一切的前因后果。此时，脑袋里只有一个字——

跑！

我可不想像跟他一样，被这里人的剥了皮。

我边玩命飞奔，边把自己会的所有脏话都骂了一遍。我一溜烟跑到飞船处，来不及挑选，随便黑了一架。

这不难。对于这里使用的过时系统，只要在幼儿期接受过编程教育的，都能轻易破解。可情况紧急，我还是手忙脚乱了一番。最终，在那群地球人冲过来之前，我冲上了天空。不过飞船的系统界面又太不友好，耽搁了好一会儿，我才找到太空港的定位，而飞行线路竟还要绕地球一大圈。

其他飞船已点火。没时间按这个慢吞吞的来，我得先一步赶过去，唤醒那俩他源种保镖，才有机会夺取唯一的对外运输舰，逃离这里。所以我一把将马力推到最大，直接取直线冲向太空港。随后，我就被加速度拍在椅子上，险些没控制住方向。

而当太空港在视线里越来越大时，我才意识到这个前进角度很难平稳降落。此时已来不及调整了，只能尽最大努力保持平衡，最后撞了进去。

我只觉得自己猛地摇晃起来，像是掉进漩涡黑洞，即使绑着安全带，还是被甩来甩去。耳朵里长鸣声不止，好像巴别机被震坏了。眼前到处都是金星，浑身疼得难受，完全不知飞船是何时停下来的。好在有覆膜保护，且这里布局简单，即使被摔得七荤八素、头晕眼花，我还是很快找到了寄存处。但对付闸门花费了不少力气，最后是暴力破开的，而且又一次触发了覆膜的储能警报。

不过没时间考虑那么多，我飞奔起来。然而印象中的位置，却没有我的东西！三个休眠仓空空如也。我不确定是否记差了，不得不重新开始找，只是后悔当时没留下个记号。可前前后后走了几排，我仍一无所获。看着一屋子密密麻麻的休眠仓，我甚至分不清哪个是检查过的，哪个又是没看的。

直到接二连三的飞船降落音打断了这一切，我才注意到地球已转过小半圈，阳光从破开的闸门处涌进来。追兵也随后而至，这里却无处可逃，何况自源种还未找到，那等于把自己的基因信息拱手相让了。天知道他们会拿它来干什么。

我只能跳脚大骂，可也于事无补。现在唯一能利用的就剩下的这身军用覆膜，但我对它的大部分功能并不熟悉。而越是着急，越慌乱，根本就控制不住。有几秒钟，我完全不知道自己在干啥，接着才想起要检索有无可行的帮助介绍。但搜索出的都是些乱七八糟的东西：覆膜系统的版本型号、制作公司，我和几代自源种之间的嬉闹录像，以及看门胖子的基因信息。我下意识瞄了一眼，险些惊得从覆膜里窜出来。

那段标记基因异常地刺眼——看门胖子是个货真价实的他源种！可他的控制器呢？我突然感觉被一股巨大的恐惧感笼罩着。

此时，地球暴徒已冲到闸门口，各个全副武装。我只好胡乱地激活几项功能，可没等使用，节能提示又跳了出来。于是，我连一句脏话都没骂完，便挨了好几枪，接着便浑身乱颤起来。一股股电流在我的脊柱里来回翻腾。

等到神志回归身体，我已躺在地上，四肢不由自主地抽搐着。覆膜没了响应，我的视线一片模糊。但能瞧见有一群人围在四周，他们都顶着硕大的老式宇航头盔，居高临下地盯着我。应该还有几个人踢了踢我。

见我清醒了，视线正上方的那个人掀起头盔上的遮阳板，是律师。

"我们其实并不愿意付诸暴力。"他说，"我更想能循序渐进地让你们认识到自己的问题。就像面对迷失的孩子，一点点的引导回正途。但可惜大部分人都很固执，所以这是我们必备的手段。"声音经过外放设备，听起来滑稽极了。他蹲下来，把整个脑袋塞进我的视线里。"你是我见过最聪明的人。原以为你会最先领悟，抛弃你们那扭曲的价值观，却没想搞出来这么大的麻烦。不过，这是我们的错，让你产生了误会。但你也让我很失望，这一点远不如你那同伴。"

欠钱的小子？希望他在受折磨时，没交代出我偷基因信息的事。

律师继续说："他主动找过来，说已走投无路，寻求庇护。这真的很让人兴奋。知道吗？第一次有外来人主动提出加入。我们为他举行了盛大的欢迎仪式，可他却不愿修正你们那种畸形的宇宙观，甚至拒绝脱掉那层人造皮。说真的，你们这些人都有这个毛病，缺少担当和责任心。所以当他像只受惊的兔子，哭喊着要退出时，我们决定帮他一把。就是你之前看到的那样。实际上，他只是在重获新生。

"但这些都不是重点。我真正想说的是你们对人性的丧失！你们毫无敬畏地玩弄自己和他人的克隆生命，用所谓的普世宇宙观作为冠冕堂皇的理由，全然不顾他们的自由意志。你们已背离人类，忘了人之所为人的基本道德！"

他比那些自由源种教的疯子还要疯狂，就好像从来不啃食唇边或是指尖的死皮，也从不手淫似的。基因是我的财产，想怎么用是我自己的事，这才是基本的宇宙通则。

不过由于情势所迫，我只能努力控制着发硬的舌头，从牙缝间挤出话来。"我……我明白……我完全认同您的观点，所以我决定让自源种治由。但那两个他源种能不能玩些？我得向我老板请示？"

律师嗤笑起来。"你根本不明白！他们不是财产，也无需向谁请示。而且那些控制器已经拿掉了。要知道，我们对付那东西很有经验。"

我就知道从一开始他就设计好了。但有欠钱小子的前车之鉴，我不准备硬抗，场子完全可以等回去后再找回来。何况他似乎并不知道偷基因的事儿。所以尽可能放低姿态，我说："没问题，择些都给你们。择确实是个误会，我回去后，还能再给您择边多送几个过来，或者你们想要多少，素个数。"

他叹了口气，点着我的脑袋说："我就知道你理解不了。你们的这里坏了，缺少灵魂，有的只是罪孽。所以你要为此付出代价，罪民！在流放的余生中赎清罪孽吧！"接着，他站起身，拍了拍旁边人的肩膀。

没等我反应过来，其他人已掏出切割刀，一点点插入我的覆膜。我想要尖叫、挣扎，可身体仍不受控制。更多的手陆续攀上来，将我淹没。

"你们完了！知道我老板是……"我大喊着，这是能想到的唯一办法。然而，我的嘴巴很快被堵住，他们完全不在意一个在数百光年外的老流氓头子。

随后，透过头盔的视窗，我看到按住我脑袋的那个独臂人竟是我的自源种。而我也是第一次看到它笑。

恐惧让我放声大叫，可却一点儿声音也不能发出来。

大一统理论时代下的最后一个科幻小说家

　　请原谅，我用如此冗长、拗口的前缀来称呼自己。这说来话长，一时半会儿也解释不清，至少在躲掉那群追捕者之前都很难解释清。原以为这只是我那小气的邻居针对盗用他网络资源的恶作剧。可当我走过去，准备和那几个鬼鬼祟祟地尾随小子好好聊聊时，出来迎接的却是激射过来的电网。

　　"站那儿别动，矮子！"其中一个冲我大喊。

　　尽管对这种羞辱人格的话表示愤慨，但我确实也没动，因为意识到不对劲并做出反应已是几秒钟之后的事儿了。可当能够行动时，身子却早已软瘫在地。幸运的是，这让我躲过了第一轮的进攻。而那几张闪着弧光、滋滋作响的电网就像在耳边吹响的号角，催人起身快跑。

我已记不得当时是怎样的心情了，就连脑袋里想了些什么也印象全无。直到反应过来要去报警时，我才发现嘴里正一连串骂着家乡的土语。

然而祸不单行，我的附脑竟被提示无权访问网络。这是怎么回事？可是已没精力去诅咒那群狡诈的运营商了。从身边飞过的一张张电网，让我不得不榨尽身体里的每一丝力气。

我第一百次觉得自己真的入错了行，当什么作家！此时肺已经抗议得快要炸掉了，好在逃进了闹市区。尽管我跑丢了一只鞋，但至少那群混蛋会有所收敛。可虽说是闹市区，来往的人却并不多，每个人都是一副痴呆的样子。所以我一身的狼狈，却没人注意。

这就是我身处的伟大时代。每个人都只有躲在附脑后面才会和别人交流。我们把自己一刻不停地上传到网络上，而在现实中，只留下具痴痴呆呆的身体，流着口水像丧尸般四处游荡。或许真实世界对我们来讲，唯一的作用就是吃饭、如厕，因为其他的生理需求在虚拟中同样能得到满足。该感到自豪还是悲哀，我不好评判，但这绝对是最好的，也是最坏的时代。

当然，凡事都有例外。不管社会怎样发展，总会有那么一小撮特立独行的家伙儿喜欢搞些噱头，比如：停用附脑二十四小时。口号是为了真实的世界，说得好像他们是阻止世界崩溃的英雄一样。但得承认，这是个好点子。我用它写了篇科幻小说，一个反乌托邦的小文，从而淘到了第一桶金。可从此以后却退稿不断，人也渐渐变得麻木起来。就像这个身体已开始习惯于剧烈的奔袭，尽管肺还像个破旧的风箱，但肌肉早已不再酸疼。

我回头望了望，那群白痴咬得更紧了。或许是不敢开枪的缘故，他们越发恼火，鬼叫不断。从威胁到利诱都有，甚至还慰问了我那些早已入土的先人。傻子才会停下来！他们喷薄出的口水可以打湿每个经过的路人。当然，魂不附体的人们根本注意不到这些。除非被电网结结实实地套住，他们才会打着摆子，从痴傻的状态中解脱出来，然后跳起来报警。所以就算是人少，这群家伙也不敢太过放肆，因为哪怕只是击中路灯，都会触发警报。

该死！我竟忘了公共报警系统。于是使足力气，蹿向路过的每一盏路灯和垃圾箱。所谓公共报警系统，最早是为了应对突发犯罪而设置的触发式便民服务，可后来通常用来对付蓄意破坏公共设施的醉汉，再后来就——

坏掉了！见鬼，出门前真该看看黄历，我连踢了十几根都毫无反应。后面那帮兔崽子已经从惊呼变成了哈哈大笑。妈的，跑到现在，他们竟还有力气笑！但很快他们就知道什么叫作乐极生悲了。跃过一口失去井盖的下水道后，我终于在一块立着"禁止野合"牌子的长条椅子上触响了警报。轮到你们逃命了，崽子们！

他们临死还想反击，可惜机器警察瞬间便拉着头顶的警报呼啸而至。尽管这些圆咕隆咚、类似 R2-D2 的机器人看起来更像是在卖萌，但还是把那几个小子吓得屁滚尿流。

接着，我的附脑正常了。一个颇为严肃的男中音出现在里面，"公民，请核实身份！"

我瞪着悬浮在鼻子前的圆柱体，尽可能想说明自己才是受害人，可却只得到一连串的警告。原以为条子们在机器化后会更有效率一些，没想到他们还是一样的官僚作风且不近人情。但没办法，我还是报上了 ID。

随后，这个像邮筒一样的东西便射出两道绿光，在我身上扫来荡去的。尽管这个型号的警察看起来蠢得要命，但据说科技含量极高。摒弃了摄像头、麦克这些老旧的技术，一切都直连附脑，但这扫描的光线仍让人十分不舒服。可还没等我泛起的鸡皮疙瘩退去，它却一下子拉开距离，转眼便从肚子里翻出一排的枪管。

"不许动！"它大声吼道："把手举到我能看到的地方，慢慢举！"

"你主板烧了吧？"我蹦了起来。

"你有权申述，但都将作为呈堂证供。不过现在，你最好保持沉默。"

"见鬼了！我才是受害人！"

"警告……"

"我在被追杀！"我愤愤指向那几个还在不远处徘徊的白痴。可条子们却对他们视而不见，只把我一个人里外三层围起来。用那一排排闪亮的枪管指着我大喊："警告！警告！"

这一刻，我突然明白了三流小说中形容心情的金句——有一万只羊驼在奔腾——要表达的境界。真的太对了！在我那脆弱的心脏里此时正挤着十万只，不，是十亿只羊驼。尽管这让人想跳起来骂娘，但面对密密麻麻的枪管，你却不得不老实下来。而且越来越响亮，越来越急促的警告声，更让你没时间寻思这都是怎么回事！

为了尽快结束这一切，我决定妥协。可就在刚举起手臂时，所有的机器条子都在我的附脑里大叫——"别动"。接着，我瞬间便被无数电枪击中，伴随着高频率的抽搐摔倒在地。如果这时附近恰巧有人把这个录下来并放到网上，那从画面的精彩程度看，点击率绝对会很高，甚至有可能入选经典动作脑补库。

但可惜，我已经晕过去了。

不知过了多久，我被一阵巨大的敲击声震醒。抬起头，发现自己躺在一间屋子里。从它唯一窗口直射进的阳光，晃得人眼球生疼。隐约间，能听见有人在直呼我的ID。真是不礼貌！

等适应了光线，才注意到一个高盘着发髻的冷面女人坐在桌子对面。两片被抿得薄薄的嘴唇，在细长的脸上就像条被划开的口子，上面还有些许残留的刀锋。不过她的身材倒是不错，胸前别着的一枚警徽正在阳光的照耀下熠熠生辉。而我则被铐在桌子这侧的金属椅子上，动弹不得。

见鬼！我差点儿忘了自己是被警察袭击的。于是奋力挣扎，想起身抗议。可不管使多少力气，我都无法说出话来。

只见那女人再次使劲敲着桌子。"老实点儿！"她瞪着我说："我知道你要干什么。你们这些反社会的胚子都一样，只会打着所谓自由、人权的旗号四处招摇。但这对我没用。你若不想受苦，就给我老实点儿！"说完，她弹了弹胸前的警徽。

我注意到了警徽上的番号，险些尿出来，她是国家管理行政执法局的。只要是正常人，就不会想和这群家伙接触。他们是中央情报局、军统、东西厂的集成体，早在前身是城市管理局的时候就已臭名昭著。

为了不被莫名其妙的人间蒸发，我决定百分百地配合，于是点点头。

"你很聪明！"女人哼了两哼，说："知道吗？我们已注意你很久了，从你的第一篇小说开始。"她做了个手势，一排全息投影便依次闪现在桌子上方。随后，她拖动一个，将其放大。那上面显示的是我的小说。

其实我很想告诉她，那只是我卖出去的第一篇小说，而不是我写出来的。但不知他们对我做了什么，我始终无法说出话来。我只好探过头去，快速读了一遍，一股成就感油然而生——写得真好！

然而对方却不这么看，她挑挑拣拣地从里面选出几句来，撇着嘴说："这样写小说还有人看吗？竟没镶嵌脑补库，太过时了吧。"那腔调就和我帮我改稿的编辑一模一样。要不是张不开嘴，我绝对会啐她一脸。

"看看这些描写。反乌托邦？你似乎对政府体制有着天生的偏见。再看看其他的作品，里面的政府形象似乎都不大友好呵。"她边说边点击PPT，飞快把我所有的文章翻出来，不断将一些句子划走并罗列叠加。最后，这些都被糅合成一张上升的阶梯图表。

"瞧瞧。"她语调戏谑，"不满在上升。我现在完全有理由以反社会倾向罪判你监禁，并以此来降低社会不稳定因素的预估风险。"

开什么玩笑！那只是虚构的情节。我开始剧烈地挣扎，可屁股下的椅子却纹丝不动，仿佛和地面焊成一体。她过来按住我的肩膀，面露嘲笑。"别装无辜。我们有的是证据。"她坐到桌子上，打了个响指。接着，那些投影便排着队飞过来，环绕在她四周，显示的内容也都随之变成了密密麻麻的看不清晰的动态文件。她点选了其中一个说："从统计结果看，你每十句话里就有一句是发泄不满的，而这里面大部分又都是针对体制的。月初，你说网络运营商是政府圈养的狗，只会为权贵服务。之后，你又讽刺医疗体系都是吸血鬼，并以此为背景写了篇小说，不过被拒稿了。你还在为数不多的几个同好朋友圈里宣扬政府阴谋论，标榜自由意志的同时，污蔑执政精英团的智商还不如一只怀了孕的母猪。与每一个人的通话或是邮件里，都有对社会的冷嘲热讽。

就在被逮捕时，你甚至还对警务系统出言不逊。呵，光是这些就足以让你把牢底坐穿。"

女人在我身后绕了一圈，然后扭着屁股走回原来的位置。"不过这些我们都可以视而不见，只要你老实交代这个想法是从哪儿来的，我们就可以既往不咎。"

她所谓的'这个'是段音频。一阵白噪声过后，出现的是我的声音——"狗屁的市场需求！读者能看什么，还不是你们说了算。你们这帮家伙儿，只让我们看你们想让我们看的。妈的！你们用那些自以为是的想当然来扭曲真正的信息，却反过来说我们都不懂。我现在怀疑你们利用职务来操纵媒体、新闻甚至科学。或许大一统理论也不过是你们编纂的笑话，那些繁杂的公式也可以用其他信息来解答。所以滚蛋吧，你们这群垄断信息、强奸思想的独裁者……"——这听上去过于歇斯底里。

但这需要理解。当时我已经被连续退稿折磨疯了，所以才会对那长着一对死鱼眼、还妄图敷衍我的编辑一通怒吼。我真该把他哑口无言的表情拍下来，那喜感极了，就像嘴巴里被塞进了一大把苍蝇。可这是今天上午刚刚发生的事情，再看着屏幕上闪烁的监视数据，我瞬间便被吞没。

女人似乎很满意我的表情。她嘴角上翘，显得越发阴险。当她连做了几个手势后，我突然意识到自己又能说话了。

该死，这肯定是对方掌控的虚拟空间。我说怎么从醒过来就总觉得什么地方不对劲呢，我那可怜的身体现在肯定还在押运车上，像白痴似的行驶在城市的某处。他们竟如此急不可耐地审讯我，还出动了国管局。这到底是怎么回事？还有之前的那帮家伙。该死，难道编辑才是这个世界真正的统治者？我竟然说对了！

"别胡思乱想！"女人敲敲桌子，仿佛看穿了我的思想。"你最好快一点儿，把知道的都说出来，在我们改变主意，让你生不如死之前。"

"你们这是在侵犯隐私。"我哑着嗓子说。在确切知道被时刻监视后，我便有种被人剥得精光的羞辱感。尤其对面女人的直视，更让我浑身不自在。

"隐私？"她嗤了一声，"大数据时代怎么会有那种东西？既然享受了权利，就要付出代价。这就是社会的发展规律。"

"你当自己是老大哥！"

"老大哥？"她皱起眉，身子却闪烁了一下。接着低下头，边翻看桌子上浮现出的搜索资料，边说："《1984》，你还真是三句话不离本行啊。不过，我们可不那么低级。所有的数据都要经过系统的分析，最终得到全方位的结果和预判。借此，我们体察民情、指导舆论。"

"这是个伟大的时代！"她大笑起来，使得胸脯上下乱颤。"我们会提前发现新的流行因素、热钱走向，并对此做出相应调整，从而稳定经济；我们还能见微知著，预高可能爆发的传染性疾病，并在发病前找到根源，将其消灭；我们甚至能感知危害社会稳定的关键点，然后在其爆发前将这些社会肿瘤彻底隔离或是剔除掉，就像对付你一样。"

"哈！又把自己变成哈里·谢顿了？"

"收起你的小聪明和那些一点都不好笑的老梗！"女人一把便抓起我的头，狠狠砸向桌子。"拖延时间，对我可没用。这里的时空由我说了算，而不是相对论。"

没错！拥有绝大多数资源的他们，总是能人所不能，甚至还可以用大一统理论勘破宇宙的终结和新生。可我才是受害人！我从牙缝间挤出一句抗议："你那万能的大数据怎么没监控到我正被一群白痴袭击？"

"这可不是个好借口。"她拍了拍我的脸，可每一下都犹如打桩机的重锤快速落下。尽管知道这都是模拟出来的，但我还是被墩得金星四溅，痛得叫出声来。"别把我们都想得那么没有智商。逮捕你时，可没监控到那附近还其他的附脑。所以，你别考验我的耐性……"

可没等说完，她便消失了。几秒，也可能是几皮秒后，她又突然出现了。随后，她一把将我从椅子上拎了起来，怒气冲冲地吼道："虚无主义！你竟和那群疯子搞到一起了。不过别得意，你不逃掉的！"

之后，她仍喋喋不休放着狠话，可听上去就像个收不到信号的电台。女人也开始频繁地闪烁，像条扭来荡去的印度耍蛇。她几次想伸手向我抓过来，却都透体而过。我这才发现周遭的一切就像是见了骄阳的雪堆，正在慢慢融化。当女人的话都变成高频噪声时，她已消失了大部分，但那犀利的眼神和充满刀锋的嘴角仍不断向我发起进攻。

再见，我在心中默念。可就在彻底消失前，她扯下警徽，掷了过来，正落在熔化的椅子旁边。接着，"嘭"的一声，我便被猛地吸了进去。

四周一片黑暗。我却像是被冲进马桶一般，转个不停。身子仿佛成了个坏掉的西瓜：内脏都被转成了水，与血液、脑浆混在一起，一会儿被甩到脚底，一会儿又灌满整个颅腔。

这是一段该死的程序在欺骗我的大脑，可我却终止不了它——附脑对那个大姐的识别权限比对我的要高得多。或许他们是想用这种方法把我逼疯。然而,我这条如蟑螂般的贱命,很快便适应了海盗船似的旋转,甚至还能有时间把今天这些让人挠墙的烂事梳理一遍。

首先,在多次联系无果之后,我决定一早便去堵我那个傲慢的死鱼眼编辑。可惜,我们还是谈崩了。接着,我扬眉吐气地离开,却发现被人跟踪,不,是袭击了!一群莫名其妙的家伙儿竟想用电网抓我。而且听后来国管局那个女人的意思,她似乎不知道这伙人。那他们是谁?甚至能对机器警察隐形。而我则被那些傻瓜机器干掉了,被他们囚禁在附脑里接受审问。这之后,那个女人似乎被什么影响,急匆匆地离开,却把我关在这龙卷风里。她好像很想知道我对编辑怒吼的内容……

编辑,编辑!我就知道和那白痴脱不开干系!

我清楚地记得他看见我时的那副尊荣,除了惊讶就是一脸的漠视。他虽然把我让进了屋,却连杯水也没给。但这没什么,我一屁股坐下来,像个怨妇似的把不满喋喋不休地倾倒出来:从费尽心思的设定,到每一个字斟句酌的词汇是如何让人物变得真实,又是怎样将故事写得自洽。我反反复复修改每一条修辞,所有的细节都被我认真打磨,埋藏期间的各种彩蛋更是献给读者的大礼。哪怕是一个标点的使用,或者自然段落的划分,都被我说得十分谦卑,从而希望能换回编辑的同情和对文笔的认同。

可那死鱼眼的胖子却始终是一副痴呆表情,躲在附脑后面幸灾乐祸,又或者根本没有听,只是在网络上和他那些能创造利润的美女作家们调情。不过,他总算在口水将滴到膝盖时回神过来,一双瞳孔从白眼上方翻下来。咕噜了一声，把拉着长线的涎津都吸了上去。然后颇为做作地用手绢拭拭嘴角，捻起面前的咖啡杯（我曾一度想啐口痰进去，但最后还是忍住了）。接着，他被对面坐着的我吓了一跳。

我就知道他把我忘了！

但他很快镇定下来，灌了口咖啡，说："你在浪费大家的时间。现在不是几百年前，文笔、写法、修辞手法都已不重要了。谁还有时间去揣摩这些？再说有脑补库，什么样的场景不能直观地表现出来？只有点子，才是重要的。"他用手指点了点额头，继续说："尤其是你们写科幻小说的。现在是什么年代？人类早已掌握了宇宙真理，科学也几近终点。未来怎么样也用不着你去预言，随随便便一个人就能想象得到。没有人会再去看那些贫瘠的想象，大家需要的是刺激，配上脑补库，只要共享个好点子，那就是篇好文。上千亿的点击量不过是分分钟的事儿。所以，你若还想混下去，最好把那些不合时宜的老旧写法统统丢掉！记住，没人喜欢看枯燥的描写。有那么句老话叫'时间就是金钱'。有看这些干巴巴的文字的时间，我都可以处理好几百条信息了。所以，别浪费我们的时间，作家！"说完，他又抿了口咖啡。

其实，我很想告诉他大一统理论只是对旧时代物理学的总结，而非终点，更谈不上科学。在化学、生物学等上面我们差得还很多。不过很多人和他的想法是一样的，认为大一统理论的那几条公式就是宇宙的全部。

当然，这不是他们的错。在这个统治阶级精英化的社会里，上层的科学家们永远都不会用普通民众的思维和语言来阐述科学，就好像他们使用的是完全无法翻译的外星语言。不过最后他们还是会通报一两条公式或者定理，作为科研成果。这有点像软件开发商：大家都在用他们的程序，可谁也不知道是怎么来的，他们也不会说，因为说了你也不懂。而这帮开发商也正是精英化的一部分。所以当我开始写科幻小说时，便立志成为普罗米修斯式的人物。可惜，我只复制了他的悲剧，却没复制他的成功。

现在想想，或许不是人家不说，而是大家根本没时间安下心来弄懂。信息膨胀的速度早已远快于宇宙，不想被时代淘汰，就得像编辑说的——别浪费时间。但若你能明确目标，会在海量的信息中去伪存真，那还是有大把的时间来享受生活的。所以在我看来，那群整日追逐信息的人都是些庸人和白痴。

反之，在我的编辑看来，我也是个白痴。他半眯着眼，把我的一切都贬得一文不值。现在又开始大谈特谈市场效应，说要成为个好作者还必须要懂得经济学。我真想把面前那半杯咖啡泼他脸上。一个连亚当·斯密是谁都需要去百度的家伙，竟还好意思提经济学！

上个月，这死鱼眼退了我一篇稿子。在那里面，我设定了一个用信用点作为货币的乌托邦世界，最后当权者们却被几个骗子搞垮了台。可这个白痴却对我说这不算是科幻小说。妈的，我现在才知道，他对科学的定义就只限于大一统理论。而此时他倒不怕浪费时间了，滔滔不绝地为我上起了经济学课程。

如果法律允许，我绝对会立马冲上去把他干掉。那对时不时泛白的死鱼眼，四处喷溅的唾沫，再配上傲慢又敷衍的态度，他的每个毛孔里都散发着厌恶。我就像是个坐在火上的水壶，满肚子的水已经沸腾，所有的蒸汽都挤在一起，等待着吹响汽笛的一刹那。

"闭上你的鸟嘴！"带着畅快，我彻底爆发出来。"别说什么要么妥协，要么淘汰，这些话留着吓唬那些新入行的毛头小子吧！狗屁的市场需求！读者能看什么，还不是你们说了算。你们这帮家伙，只让我们看你们想让我们看的。你们用那些自以为是的想当然来扭曲真正的信息，却反过来说我们都不懂。我现在怀疑你们利用职务之便来操纵媒体、新闻甚至科学。或许大一统理论也不过是你们编纂的笑话，那些繁杂的公式也可以用其他信息来解答。所以滚蛋吧！你们这群垄断信息、强奸思想的独裁者！去对着你们用那些花里胡哨的内容意淫吧！别再来玷污，人类和全宇宙的真意！"

对，就是这句。那个大妞急不可耐地想知道我是如何灵感迸发出来的。可这种脱口而出的气话，谁能知道是怎么出来的，我更不会想到能犯了国管局的忌讳。

就在我准备把每一个字都仔细掰开、慢慢分析时，一股通电般的快感袭击了全身。那麻酥酥的感觉让人不自主地颤抖起来，而且一波接着一波，越来越猛烈，就像不断冲刷着堤岸的洪水那样一路狂奔。而在决堤的那一刻，我又重新找回了自己的身体。

整条脊椎挺起，几乎向后折过去，像张绷紧的弓，因巨大的力量而微微抖动。然而，陡然从剧烈的翻滚中骤停下来，哪怕仅是精神上的感觉，却仍让人肠胃打结，食道、喉结、舌头和肚子里的一切仿佛被汹涌地推向唇外。

这时，一张大脸出现在我还没调整好分辨率的眼睛前。"欢迎回来！矮子，我们又见面了。"是之前那个带头抓我的白痴。可没等他说完，我便再也控制不住，一口气把徘徊在十二指肠之前的东西全部喷了出去。

但我保证，绝不是有意要吐到他嘴里的。

坐在对面那个被我吐了一身的家伙叫轴子崩坏。天知道他为什么要起这样的傻名，一听就不是好东西。但鉴于满地机械警察的碎屑和那辆四分五裂的押运车，我决定选择沉默。况且，一身变冷的污秽，也让人并不好受，不过这些馊味倒掩盖住了失禁后的尿骚味。

轴子崩坏同样也臭烘烘的，当然大部分是他自己吐出的东西的味道。在把我拎下车后，他便在呕吐和漱口间反复。他也曾凶神恶煞地报出过名号，可没说完，就开始了新一轮的呕吐。

伴着这起伏的作呕声，我打量起四周：这是间不透光的高大屋子，唯一的光源是头顶上晃动的大灯。地上附层厚厚的土，像是个废弃了很久的仓库。旁边几个狗腿子一边窃笑，一边清理着警察的尸体，还把尘土踢得到处都是。而在正对面，除了撅着屁股的轴子崩坏，还有根粗大的铁柱，看上去像个直达棚顶的特斯拉线圈。

"屏蔽器，矮子。"轴子崩坏终于坐起身，吐着口水说："这样能确保政府的那群老鼠钻不进来，更重要的是可以让我们隐形。所以在这儿，附脑我们说了算。"

"你们是谁？"我讨厌这种装腔作势的语调，何况他还叫我矮子。

"给我客气点！"他指着我说："我们可救了你一命。国管局的黑狱，没有我们的高压脉冲起搏器，你这辈子都出不来，只能等着饿死。不过你也算运气，毕竟起搏器只有一半的概率能将附脑重启。不过，要是变成白痴或者被电死，也未尝不是好事。万物皆虚！你会先一步体会到宇宙的真谛。"

"虚无主义？"

"正确的说法应该是非实本体结构现实理论，真正的大一统理论！它如此完美，是唯一能解释清宇宙真谛的理论。不像那些掌权者所宣扬的伪科学，墨守成规、缝缝补补，不断用新的假设来弥补旧的漏洞，最后变得越来越冗杂，完全忘了最基本的剃刀原理。估计现在他们中也没几个人能说得清自己的理论了。可他们却把这变成了一种神秘，以此划分阶级。这是在开倒车！而我们的使命正是要让民众知道真相！"他紧盯过来的眼神中有疯狂在燃烧。

见鬼，我就知道是这群恐怖主义疯子！他们认为一切都是虚假的，所谓的世界也并不存在，比附脑中加载的程序还不真实。而因果律和事物之间的关联才是亘古长存的，他们管这叫宇宙结构。可他们也不想想，实体都没了，哪儿来的关联？但我可不想第二天的网络上出现我身首异处的视频，只能表示认同："没错！我有篇小说就是受到您这种理论的启迪，所以我们是一边儿的。你看，这里会不会有什么误会？"

"是我老板要见你。"他抖着腿说："说真的，就算是一伙的，我也不觉得请你这种矮子来能为我们的伟大事业做出什么贡献。"

请？这是绑架！从狼窝到虎穴，落在他们手里可不比国管局强多少。我唤醒附脑，却被提示无法接入网络。

"别费劲了！想用附脑，得它同意。当然，你还得有个假身份，用来欺骗无时不在的数据监控。"他拍了拍身后的屏蔽器，然后一脸严肃地说："听着，矮子！我们老板现在就要和你谈谈。你很幸运知道吗？但记住，要足够的谦卑。在我们唯一的理论集大成者、导师、指路明灯面前，最好小心点儿，不然会死得很惨。我说的是真的，百分之百！"

这时，其他人已把周围清理得差不多了。有两个站到了我的身后，像是政府门前的警卫，站得笔直。另几个人则从屏蔽器里拉出根长线，插进轴子崩坏的脑袋后面。真是疯了，他竟在脑干上嵌入外接插口！

当我很想看看其他人的脑袋上是不是也这样时，轴子崩坏的神情开始发生变化。先是面部的肌肉变得松弛，接着向耳后拉紧。这让他的双目变得细长，鼻子越发尖挺。在头顶光源的映衬下，他有一半的脸落在阴影里，让整个人显得阴鸷极了。他活动了一下手指，缓慢扭动脖子四下打量，最后将目光定格在我的身上。"欢迎，"或许是不习惯现在的声线，也可能是嘴里的味道并不好，他停顿了一下才摊开手，说："我的战友。"

战友？别扯了，我可是良民。

然而，没等我接过话茬，周围的狗腿子就都像着了魔，躬身下跪，嘴里还念念有词。那是段多种语言的杂烩，从我能听懂的有限的词汇中可以推断出他是在颂扬某种伟大的降临。

狗屁的降临！不过是远距临场技术罢了。自从大一统理论总结出宇宙本质之后，一切与太空探索有关的项目、技术都以浪费资源为由被叫停和废弃。没想到却被这群游击队掌握了，而且似乎还更进一步——原本只是操控机器人的技术已进化成通过附脑网络来附身人类。妈的，他们从哪儿偷的这么多网络资源！

"万物皆虚！"这群疯子最后像唱诗班一样整齐山呼。而附身于轴子崩坏的伟大导师在响应完自己的信徒后，笑着对我说："抱歉，每每在真理面前，我总会这样情不自禁。"

"是啊，真理永存。"我点头应和。对于这种掌控一大帮疯子的人物，就算没人提醒，你也得万分谨慎，绝不能像对待公务员那般鲁莽。"不过我想这可能有点误会，您应该是找错人了……"我咽了口唾沫，发现不知该怎么称呼他。

"墨菲斯，你可以叫我墨菲斯。"他说："不用那么紧张，我们是同一战线的。如果没有那些独裁者发动的那场学术浩劫，我们现在可能正坐在某个太空站里喝着咖啡，就像家里人一样。所以，欢迎回家！（他脸上堆起夸张的笑容，其他人则疯狂地鼓起掌来。）在过去的几十年里，我们一直在寻找那些曾经被迫害的战友：多维空间理论、引力微观集合理论、时间实体理论，除了叛变的轴子超弦理论——他们竟恬不知耻地与当权派融合，还编纂出一套新的粒子模型来。我们团结一切力量，用真理向那些玩弄学术的独裁者发起冲锋。然而遗憾的是，我们始终未能找到信息假说理论，因为你们当年被迫害得最惨，我甚至一度不抱有希望，直到今天你偶然的暴露。但不用害怕，你自由了！不需要再终日提心吊胆地躲藏进阴影。我们是战友，所以将保护彼此。而你也将成为进攻那些伪科学最犀利的武器。"

可能不是自己的脸的缘故，他笑得很别扭，而且说话有点儿绕。我尽量从这云山雾罩的话里揣摩出中心思想。"您的意思是，我是你们要找的——尼奥？"

他愣了一下，然后俯身过来，将唯一的光源遮住大半，让人看不清他的脸。"不，你理解错了。从来就没有救世主，也不需要凯撒和上帝。宇宙本身就是个虚无的梦境，如梦幻泡影，如露亦如电。没有关联，所有的事物都无法存在。而这正是你们其他理论所没有发现的。拿引力微观集合理论来说，他们认为宏观的万有引力是不存在的，不过是微观粒子间作用力的集合。已经很接近真理了！可惜却浅尝辄止，不敢去设想微观力的虚无。再看你们信息假说，认为所谓的定理、公式不过是宇宙反馈给我们作为观察者的一种主观信息，而非宇宙的本质。随着总结和归纳越来越系统，我们对宇宙的认识也越来越偏差。这真理实在太真了，却无法深入下去，不能发现这些主观信息背后的实质就是关联、因果律，这样的宇宙结构……"

尽管被绕得有点儿晕，他最后几句话仍像一根被引爆的雷管，将我的整个脑壳炸开了窍。国管局的那个大妞恐怕和他想的一样，都觉得我说的那是什么假说理论。可我也是第一次听说。见鬼了！谁能想到随口的抱怨会和这些扯上关系，我只是个喜欢痛快痛快嘴、没事意淫的屁民。当初真应该冲上去把那死鱼眼的编辑掐死，而不是自以为扬眉吐气地宣泄而出这堆屁话，但现在一切都晚了。

"关联就像线，彼此交叉，而交叉出的点就形成了我们所谓的事物。关联越多，交叉而成的事物也越大，如行星、银河乃至宇宙。所以万物皆虚，多么浅显朴实的真理！可那群伪论者却视而不见，反倒用冗杂的假说把自己包裹起来，还美其名曰科学证据……"他仍孜孜不倦地讲着虚无教义，可我却没听进去多少。一想到国管局和我身陷的要命麻烦，心口就好像堵了块油乎乎的抹布，喘不上气来。我开始考虑要不要激怒这群疯子，让他们一枪崩了我算了。又或者我是被无意间拉进了某个恶作剧程序，它可能出自编辑或者那个小气邻居的报复。要不然两伙势力怎么会注意到我这种垃圾选手，难道就因为我对编辑一通乱吼？

等等。现在想想，那时编辑一脸吃了屎的表情似乎就已说明了问题。他肯定知道一些内幕，难怪总对反乌托邦的体裁兴致缺缺。我真是个白痴！那个死鱼眼肯定是虚无主义教徒，不然我刚从他那儿出来，怎么马上就被这群疯子盯上了。

我突然记起曾经写过的一篇短文。它说的是当政者为了宣泄民意，弄了个表面上反对自己的组织。于是一群不明就里的有志之士纷纷自投罗网，最后这种统治在一片颂扬声中长存。就是从这篇短文开始，我被不断地退稿，编辑甚至劝我改行。难道一语成谶，这才是世界的真相？编辑、精英统治、虚无主义从根本上就是三位一体？这想法一冒出来，我便不由得汗毛倒立，瞳孔骤缩。

墨菲斯似乎误解了我的表情。他说："不用害怕。这是他们当初作为主流科学时惯用的伎俩，然而他们所谓的证据也不充分。百十年了，哪怕一丁点儿关于暗物质的证据也没能被找到。多么可悲啊！这群独裁者被自己的假设拴死了。除了不断地在中微子上做文章，他们对所谓的暗物质、反能量甚至大爆炸的开端完全束手无策。这有点像十六或十七世纪有关日心或是地心学说的争论，而他们标榜的大一统理论则更像是第谷的地缘日心说，看似能解释一切，但最后都是错的。

"想解决问题，就得百家争鸣。可当久了权威，他们不敢面对错误，更舍不得手里的资源，便开始焚书坑儒，对我们其他理论肆意排挤、诽谤，最后竟付诸武力。另外，它们还改动历史，想把我们彻底抹去。他们放弃了科学，成为权贵，把自己的歪理邪说上升为纲领、教旨的存在，成了政治、宗教（他还好意思说别人？）和特权。这是对真理的背叛！"

"背叛！"四周的教徒突然异口同声的高呼吓了我一大跳。

"所以，我们必须联合起来反抗暴政！把这些刽子手、学士骗子们统统拉下神龛，接受审判！要唤醒民众，而不是让他们在伪论的思想下被奴役！虽然反动势力不会就此妥协，等待着我们的极有可能是战争，但我们无畏！因为真理永存！哪怕是粉身碎骨，也要把他们的祭坛敲得粉碎，让真理重新回归！"墨菲斯变得越来越激动，面色红润，唾沫飞溅。每次停顿都伴随着其他人短促而有力的呼应声。

要是没经过之前那些乱七八糟的事情，我绝对会被此情此景感动得热血沸腾，但现在看起来却有些滑稽。于是，当他们情绪高昂，山呼万岁时，我还是忍不住打断这种癔症。"先生们！先生，您真知灼见和追求令人仰止。"忍着恶心，我送上记马屁。"不过，我实在想不通，我这样的小人物能对如此的伟大事业做出什么贡献？"

"不要妄自菲薄。"他一下子把脸贴过来，"你可是我们整个计划中至关重要的一环，肩负伟大而神圣的使命，是对那些叛变者的绝地反击。可能会有所牺牲，但你终将成为改变全人类命运的英雄。被铭记，与世长存！"

"不！您太看得起我了。我天生就不是当英雄的材料。"我想都没想就拒绝了，那一大段冠冕堂皇的废话后面肯定没什么好事。

"那是因为你还没发现你体内所蕴含的能量。一旦爆发出来，就如同超新星，能瞬间点亮整个宇宙。"他大手一挥，说得豪情万丈。

"好吧。就算如此，您也该考验我一下吧。比如拿出两粒药丸什么的，问我是选红的还是蓝的。不过，我肯定会选蓝的。"

他皱了下眉。"很另类的幽默感，但是不好笑。"

"看来我们用的不是同一个梗。"我有些遗憾地耸了耸肩。"所以像我这样连笑话都讲不好的人，真不适合当英雄。"

"没关系，我们会负责到底。只要按我说的做，举世荣光就会是你的。之后，会有无数的学校、基金，甚至行星将以你的 ID 来命名。这荣誉很难得，一定要珍惜。"说完，他不耐烦地摆摆手。瞬间，所有表情便被他收拢至嘴角，将整张脸坠得老长。

我想再次拒绝，却被身后那两个狗腿子按住。接着，脖子也被他们卡紧，一个冰凉的、嗡嗡作响的东西紧贴在上面。见鬼，他们想干什么？要是敢往我脑子里也插根线，我绝对会一头撞死！

我奋力地挣扎，并用老家最恶毒的土语来咒骂，却阻止不了他们为我剃头的动作。每一推子都因反抗而扯动头皮，让我疼得险些晕过去。

"我讨厌暴力，因为解决不了问题，就像现在的你。"墨菲斯拍了拍我的脸，随手弹掉落在鼻尖的碎发说："为什么不在乎荣誉？怎么现在的人都堕落至此？你还是乖乖的吧，这样对你我都好。其实你要做的很简单：只要将加载于附脑里的病毒压缩包携带进服务基站，然后接入网络，再引爆它。这样，里面的病毒便会在第一次时间吞噬掉遇到的一切资源，而产生的巨量、无用的运算会瞬间使整个网络瘫痪。这便是我们第一阶段的胜利。我将会为你骄傲！"

"那是民用资源！"我大声嚎叫。人体炸弹！他们还不如把我当人质砍了呢。我使足全身的力气猛晃、挣扎，甚至连牙龈都被挤压得出了血，可却什么也改变不了。

"你没我想得那么聪明。"他说："贴附在大脑皮层上的单原子层附脑除了监视外，更多的是在利用你们的脑子！你不会真以为那些低智商的娱乐节目都是因为编剧的愚蠢才出现的吧？不，他们是有意为之的。尽管背叛科学，但他们仍在完善自己的大一统，好像能拨乱反正似的。不过当初为了掌控资源，他们叫停了各种观测，于是只得用数学建模来模拟宇宙。这需要海量的计算资源，可计算机根本满足不了。他们只好借用从前 SETI 的模式，只不过用来分摊计算的是人脑。所以，你们越不使用，他们便会获得越多的资源。当然，这样更有利于他们的统治。而这正是我们第一场战役的目的，那就是炸掉他们赖以生存的基础！"

世界被他形容得令人毛骨悚然。可真假已没了意义，我只知道他们想让我变成怪物，然后去送死。一个家伙正抱着个插满天线的银色痰盂跑过来。头皮被刮得生疼，我努力让自己镇定下来，咽着口水说："我愿意加入！如果这是投名状，能不能换一个？我可以去把我的编辑干掉。"我那有些跑调的声音和大腿一样都抖个不停。

他站起身，盯了我好一会儿才说："你确实不会讲笑话。"

随后，那个跑过来的家伙狞笑着把痰盂倒扣在我的脑袋上。疼痛让我大叫起来，不过还没叫几声，一股强烈的电流便将我击昏过去。

我清醒过来后，发现自己正被轴子崩坏扇着耳光。是他本人，因为那一脸的贱样十分自然。"你总算醒了。矮子！看看这是哪儿？"他说。

周围的环境有些眼熟，但仿佛宿醉后的大脑却一片空白。整张脸都木得发麻，眼睛也肿得只能睁开一条缝。他们对我做了什么？我试着询问附脑，可只得到个巨大的黄色叹号。反复几次后，叹号开始频闪，续而化为一片蓝色。见鬼，死机了！

而轴子崩坏则像拉尸体似的，把我拖拽到一条长条椅子边。这里就我们俩。一种不好的预感让我菊花一紧。想要挣扎，四肢却软绵绵的，使不上劲，我只能干号大骂：“离我远点儿！死基佬！”

他冲上来，又扇了我几个耳光。“鬼才对你有兴趣！”他啐了一口，说：“就在这儿，你搞来了一群机器条子，让我差点儿任务失败。然后，你又吐了我一身。本来他们打算就这样把你随便扔在哪个路口，等着那些政府的走狗来捡。可对我来说，这太便宜你了。当初那些傻条子万箭齐发、电光四射的景象实在是令人印象深刻。况且，这样更有利于我完成使命，而你会被国管局直接带走，那里肯定有个超大的服务基站和数据中心。所以我准备让那情景重演。光想想就激动。”说完，他将我扔到一边，准备走过去踢打长椅。

“我不会引爆它的！”我在后面大喊。

“那可由不得你。”他撇了下嘴，“鉴于你的不合作表现，我们把数字炸弹编码成触发式的了。只要条件符合，它便会‘砰’！”

畜生！我绝不会让他们得逞！原本那个丢了盖子的下水口仍保持原样，离我不足半米，这将是我唯一的逃跑机会，可身子乏得要命。所以，我得拖延时间，积攒力气。“那我就躲得远远的，让一切条件都不符合。”我说。

他大笑起来。“我敢打赌，你连一天也挺不了。我们试验过，那个被隔离的家伙，没坚持两天就疯了。现代的人没了附脑和网络根本就活不了。再说，你也跑不掉。对那些掌权者来说，信息假说理论可比我们更有威胁。我们更像神经病，而你们则会动摇他们的根基。不然，我们老板为何要亲自降临来接见你这种矮子。对了，你还不知道吧，你现在可是甲级通缉犯。在所有的网络界面里，你的照片都被全天候滚动播出。只要发现你，就可以直接报警。更何况，我们还为你打了麻药。不过别担心，我不会让你等到药效结束的。"

随后，他猛地蹁响警报。那些圆咕隆咚的条子便瞬间呼啸而至，让人不禁怀疑它们是不是一早就埋伏在左右了。而我此时仍像一坨烂泥，软塌塌的，只能看着它们在头顶四处盘旋。但很快我便发现，这群机器呆子竟然看不见我们，只是像一群苍蝇似的围着椅子乱转。

对啊，这白痴机器被设计成直连附脑。而国管局的大妞也提到过，搜索和定位针对的也只是附脑。轴子崩坏身上肯定有便携式的屏蔽器，我的则还在死机。所以它们算是彻底瞎了。真是万幸！

可轴子崩坏不这么想。他变得怒不可遏，再次上来甩了我几个巴掌。"你赶紧给我把附脑打开！"他攥住我的衣领，开始奋力摇晃。

我想要大喊，可脖子却快要断了。他一定是想把我掐死。

不过很快，这种野蛮的行径便被我制止了。所有的警察都围上来，到处是扫描的射线，像是以我俩为圆心泛起涟漪的绿海。偶尔有粼光闪烁，则是外翻的枪管。我们都小瞧了这些机器条子，它们怎可能没有其他手段？而且轴子崩坏这般大吵大闹，对我拳脚相加，若不被发现才是怪事。

他就一直保持着拎着我的姿势，好像时间静止了似的。直到条子们用外放的喇叭大喊："无法核实身份！无法核实身份！确定为非法入境！第一次警告！请离开！否则将采取强制措施！"那声音就像猫挠着玻璃。

什么意思？我俩对看了一眼，发现对方都不明所以。

"第二次警告！请离开！"

"滚！"轴子崩坏显示出恐怖分子应有的风范，向最近的条子挥出老拳。

接着，万箭齐发、电光四射。

或许是已被电习惯了，我这次竟没晕过去。但从轴子崩坏手里脱落时，我正落进那没了井盖的下水道里，瞬间便被臭水冲出去老远，直到被一个角落卡住，才在惊恐和疲惫反复折磨下，昏睡过去。

我是被饿醒的。

我的身体已恢复知觉，左腿却疼得厉害，应该是下落时摔断了。我第一时间想要求助附脑，但马上又把这欲望掐灭了。天杀的虚无主义！鬼知道他们往我的附脑里传了什么东西。但不管怎么说，我绝不想成为他们的帮凶。可这也不代表就是向国管局那群伪善者妥协，而是为了我被侵犯的自由。

没错，为了自由！我忍痛撑身站起，扶着湿漉漉的墙壁向前挪蹭，然而，每一步都像踩在钉子上。这里是遗忘之境，连光和声音也不愿常驻，除了偶尔经过的老鼠和汇入的脏水外，就只是我沉重的呼吸声。好在鼻子已被熏得麻木，闻不出气味，但这也让饥饿感更加浓烈。

不能使用附脑的弊端越来越凸显。无法查看时间，更不知道走了多远，十米？二十米？莫名的烦躁感在心底滋生。调不出导航，我只能在这昏暗的迷宫里独自摸索。额头的汗水像初春融化的冰凌，它们连成线，流过我的耳朵和脖颈。可嘴巴里却干要命，舌头就像砂纸，努力地想在四壁上打磨下口水。早已空无一物的胃更是起义得厉害，与所有肠子闹在一起。然而，最要命的还是我的左腿，每一走步都像有亿万根针在里面做布朗运动。我只能咬牙坚持，发出野兽般的低吼。

妈的！妈的！如果我能上网，至少还可以找些急救的手段，也不至于如何遭罪。

我试着靠转移注意力来缓解疼痛，却发生没什么是值得回忆的。或许离家前分享到了个人空间的那几篇近期被退稿的小说会有不少人跑过去点赞，毕竟是在朋友圈子里做过广告的。肯定也有一些吃饱了撑的人在下面骂我，但那肯定是出于妒忌。那些耗尽心力的段落，我至今还不时揣摩一番。或许已有某个独具慧眼的编辑在看过之后，正在试图联系我。可令人火大的是，现在附脑竟用不了！

我挥动起双臂，想把所有的愤怒和躁动都宣泄出去，就好像面前正站着个惹人生厌的敌人，却不想将自己带得摔倒。我疯了似的哀叫。骨折处的剧痛让人难以忍受，但更多却来自内心深处。我就像是个捧着碗毒水的将要渴死的人，被理智和欲望反复煎熬。

但最终我准备投降。或许那群疯子只是在危言耸听。就算真有炸弹的话，如果足够快，应该也不会出太大的问题。我必须得上网，这才是生命的意义！

可唤醒的时间却仿佛被无限地拉长，心脏猛烈地跳动像是要穿胸而出，眼珠也涨得要炸开一般。然而在关键的一刹那，我却像掉进了一片无风的大海，入眼的只有死机的蓝色。附脑竟没有重启！无论我做什么，它都毫无反应。

接着，仿佛有核弹在体内爆发……

等我再次找回身体时，嗓子已沙哑得说不出话，一脸的黏液，分不出口水、鼻涕还是眼泪，双手血肉模糊不断地抽搐。四周的墙壁上尽是我歇斯底里后留下的痕迹。我就这样毫无生气地趴着，任凭脏水从身上冲过。

……

我感觉自己快要死了！

用不了几天尸体就会被老鼠分食掉。或许等不了那么久，我已能感觉到自己正被它们拖拽着前行。

我努力地抬起头，却瞧见正被一个裹着破布的小个子拉扯着。他有些吃力。"你是谁？"我抓住他的手腕问。可他显然被吓坏了，猛然甩开手腕，高嚷着转身就跑。

"等等！"我伸出手，却什么也抓住。他的语言很生僻，但我绝对熟悉，可乱哄哄的脑袋实在是无法回忆。想要跟上他，却连匍匐的力气都没有，只能听着脚步声在幽深地尽头消失，仿佛之前的都是幻觉。

绝望瞬间攥紧我的心脏，续而溶入血液，渗进骨髓。整个人就好像被遗弃在黑洞的视界之内，除了永恒的沉默，便是死亡。

我将最后一丝力气用作大喊，然后闭上眼，等待死亡。

我还活着！

身子被固定在治疗舱里。左腿和双手都裹着层不断蠕动的凝胶，痒得厉害。但我却不想动，舱里的气体总让人懒散。透过弧窗能看见对面坐着个胖子，身上的衣服被他挤得鼓鼓囊囊的，正翻着白眼魂游物外。涎水已淌到肚子上，阴湿了一大块。从他猥琐的表情看，一定没在网络上干什么好事。他笑得越来越灿烂，却忽然打了个哆嗦，转醒过来，正撞上我的目光。

"我去！"他一下子窜了起来，以迥异的速度夺门而出。

我原本还想问问他这到底是哪儿，毕竟记忆只停留在那阴暗的下水道里。是那个怪人救了我？还是这仅是场白日梦？我又试了试附脑，仍在死机。而那一片死寂的蓝色里有的只是空虚，让人恶心得想吐。尽管治疗舱马上就调整了光线和空气比例，但反胃的感觉有增无减，甚至混杂着一丝躁动。我得出去！里面的空气已变得越来越浑浊炙热，令人无法呼吸。

这时，门再次打开，走进来一男一女，最后跟着的是刚才那个胖子。"让我出去！"我使劲拍打起弧窗，冲他们大喊。

可男人仅扫了我一眼，又看了看治疗舱两侧的监视屏——那里显示着我身体的实时状态，扭头对女人说："你可没说他是个瘾君子。"

"从之前的病例和他的药品记录，以及存款、消费的资金走向上也没分析出这样的结果。"女人一脸的严肃。那感觉熟悉极了，我肯定在哪儿见过她。

男人咂了咂嘴。"看来我们的大作家，在虚无主义那里受到的款待过于热情呵。"边说，他边在监视屏上点了几下。

随后，明显感觉大腿内侧被狠扎了一针。可还没等我叫出声，一种沉甸甸的满足感便油然而生，瞬间溢满全身，将之前泛起的不适统统冲得干净。我意识到这有点不对劲，似乎从跌入下水道开始，精神就变得不太正常了。

"我想，现在你应该可以和我们正常交流了。"男人笑着说。

"你给我打的是什么？"虽然这东西让我感觉好极了，但有那群疯子在前，谁知道他们是不是又一伙儿的虚无主义。

"放老实些！这没你提问的份儿！"女人凶巴巴地喝道。我认出来了，她是那个国管局的女人。

"别紧张。别紧张。"男人仍笑眯眯的，第一句是安抚女人，后面的则是对我说的。"那只是种仿多巴胺的试剂，可以暂缓戒断综合征。放心，无毒无害，而且混杂在里面的纳米机器还能修复你的大脑，让奖赏机制恢复正常。"他扬起眉毛。"要知道，不是谁都能享受到这样的治疗。这是我们的诚意。（女人想要反驳，却被他摆手拦下）你也可以把它当作政府赔偿。我想你应该知道我指的是什么。"

国管局。我点点头。或许是那剂多巴胺，我竟没对他们心生恶念，反倒安心了不少。

"那咱就直说，"他接着说："我承认之前过于敏感了，对你造成了些伤害。但没办法，谁让这段时间虚无主义那群神经病闹得太不像话，我们不得不提高敏感词的搜索范围来防患未然。其实，原本对你也不过是例行公事，做做笔录也便结了。但没想到你真和虚无主义扯到了一起，不过他们对你似乎并没有我们想象的那么尊重。那么现在需要你展现诚意了——那群神经病为什么找你？又找你干什么？"

见鬼！是炸弹！我差点忘了还有这么个要命的玩意儿被塞在脑袋里，于是玩命地大喊起来。

"你是认真的？"他歪头看了看监视屏。

"谁会开这种玩笑！"我恨不得一口气将全部的事情都倒出来，连轴子崩坏吐出的饭粒形状都不想放过。可越是这样，越是难以捋顺条理。我直说得口干舌燥，仍驴唇不对马嘴。最后，他们在绕了一大圈后，才谈到数字炸弹。

女人的脸早已阴沉得能滴出水。"够了！"她厉声打断，"我早说过对付这种家伙用不着客气，他们根本不知道什么叫作老老实实。"她那副要把我从舱里拽出来狠揍一顿的表情，绝对是当初我被拐走时留下的怨念。

不过，男人的级别显然更高一些。"注意你的情绪！"他说，"毫无根据地臆断只会让我们走入误区。"

他说的应该是真的——没有监控到异常情绪引起的生理反应，也没扫描出被催眠洗脑的痕迹——虽然我也觉得这很可能是在扯淡。

接着，他摆了摆手，"胖子，去看看他附脑里到底有没有那个东西。"

然而，胖子却在偷偷上网，直到被女人踹了一脚，才收起痴呆相，听到命令，极不情愿地走过来，从治疗舱底下掏出一副连着线的眼镜。同时，有什么东西顶进了我的脊椎，那感觉仿佛有无数触手在四处捕捉神经元。他们居然想强制登入我的附脑。这群白痴难道没听懂我说的话吗？万一触发了，就等于在找死！

胖子鼓弄了半天，最后不得不摘下眼镜。"他的附脑死机了！"

"怎么可能？"女人尖叫起来，像是被人狠掐了一下屁股。

"理论上可能。频繁使用外力重启或电压过大，比如被雷劈了什么的。"胖子转着手指头说。

"我说过！这就是那个炸弹弄的。"我伸长了脖子，像一只取胜的斗鸡，颇为快意。

女人骂了一句。男人则摸着下巴，翻起白眼，但很快又回来了。"上面的意思要开个会。"他叫住女人，随后嘱咐胖子："你把他看好了。别让我再逮到你偷懒！"

"你去哪儿？"我冲他们的背影大喊。这就是公务员，开会永远都是头等大事。如果炸弹这会儿炸了，他们绝对是自找的！

可直到我骂得大脑缺氧，他们也没回来。那个胖子倒是一直没敢上网，但像憋了屎似的围着治疗舱乱转。我试着和他打起商量，希望能得到些有用的信息，便提出为他放哨。可惜他只是个喽啰，知道的事情不多。这是一家警务部门的下属医院，所以想要逃出去基本不可能，好在医院很小，不可能存在网络服务基站。而我则是他们在接到报警后，从路上捡回来的。用他的话说，我当时看起来就像只被猫玩坏了的老鼠。而他却没听说过怪人或轴子崩坏。

看着胖子浸在网络后那张傻了吧唧的肥脸，我忽然意识到这个时代最大的悲哀是我们都已成瘾却不自知，所有人都成了附脑和网络的奴隶。或许这才是统治精英们想要的，不然那根治戒断反应的试剂为何没被普及？我连打了几个哆嗦。一时间脑子里闪过的都是历史上那些利用迷幻剂来控制教徒的邪教，和他们对待异教徒的残忍手段。一种前所未有的窒息感瞬间攥紧了我，将身体挤榨得渗出苦水——那是被吓破的胆汁！这不是小说，我根本没勇气来直面他们。

这时，男人带着几个白大褂走了进来。可我已没心情遵守协议。所以胖子被臭骂一通后，赶了出去。

"现在轮到你了，大作家。"男人笑着转过身，他那程序化的笑容里没有一丝笑意。虽然知道这是早晚的事，心脏还是禁不住停下来，将呼吸凝住。

"其实你的事儿本来也没什么。"他说（没错！我拼命点头），"虽然在虚无主义那里听到些风言风语，但依我的意思早就该开诚布公——他们说的都是真的。可那又能怎样？难道民众的生活不幸福，又或是缴税太多？谁还会在乎大一统是不是真的？宇宙的真相又不能当饭吃。只有那群神经病才会觉得这能引起社会动荡。可现实不是小说，没有那么极端的环境，统治精英又不光是物理学家。但可惜——"他停顿了一下（我的心被猛然提了起来），走上来碰了碰治疗舱的监视屏。"上面的大脑袋们却不想让民众过早地知道真相，他们觉得这会浪费太多的资源。你也知道，媒体嘛，总是喜欢把事情夸大后不了了之。而你偏偏又是个笔杆子。这就很危险了。"

"不！"我高叫的声音把自己吓了一跳。"我决定改行了！"

"晚了。而且很难保证消息不泄露，就算你是无心的，也避免不了某些神经病会把你神化为精神斗士。不过别紧张，我们是讲人权的。所以对你的处理意见仅仅是流放。"

流放？他们想任由我和脑子里的炸弹自生自灭？我能感到眼泪在脸上四溢。

"对了，还有那颗炸弹，我们会处理的。"男人咯咯地乐出声来，"所以对你的判决是剥离附脑，即刻流放！流放出我们的世界。"

我没理解他的意思，但舱内的空气已变得让人昏昏欲睡。是麻醉剂的味道。模糊间，我看见那几个白大褂围了上来。

忘了是哪位哲人说的，星空总让人敬畏。所以，我总是在晚饭后登上土丘，仰望繁星闪烁，顺带祭奠山脚下那座被流放前的城市，却想不起多少有关它的记忆了。

我怀疑他们是用强力胶带粘掉那单原子层附脑的，这肯定一并粘走了不少的记忆细胞，而残留下的胶也让脑子黏糊糊的，所以我到现在仍没学会准确使用十二小时制的机械钟。他们还拿走了我的头盖骨，却换回来一个亚克力的，这让我像极了那些喜好裸露大脑的外星怪物。好在伢做了一个假发，不过我们都叫它 V 字面具，但这只是个玩笑罢了。

伢就是下水道里的那个怪人，也是他将我救出下水道的，之后又把流浪的我捡回了部落。他的先祖是最早的一批流放者，所以我有幸在残存无几的部落资料里看到了其他大一统理论，不过也只是看个热闹罢了。伢和其他人是没有附脑的，这让我用了很长时间才改掉之前的一些习惯，从而融入部落。好在语言上没有障碍，他们的发音更接近我老家的土语。而我当初之所以会去学土话，则完全是为了可以别出心裁地骂人。

伢教会了我很多生活技能，像如何通过下水系统潜入城市，偷取些食物和用品。但我只去过两次，每次都感到莫名的狂躁和不自在，仿佛被无数双眼睛盯着。

期间在城市边缘，我碰见过轴子崩坏。他疯了。正如他说的，没人能挺过没有网络的日子。至于那枚炸弹，我想是失效了。因为整个城市还是死气沉沉的，每个人仍是丧尸的样子。

我开始理解男人最后的那句话，它们确实是两个不同的世界。哪怕我们光明正大地在主人面前行窃，他们也毫不知情，完全沉浸在网络里，仿佛我们穿了隐身衣。这让我想起《美丽新世界》，只不过他们是将自己禁锢在虚拟的岛内，而把不同观念的人流放出去了。就像我原来那几个同好朋友圈将有异议的白痴踢掉一样。

伢这时在后面喊我，又到了科幻时间。这是我发明的娱乐项目，为大家讲述那些经典科幻小说和电影，当然也包括我的。

我俩走下土丘时，伢说："有人捎来消息说，南面发现了遗弃的航天基地。我准备去看看，没准儿还有能发动的飞船。你来吗？"

"飞出去为三体人带路吗？"

"什么？"

我大笑起来。在卖出第一篇文章后，已经很久没有这样的喜悦了。"我是说，出发！我们的征途是星辰大海。"

完美入侵

我现在是头鲸。

正以不触发防卫系统的最大速度在海洋里冲刺，却无法一直保持下去。因为要不时放缓速度觅食，或是浮上去唤气、喷潮，就像头一真正的蓝鲸那样。

在这个领域里，就得这般万事小心，尤其是以广阔大洋做场景的。其耗费的资源难以想象，绝非某个公司或者个人所能负担得起。所以就不难猜这片领域的归属了。也正是如此，防卫系统才会异常敏感——只是不小心超过了蓝鲸的游行速度，便有一大群逆戟鲸被激活，在附近的海域里游荡。于是我不得不越发谨慎，不然一旦被它们缠住，无论是这里，还是现实中，都将在劫难逃。

这不禁让我想起刚入行时的那段惨痛经历。哪怕时至今日，畏惧感依然像海水般浸泡着我。确实，也只有菜鸟才会无所畏惧，高喊着黑客精神，依靠生涩的技术肆意妄为。

理智在不断劝阻我要放弃，好奇心也已耗尽，但老卡开出的条件却让人欲罢不能。那个老混蛋！如果最终真能解开谜题，我绝对要让价钱翻倍！

然而至今仍毫无头绪。这与技术水平无关，因为根本无从下手，甚至连目标线索都未能找到。

这领域的范围实在太广了，很难辨认出方向。不管游了多久，放眼望去，都是一片蔚蓝。天空虽然明亮，却瞧不见太阳。我只能将自己的识别印记伪装成身子上的藤壶，不时刮蹭下来，以此标记搜索过的区域。

水面之上更是死气沉沉的，别说海鸟，连丝风都没有。这也预示着附近不可能有陆地存在，哪怕是浅滩小岛。

可提示的线索又偏偏是座该死的陆地建筑——摩天大楼！

它看上去有些眼熟，那浓郁的哥特风格肯定在哪里见过。不过意识传送的后遗症让人无暇他顾，脑子里就像塞满了生锈的铁钉，连嘴里也是一股铁锈味，还涩得发冷。

而这一切还得从一早说起，我和掮客老卡约定在老地方见面，所以只预热了一下透平机，对计算机做了简单的润滑维护后，便草草出门了。

从家到市中心，大约要三个小时的车程。坐飞艇会快一些，但我信不着那玩意儿。何况需要提供身份信息，那会让行踪有据可查，尤其是现在市区还在戒严中。毕竟干我们这行的，都是见光死，必须把真实身份隐藏在黑暗之下，时时低调、处处警惕。我还会不定期更换住所，混迹在流动人口较多的郊区和卫星城。

说实话，如没有必要，我实在不愿和那老混蛋打交道。他就像个吸血鬼，贪得无厌，总能把利润吃得死死的。无论是买进还是卖出，和他的交易，我就从未占据过主动。但他确实是最顶级的捐客：所有最新的科技设备、硬件总能在第一时间拿到，而我的盗版软件，也大都是经他的手贩卖出去的。

所以如果除了官方，还有谁能在城里搞到爱达七代超级计算机的解体配件，那一定非他莫属。当然，前提是做好被压榨的准备。

我比约定的时间晚了几分钟，因为搭乘的地铁在中途爆了缸。这种事故时有发生，但没有财团或部门愿意在公共事业方面投入太多。好在人们早已习惯，只是排出的大量废蒸汽呛得人不太舒服。不少女士的羽毛帽子，被热浪熏得打起了卷。每个人身上多少染上了一些废机油味儿。

而当我带着这一身臭味出现时，老卡正坐在靠窗的角落里吸鼻烟。"五分钟。"他猛吸了一口说："你知道我一分钟能挣多少钱吗？"

这是他惯用的伎俩，一上来就让你觉得欠他什么，好在之后的讨价还价中占得先机。接着，他连打了几个喷嚏，嚷道："你这是什么味儿？"

"习惯就好了。"我一屁股坐到他对面，身下的椅子发出不满的"咯吱"声。

这是间紧挨着中心车站的咖啡店，小得能湮没于往来的人群里。不过位置不错，从我的方向正好望见爱达计算机大楼楼顶的时钟。可惜那对颇具历史感的指针已经停止了，时间被固定在翌日拆卸的时刻——上午八点。

我突然感到有种莫名的悲凉。即使官方反复强调，这将是里程碑式的变革，可从一代开始，它便承载了太多的记忆。随着内部计算机越来越庞大，大楼也几度返修、扩建。而我之所以会入行，也源于幼年时对爱达五代的一次参观。那些黄铜管路、合金齿轮，以及釉亮的陶瓷轴承，都美得不可方物，瞬间便攥紧了我的心。哪怕时至今日，仍像海盗的宝藏般在记忆深处闪闪发亮。

"她可真是个美人儿。"老卡把我从回忆中唤醒。

"谁？"

"你知道我说的是什么。"他笑起来，样子很猥琐。

这个老混蛋肯定练过读心术之类的黑魔法，所以才总能一把掐住人的死穴。"他早晚得被烧死。"我暗自诅咒，又不想被他牵着鼻子走。于是掏出准备好的卡片样本，推了过去。

"这是什么？"他把打孔卡摊开，依此举起来，对着阳光查看。

"上次你找我破解的那几款软件。"

"我好像付过钱了。"他撇了撇嘴。

"但这次的和上次不同。这是万能钥匙，一劳永逸。"我又瞄了眼远处的大楼，耐着性子解释说："我们现在之所以需要反复破解同一款软件，主要是因为云技术的普及……"

"行了，甭给我上科普课。"老卡吸了口鼻烟说："如果连获得查尔斯·巴内奇终身成就奖的技术都不了解，我也别在这行混了。说真的，除了你们盗版商，可能没人不喜欢云技术。它让个人计算机变得更小巧，不用再插入成百上千个打孔卡片，就为了运行一款软件。除了必要的储存，只要一张认证卡，就能连到软件商的服务器上，享用软件服务。"

"瞧见没？"他边说，边掏出块怀表。但那玩意儿比我的手掌还大一些，很厚，像块月饼。他"啪"的一声弹开表盖，随着一阵轻微的齿轮啮合声，怀表又变大了不少。"最新的怀表式便携终端，若没有云技术，可实现不了。"

"它怎么读取打孔卡？"我上下摆弄着怀表。摊开后，它有了个精致的九宫键盘。表盘被推上去，成了个投影屏。发条键则是无线电旋钮。

"轻点儿！这还是内测的限量版。"老卡叫道。"看见左侧的小孔没？他们升级了卡片，二维变三维，改成圆柱了，据说这是应对你们盗版的新技术。"

"又是骗钱的噱头！"我嗤了一声。"基础算法不变，还不是一样？只要知道这东西对卡孔的读取顺序，我现在就能做一个出来。"

"但对付那些菜鸟足够了，而且利润会更高。我喜欢这种可炒作的噱头。"

我尽可能地表现出赞同的样子。

"别怪我老生常谈，"老卡说："你的技术是我见过最棒的，能直接从这些满是窟窿的卡片上读出编程语句。传奇黑客也不过如此。所以，只要把那些老旧规矩都抛掉，你早就挣大钱了，而不是一身臭味地坐在这儿。"

他说得对。那样，我就不会被他榨干利润，而爱达的配件也将唾手可得。还可以像这老混蛋一样吸着鼻烟，玩着最先进的终端设备，嘲笑老旧派。可惜，我偏偏就是个老旧派。也许未来的某天，我会被生活压得妥协，但可以肯定，绝不是现在。

"你扯远了，老家伙！"我没好气地说。

"好吧，我知道，黑客精神嘛！"老卡不屑地摆了摆手，说："可现在谁还在乎这个？你是盗版商，得唯利是图，懂吗？"

我不会告诉他，之所以成为盗版商，是因为当初被吓破了胆。而这恰恰是最佳平衡点，既不会引起政府部门的过分关注，又可以与那群吸血的财团斗智斗勇，实现理想。

"没错，我一直在努力练习，"我调整了一下坐姿说："成果就是你手里的那几张卡片。这么说吧，云技术好比把软件放进上锁的盒子里，而卖给用户的认证卡就是钥匙，我们的破解卡则是另配的钥匙。那些软件开发商会时不时通过强制升级、打补丁的方式更换锁芯，好卖出更多的新钥匙，于是我们就得重新配钥匙。但受到计算资源的限制，我发现锁的算法，嗯……制作锁的材料和盒子的材料是一样的。所以只要针对最基础的材料破解，不管锁芯怎么变化，都可以打开盒子。"

他似乎被我的话吸引住了。我不敢停顿，继续说："这就是万能钥匙，或者称为撬锁器，不管叫什么都行。只要程序的内核不变，它就永远有效。除非锁像领域那样独立出来，变成另一种材料……"

"但这不够！"

"什么？"

"这不够。"他将卡片扔在桌子上，一字一顿地说道："甭兜圈子，从你一联系我，我就知道你想要什么了。爱达七代！我能搞到它所有拆下来的零件，除了核心单元。因为那东西要和之前的差分机、分析机等一切古董机型，一起放进博物馆。但就算如此，剩下的东西也足以在黑市上卖疯。所以，如果这就是你的报价，那可远远不够，甚至连参与竞拍的资格都没有。"

"你现在也靠羞辱别人来讨价还价。"

"我说的是实话。"

我紧盯着他，祈望从那张老脸上看出端倪，来以此还价。

"甭这么看着我。你清楚它的价值，不是吗？不过，若能放弃那些狗屁的骄傲，我会给你所有你想要的。"

"然后把命卖给你。"

"只是合作而已。我们的友谊会进一步加深——最强掮客和最强窃取者的最强组合。"

"不！"我在内心的欲望战胜畏惧前，就选择了拒绝。"我们的道不同。"

"那就没治了。"

我又盯了他好一阵，然后才默默收拢起卡片。心里的不甘和他说过的话搅在一起，汇成了一种煎熬。我急需一处僻静地，去舔舐伤口、磨灭欲望。然而当我站起时，他用一句话又将我推坐下来。

"或许还有种办法。"他说："像破解软件那样。你来做件事，我付价钱。"

我真该抡他一拳。王八蛋！这才是他一早设计好的结果。而我却不得不妥协，"你知道我的原则。"

"当然，我也不想被那群黑衣人盯上。"他笑得越发猥琐，"你对'唐璜'怎么看？"

"一首长诗，没读过。"我说，猜不透他葫芦里到底卖的什么药。

"这不关拜伦的事。"他皱起眉，"你有多久没上那个论坛了？"

老卡所说的论坛，其实是个隐藏在网络中的秘密俱乐部。由最初的那批黑客建立，旨在技术共享和资源公平。可惜自由与权利如今皆已过时，那里也变得乌烟瘴气，充斥着掮客、窃取者、破坏者和刚入行的脚本小子们，到处是炫耀功绩和互喷对骂的帖子。我实在想不出那里还能有什么有趣的东西。

"你会感兴趣的。"老卡自信满满，随后向吧台大喊："老板，你们的无线频率是多少？"

老板是个大胡子，口音很重。他说了一排数，我一个也没听清，只知道最后强调了一下是短波。

不过老卡已操作上了，但每一下都小心翼翼的，生怕把怀表按碎。接着，他便把它转过来，说："看看置顶那个。"

投影屏太小，显示出的格式有些错版。但那帖子是第一个，而且题目颜色是炫彩的，想看不见都难。这倒像某个菜鸟自吹自擂的帖子，不过内容却简洁得多，仅是句略显古怪的英文——I want a hero: an uncommon want（我需要一个英雄：一个不寻常的人）。

点进去是一段颇具蛊惑的话，大体意思是想寻找高智商的顶级黑客，之后去拯救世界或是挣大钱什么的，但需要先通过一项解谜测试才能找他们。最下面便是测试的链接。

可是这里有另一个问题。"你就这么直接连到论坛？"我抬起头。这不安全，就好比如厕后不洗手，不仅危害自己，还会传染他人。换作是我，至少要先辗转两台傀儡机，再解析到一架外面的服务器后，才能登陆。但这老混蛋恐怕不会在意。

所以，在得到意料之中的答案后，我问："那测试是什么？"

"自己看。"

我调转怀表，把总是刷新失败的界面展示给他。

"见了鬼了。"老卡又试了几次。"这儿网络有问题。其实打开后，就一句话，找我先找门。"

"没了？"这简单得反常。不过很快，我便在下面的帖子里证实了他的说法。

跟进的帖子大致有两种：一种是猜度发帖人身份的，但都莫衷一是，缺乏说服力。最扯的一个甚至从语法的角度去剖析，用了大半个篇幅讨论为什么是"want a hero"，而不是"need"。好在通过它，我知道了唐璜是怎么来的，因为那句英文正是长诗正文的第一句。第二种则是解析谜题的，也多是胡说八道。然而有意思的是，所有发帖者的 ID 都是新的。要么是那些老人不屑一顾，要么就是在混淆视听。

我更倾向后者。

这帖子足以引起所有人的兴趣。浮夸和刺激性的言语很容易让菜鸟入套，而隐藏在后面的技术细节又像炸弹，会把潜水深渊的老客全都炸出来。要知道，在一个满是坏种的老窝里发如此骚包的帖子，无异于挑衅，而偏偏又能被长期置顶，这就不是谁都能做到的了。

一种久违的兴奋被激活，随着血液四处流淌，而好奇心燃烧后的能量也烫得人微微颤抖。我急切地想要见到那扇门，可一想还有长久的归途，便不免有些躁动。

"你发现什么了？"老卡似乎察觉到我情绪的变化，一张老脸都贴了上来。

我不置可否地耸了耸肩。"你怎么会突然对这个感兴趣？"

他仰躺到椅子背上，吸了口鼻烟说："时代变了，经济不景气。我们的活儿也不好干，你不得不关注些热点，兴许才能找到新的商机。"

根本就是在放屁，这老狐狸不可能说实话。所以我会提高价码，就像他刚才那样，以牙还牙。"你会出什么价？"我问。

老卡盘算了好半天，才说："卸下的配件，你可以任选一个。"

"你确定吸的是鼻烟，而不是大麻？"

"得了。我们都知道这活儿和之前的不同，没有利润，而且结果也不可知。所以我付的价钱绝对超值。"

"听着，老家伙。我不善谈生意，但不代表我是个傻子。没人会突然对某项事物感兴趣。我不想知道你后面的东西，但我要拿到我应得的。"

"甭这样，多伤感情。再说你也感兴趣了，不是吗？我了解你，就算没报酬，也肯定要一探究竟的。而我付的，就是你白赚的。"

"但我感不感兴趣，和你付给的我价钱是两码事！"

他直视过来，我亦不甘示弱地瞪回去。我们的目光在彼此间交火了无数次，直到他说："好吧，两件。"

我第一次感到了扬眉吐气般的舒爽。"我要动力系统的主机——超临界二氧化碳涡轮机，以及全部的自润滑陶瓷轴承。"

"那你弄死我吧！你把利润最高的玩意儿都吃了。"

"说话得算话，老家伙，而且你不亏。你肯定也找其他人了，对吧？可惜那些蠢蛋到现在连门都摸不到，不然也不会再找我。"

他面色铁青，显然被我一语中的。"不过我可以告诉你怎样找到门，"我见好就收，"算作那些东西的定金。"

"你知道了？这怎么可能，你连网页都没打开！"

"就是因为没打开，所以才知道。"我说："这里的网络能登上论坛，却打不开更为简单的网页，不用想都知道有问题。要么那个链接无效了，要么需要下载的资源太多。前者不可能。那么如此多的资源，却只被看见一点点，唯一的解释是看的角度不对。所以让你的人，去试试意识传送，兴许会有不一样的收获。"

"意识传送？甭耍我……"

"信不信由你！"我没兴致再和他闲扯，膨胀的好奇心已快将我吹爆。只最后强调了下我要的东西，便带着一身急不可耐的躁动离开了。

说实话，我也不愿相信。意识传送这玩意儿，尽管获得了勒芙莱斯夫人荣誉勋章，但自打发明起，就争议颇多。每日里，就其是否会对神经元与大脑造成实质性的损伤，科学界和民间都争论不休。毕竟意识连接及断开时的后遗症，实在是令人难以忍受，好在还没有因此变傻的白痴。

但不管怎么说，这开创了一个时代，人机对话被提高到前所未有的高度。过于活跃的意识又对设备提出挑战。那几年，技术革新就像打了鸡血似的层出不穷。从材料化学到加工工艺、表面处理，还有诸如直驱这样，能更有效利用能量的运动结构，以及全新的打孔算法和更高效的编程语句。

可惜这些仍无法将机械运动的极限速度提升至与意识匹敌，只能依靠集中大量的资源来稀释差距。然而一旦这个差距超过阈值，又会返回来制约运行速度。所以很多大型服务器和超级计算机采用分组式的结构，类似于多个小型计算机的并联。不过爱达七代不同，她是这个时代所有先进技术（很多还不为平民所知）的结晶。单读取打孔卡片的速度，就能达到毫秒级。

当然，为了更好地解析软件，我也搞了台意识传送的接入床。其中大部分组件是自己攒的，这样方便搬家时拆卸。不过，对于关键部件，我还是老老实实从官方购买。毕竟那些东西是要扎进脑子的，稍有不慎，后果不堪设想。

所以哪怕心里激动得像揣了上万只兔子，我还是把动力源和润滑系统都检查了一遍，并小心地给每一根可探入大脑的银针消毒，再涂上刺激神经元突触的药物（也是正常渠道买来的，只不过和设备一样，被我侵入数据后台，删改了购买信息）后，才躺到接入床上。而在这之前，我已利用计算机从论坛上调出了那条链接。

听着计算机运转的声响，我的情绪渐渐舒缓。那是齿轮啮合、轴承转动和打孔卡片进进出出的混合声，再被润滑降调或是共振放大，像美妙的乐曲在空气中流淌。我曾一度觉得顺畅的机械运动，犹如数学，是自然赋予的美感，有振奋人心的力量。带着这种心情，我深吸了口气，尽可能无视细银针顶在头皮穴位上的麻酥感，猛地拉起操作杆，将自己向着那个地址传送过去。

随后，我意识到自己应该先去吃点东西，但已经来不及了。伴随一阵的刺痛，世界开始变幻。犹如被溶解的漆画，慢慢地变软、剥落下来，露出隐藏于下的另一个世界。

那无所谓广袤或者逼仄，更像个莫比乌斯空间，这里的维度与方向都不再有意义。同时，既色彩斑斓，又灰暗无色。它永无定时，如波涛涌动，又隐含着某种规律，连绵不绝。所有感官都还在，但略有怪异，那是被数据冲刷留下的痕迹。

在这方世界里，常识无用，但要找东西绝非难事。所以哪怕脑子被传送的后遗症锈得死死的，我还是在闯进这里的一瞬间就发现了那道门。

意识传送的优势就在于此。对可调用资源有限的服务器来说，不管加密的手段多么巧妙，规则如何严谨，在高速运转的人脑面前都形同虚设。

这也让入侵变得简单、粗暴，毫无技术可言。仿佛触动了某种开关，破坏者、黑客一时间就好像大航海时代下的海盗，层出不穷。直到政府对设备加以限制，和领域的出现才有所好转。现在想想，黑客精神的丢失，或许正是从那时候开始的。

我观察了好一会儿，才闪现到门边。往来数据的潮汐，让门的形态千变万化，时而高耸，时而破败。有时是中世纪城堡厚重的木门，上面的铜钉写满了风霜，可转眼间，又变作低矮的栅栏，甚至还有牵牛花从木栅间探出来。而唯独不变的，是浮现在门中间的那排快速变小的数字。有七八位长，猜不出代表什么。

不过门附近没有陷阱。这第一道测试似乎简单了些。

我触碰上去，它的形态随即被定格成一扇普通的木门。门内有声响出现，续而越来越大，像潮水。我谨慎地退了两步，却发现手仍紧紧攥着门把手。

见鬼！这门本身就是陷阱。被套住了。

然而，没等我做出应对，门就被猛然向内打开，好像后面有一个壮汉奋力一拉。猝不及防，我也被带了进去，瞬间就呛了几口水。待我挣扎出水面，回过神时，早已找不到门的踪迹，入眼的只有望不到边的大海。而我脑子里除了满满的铁锈味儿，又多了一条信息。

一句简单的祝贺后，是关于这轮测试的介绍，但字里行间却塞满了挑衅。与前面类似，还是要找出隐藏的路径，达到真正的终点。不过这次有提供线索，一张像素不高的照片，上面的影像是座哥特式的建筑，整座大楼正被夕阳映得通红。

冒险解密游戏吗？这种故弄玄虚的做作让我厌烦。但不得不说，隐藏在后面的家伙确实是玩弄人心的高手。被撩拨起的好奇心与争胜心，都叫人不会轻易放弃。何况在意识传送中，被人悄无声息地植入信息，对任何自诩黑客的人来说，都意味着奇耻大辱。

但我不在乎。可也是战意盎然。

从脸上划过的水滴看，这个领域绝非寻常。海水被设计得近乎完美：无论从温度、盐度，或是其他成分的含量变化，都有不同的算法支持。基本单元间更是关联着多种的函数，来模拟表面张力、相态变化。这必将耗费大量的资源。所以海域不会过大，相信很快便可以看见沙滩。

然而，嘴里的铁锈味刚刚变淡，我还未想好下一步的行动，胳膊就被狠狠蜇了一下。是群闪亮的水母，其中一个亮得更像是黑夜里的白炽灯。

防卫系统被激活了？我吓了一跳，好在马上便认出了豁牙刘的身份识别信息。同时，还有段大信息被一道儿蜇了过来。

这是最简单的伪装式加密，即将真实信息隐藏于某段程序或文件中，没什么算法可言。或许正是因为如此，应对破解却极为有效。领域只会去处理用于伪装的程序或者文件，而放过被隐藏的信息。就好比刚刚那下，只会被识别为水母应激后，向我释放的毒素。可实际上，他是在表示感谢，并叮嘱我小心。

"你是老卡的人？"趁着还没抽离触手，我回复过去。

"利益而已，我们都一样。"他又蜇了我一下。"倒是你，最好快点儿融进来，这里好像还没有人形生物。"

对方的好意让我有些诧异。要知道，这家伙可是圈内有名的钱串子，无利从不起早，不过倒是极有原则。

他似乎猜出我的疑惑，于是又来了一下。"只是还人情。不管怎样，没有你，我也找不到门。而我和你共享先已探明的消息，正好两不相欠。总之，这里比你想象得大，也很敏感，所以你最好小心点儿。反正从进来，我看见的就都是海。而这里的资源又多得吓人。你明白我的意思吧？我们有可能被人当枪使了。"

"显而易见。"我点点头。如果真像他所说的，那这个领域的归属就不会是寻常的公司或组织。毕竟这种防御手段太过耗费资源，相当于再用一台或几台计算机来保护这里。

但这些资源仍无法弥补与神经元间的巨大的处理速度差。不过人类意识的随机和不确定性，在长时间的运算下，很容易造成逻辑错误。所以绝大多数的资源被独立出来，用以构建某一的场景。可能是一间屋子、一栋大楼，或者摩托车的蒸汽管路、虚构的森林，以及这样的大海。然后再将需要保护的信息隐藏其间。只要出现与场景设定不符、相互矛盾的地方——例如在森林场景中，出现了一头跑得比猎豹还快的老虎，应激防卫系统就会被触发，将错误（入侵的意识）修整掉。

这就像传说中魔法的禁咒。那些畅销小说里的大魔法师都会这招，能让别人不得不遵守他制定的规则。而领域这个词，最早也见于中世纪的黑魔法，代表绝对掌控。所以和神话人物一样，谁拥有的神力，或者说资源越多，谁的领域也就越厉害。

不过，我不觉得豁牙刘的消息有多大用。他融合的资源太少了，一只不能离群的水母又能探索多大的区域？何况我们还在相互竞争，而且与他沟通的方式也着实让人不舒服。于是在简单回复后，我快速游开了。

我得加快步伐！从市内返程，已浪费了不少的时间。而天知道，老卡又往这里塞了多少人。再加上其他渠道进来的，只有尽快找出谜底，我才能在一干竞争者中脱颖而出，顺理成章地拿到爱达的配件。

同时，附近的海水开始变酸，不少细小的漩涡在四周出现。根据以往的经验，这绝不会是什么好现象。我只能更加快速地解析起周糟的场景，从而寻找可以融入的突破口。

最终，我捕捉到一个形态怪异的浮游生物。或许是分得的资源实在太少，我没遇到任何阻力，便与它融为一体了。也正因为如此，我一时间没办法自主活动，只好随着洋流飘荡。

但我还是能感觉到不远处防卫系统被激活后，数据的异常波动，身边不少更小的浮游生物，甚至因此被作为资源回收而消亡。好在此时，我被一片海藻拦住。在经过一通分析计算后，我化身成了这绿坨坨的一大团。

不过豁牙刘就得自求多福了。他太亮了，早晚要引来"天敌"。而一旦被那些东西缠上，就只有一路逃亡，别想再有精力去找寻目标，甚至安妥退出。

所以小心总没害处，但却会浪费时间。我不敢明目张胆融合较多的资源，只好在微小的形态间转换，尽可能做到没有瑕疵。直到伪装成磷虾，并遇上一群觅食的须鲸后，我才借着被吞食的掩护，化作其中的一条。之后，我边渐渐离群，边将自己修饰成更喜独居的蓝鲸。

一时间，海阔鱼跃的畅快感让我兴奋不已，隐隐有了种已拿到爱达配件的幻觉。但很快，这一切都被因得意忘形而激起的防卫系统和毫无进展的搜寻磨灭了。

唯一令人欣慰的是其他人也没什么进展。这一路上，我认出了不少人。其中融入资源最多的是约翰二世，可也仅仅只是条剑鱼，而且鱼鳞的纹路没有处理干净，与他后背上的文身一样。至于剩下的人，大多数还在小型生物间苦苦挣扎。当然，对于那些技术高超的黑客，我无法识破，但知道他们也绝不会领先太多。

眼前这海洋实在大得没边儿，仿佛整个领域都是由此构成的。而那该死的大楼提示看起来则更像是个故意为之的玩笑，它本身就无法与这场景自洽。烦躁和愤怒很快便取代了我原本的好奇心，可转眼又被畏惧一点点地吞噬掉了。然而爱达的诱惑又让人难以舍弃。

犹豫之间，一阵汽笛声把我的注意力拉了过去。那是艘全副武装的捕鲸船：高大的船首像是传说中水怪昂起的下巴，上面闪亮的鱼叉便是尖利的牙齿。两根主烟筒喷出的浓烟能熏黑大半个天空，也驱动着桨轮，让它转得飞快。两个海盗打扮的家伙正站在瞭望台上大喊大叫。

是田中兄弟。只有这对疯子才敢如此嚣张地破浪而行。

如果把老牌黑客比喻成高来高走的神偷侠盗，那么现在的窃取者就些上不了台面的扒手，而这两个白痴则是用炸弹轰开别人家大门后，再闯进去搜刮抢夺的强盗。没谁愿意和他们有太多接触，因为早晚会把自己搭进去。

就像现在，他们竟从外面拉进来一艘船，这无疑是在作死。不仅无法与领域抗衡，只会更加刺激防卫系统。如同激起免疫系统的排异性，他们很快就会被防卫系统派来的天敌干掉。

隐隐约约，我听见田中老二在说这里有古怪，结果换来他哥哥一顿臭骂。尽管船发出的噪声不小，却盖不住他俩的大嗓门。

"别像个娘们似的，这和我们平时干的没什么区别。"田中老大说。

"我只是不喜欢那老头。他笑起来很恶心，一看就没安好心。"

"说得对。不过我们都不是什么好东西，但我可不会和钱过不去。只要拿到他想要的，就是我们说了算了。"

听起来，他们像是在说老卡，所以我又游近了些。

"然后榨得他把大便都倒出来，看他能不能再笑出来。"

"就这样。"

两个人大笑了一番。哥哥接着说："而且我一定要抓住那个发帖的贱货，他竟敢往我脑袋里塞那么一大堆乱七八糟的东西！我会让他彻底明白这种挑衅的后果。"

"可你在论坛上也没奈何得了他，怎么都没弄掉他的置顶。"

"笨蛋！"老大抬手打了弟弟脑袋一巴掌。"那只是试探，所以我们才会有备而来，而不是像那些蠢货一样，泡在水里，寸步难行。别看这次的领域大了点儿，我们的资源足够了。我会找到的。"

"可这里根本不可能有那个楼。"

随后，老二又挨了一巴掌。"动动脑子！那张照片只是一条诡计。

现在，你去把船上的回声探测仪打开。"

我瞬间明白了他的计划，想利用声呐探索海底。之前曾一度有过类似的想法，那线索中的大楼，或许像亚克兰蒂斯一样，是被淹没的遗迹。而璀璨夕阳的背景，不过是种误导。我甚至有想过将形态转换成海豚，那样不仅能游得更快，还可以借助回声定位的掩护，使用插件来快速地扫描海底，不必担心触发防卫系统。

但直觉告诉我这不对。就这个领域而言，无论大楼是在陆地，还是海底，对我们都是一样的。出题人不可能用这么简单的障眼法来敷衍了事，不然他们所有的挑衅都只是场笑话。

不过，田中老大说这是条诡计没错。足够冷静下来之后，我便意识到照片的影像也是误导，或许只有从线索文件本身入手，才能找到真相。而这之前都太过纠缠于这片海洋，以及那座可能都不存在的大楼。

然而海水已泛起酸味，我得另寻安全之处再从头开始，免得被这对疯子殃及。谁知道他们会有遇到什么，巡洋舰，还是潜艇？

可当我轻甩尾鳍，想远远游开时，一根鱼叉却贴着眼底飞快划过，带起的水流把眼珠冲得生疼。之后，传来田中老大对未中的咒骂。

见鬼，这个白痴要的干什么！

"快！是个大块头，帮我一把。"田中老大喊道。

"我们不是要探索海底吗？"

"先捕鲸！再来一发。"

"可它又换不了钱！"老二也在大喊。

"笨蛋！我们是捕鲸船，只有捕鲸才符合逻辑。"

这绝对是我今年听到的最蠢的笑话！他们居然以为这样就可以骗

过防卫系统。我还真是高估了他们的智商。原以为凑近后，能偷听到些隐秘，却没想到引来场无妄之灾。现在只能尽快逃离，但防卫系统已然被激活。我不得不谨慎地维持速度，装作一头受惊的鲸，免得被一同注意到。

突然，左肋一凉，疼痛瞬间在脑袋里爆炸开来，仿佛灵魂被撕裂，我禁不住哀号、翻滚起来。下意识地想要退出，却发现身体痉挛着，不受控制。

根据计算，我本应能躲开这次袭击。可现在，绳矛却深入躯干，除非如壁虎般断尾逃生，抛掉大部分融合的资源。但随时会发出雷霆一击的系统又让这些手段毫无作用。一定是饥饿让血糖骤降，最终使神经元变得迟钝。我不由得怨恨起自己，早些时候太过急躁，才落得如此境地。

我奋力下潜，反被鱼叉拉出水面。疼痛在全身神经里蔓延。周遭的一切都已变得模糊，到处是因翻滚而激起的气泡。我不知自己还能游多久，只能靠诅咒来咬牙坚持，幻想着在线下抓住那两个白痴，让他们也尝尝叉子入体的滋味。

接着，伤处又是一疼，我发出一阵悲鸣。不过随即便意识到是鱼叉被甩脱出去了。我兴奋得顾不得伤势，一头扎向深处。

待再抬起头时，正瞧见田中兄弟的船在空中连续地打嗝，仿佛在海面上打水漂的石头，一蹦一蹦的。似乎有什么东西在下面不断顶它，就像在踮足球。而那对疯子则抱着桅杆大喊大叫，每次起落都会被带起的巨浪拍成落汤鸡。

这画面可真美。不过我猜不出是什么能有如此巨力，可以把一艘捕鲸船玩弄于股掌。

随后，船又一次被顶起。然而未等落下，一条触手就陡然冲出海面，将其卷住。从泛起的光泽看，那更像是条海蛇，且粗壮得要命，最粗的地方甚至超过了船顶的烟筒。随着缠绕，船体被挤压得劈啪作响，各处开始接连爆炸，不断有零件飞进四周的海里。

海怪吗？这设定倒与照片中浓郁的中世纪哥特风格相呼应。

捕鲸船最终被撕成几截，分别被击向高空，而这一切都衬托在田中兄弟歇斯底里的嚎叫中。如果不是已经伪装成鲸，我绝对会大笑出声来。活该，白痴们！

然而防卫系统的攻击并未停止。海蛇所在的海面忽然被迅速拱起，转眼便已高如小山。海水被搅动起来，掀起一层层的巨浪。我也被不断推远，连同一大片捕鲸船的零件和泄漏的机油。而这些资源则以可见的速度，迅速地被领域同化后消失。

小山也越来越高，直到"轰"的一声，被一道黑影从内部冲破。四散的海水让周围都下起大雨，整个天空更是被一个巨大的身影遮住。伴着刺破苍穹的怒吼，漫天的火焰喷薄而出。断裂的捕鲸船尚在空中，便已化为灰烬。

龙！

这是一条龙，之前以为的海蛇只不过是它的尾巴。此时，它正高昂头颅，像君主般睥睨着一切，口鼻间穿梭着火焰，让飘落的海水蒸腾成雾气，环绕于四周，遮挡了从鳞片上反射而出的金光。那对硕大的眼珠散发着绿光，仿佛能将时间冻结。粗壮的四肢似乎能撕扯开世界，翅膀更是遮天蔽日，整个领域都因此而阴沉下来。

来不及抱怨这场景设定，我转身便逃。不敢呼吸，不敢下潜——因为那会让它注意到我翘起的尾鳍。我以能达到的最快速度游离，并一路保持伤口流血来防止逻辑错误的产生。没人愿意被一条龙盯上，尤其那最初的怒吼声，至今还在我耳边嗡嗡作响。

恐惧从骨髓里弥漫开来，把我整个身体浸满了苦味。曾经那种穷途末路的无力感和饱受的折磨，再次啃噬起内心。我似乎又看见成群的黑衣探子蜂拥而来。这个领域已不再是我可以抗衡的了，尽早抽身才是最为明智的选择。

但在海水彻底恢复正常前，我不能轻举妄动。不然哪怕绕再多的路，也很难甩掉那条巨龙，还会连累现实中的自己。所以潜游出足够远后，我才敢冒出头来。此时，一切已恢复正常。海面又变回死气沉沉的样子，空气里连一丝风都没有。龙早已不见踪影，就好像从未出现过一般。

我长出了口气，将头顶的海水奋力喷向天空，算是离开前不甘的宣言。现在想来，恐怕藏在老卡身后的也不会是小人物。所以才自信满满地说，能搞到全部的爱达配件。而这估计也会是我离得到爱达七代最近的一次，之后只能另寻渠道了。

就在我准备解散形态，伺机退出时，尾鳍被猛地攥住，续而一股巨力将我拉向深渊。我第一次反应便是龙，但未等挣扎，身子就被更多的触手缠上。那是只大王乌贼。

一阵慌乱的挣扎后，我意识到这不可能是防卫系统。接着，我便收到了对方发来的信息。不过是隐藏在腕足的每次抽打之下，所以内容也是断断续续的。"刚刚……大数据流……何事？"

之后传过来的是他的身份识别信息，可我却禁不住一再确认。

呵，真是人生何处不相逢！哪怕日后患上老年痴呆，我也绝不会忘掉这个家伙。正是因为他，我才在政府部门留有案底，并差一点被投进深牢大狱。没有他，我也不至于被吓破胆，去选择做个小偷小摸的盗版商。

他是个黑客，在我刚入行时，就已经声名斐然。很多人都以认识他为傲，甚至那些说不出他绰号的人，都很难在这个圈子里混下去。

而那时我还只是个毛头小子，凭着自己写的几个程序，入侵些小的服务器或个人计算机。然后像所有菜鸟的一样，在论坛里四处炫耀，恨不得详解每一步。直到有一天他找上来，说，欣赏我的程序和入侵，还有解密时的小手段。

这对一个新人来说，绝对是不敢想象的殊荣。我迫不及待地回复过去，建立联系。总之，第一封邮件删改了一个多小时，又啰里啰嗦地写了一大堆，不过都是在表达敬仰之情，后面的才渐渐正常。我抑制住了激动，与他探讨起技术，并请教更为高级的技巧。他也很慷慨，教了我不少。最后，他才有意无意地问，是否愿意和他去干一票，权当练习。

现在想想，他诱惑人的手法算不得高明，不过是在利用菜鸟的中二思想和资深者的倚老卖老。但当时就算他以命令的口吻来要求，我也只会觉得受宠若惊，绝无异议。

所以我入局了，成了他行动中转移目标的替罪羊。而直到破开防御后，我才知道那里是存放政府秘密档案的数据库。虽然那会儿还没有领域拥有这种变态的防御手段，但我仍被一路追捕到现在。不管抛出多少诱饵，他们总能绕过那些肉鸡，发现我的蛛丝马迹。

正因如此，我才醒悟到这个总被讥讽的对象是多么的庞大。那是真正的巨龙，只是平日对那些小小不然的嘲笑和骚扰全然不屑。可一旦触碰到逆鳞，就只能祈祷有足够多的运气可以逃离。而且它调用的资源也只会越来越多，甚至辐射进现实。我现在仍清楚记得，那些黑衣探子把我按在计算机前时，内心充斥的惊恐和无助。

他们是通过邮件找过来的。我这边用来联系的临时邮箱，没能处理干净，残留的信息暴露了路径，被顺藤摸瓜，追到家里。

这之后所受的折磨是我一直想努力忘却的，但还是常常在深夜里出现，啃噬梦境。不过最后我挺住了。没有直接的证据，在拘禁期过后，他们只好将我放掉，可却要对我日后持有的计算机设备进行备案。因此，我得以认识了老卡。

出来后不久，我陆续收到了几笔不同人寄来的汇款，以及黑客的一封信。但我没看，不过把钱留下来了，这是我应得的。此后我们就再无交集，却没想到会在这里碰见。

"你怎么认出我的？"借着挣扎发出的吼叫，我问。

"藤壶……身份信息……我认得"接着他使劲点了点我的伤口，"咋回事？"

这冷不丁一下子弄得我痛嚎起来，为了避免他继续骚扰，我将龙的事讲了出来。

"前所未见此领域！其资源……必须……超级……计算机！"

还用他说？想支撑这片领域，还有那条龙，就算比不上爱达七代，至少也得是相近级别的超级计算机。我的胃不由得一阵阵绞痛。好在我已经准备从这个是非之地退出了。

"数据库……当年……我们偷取……记得？"

"不是我们，只是你！"我不得不纠正他。"我只是个傀儡机而已。怎么，你准备向我道歉了？"

"信……最后那封……没看？"

"信？"随即我想起来了。在收到后，那封信就被我随手丢了。"那是啥？"

"邀请函 黑客俱乐部 那是测试 你通过了 但没回复"

这消息还真惊人。可除了感叹造化弄人外，我竟无言以对。不过哪怕换一种情景，或是现在，我仍会毫不犹豫地扔了它。他们觉得的小测试，却差点毁了我的人生。这种高高在上、故弄玄虚的态度，和发帖人如出一辙，令人生厌。"所以，唐璜是你们弄出来的？"

"不知道……也许……"

"什么意思？"

"我们分了……理念区别……还有叛徒……"

要不是不知道鲸鱼是如何表达喜悦的，我绝不会吝啬这种表达。一方面确实是幸灾乐祸；而另一方面，如果他能猜出发帖人的身份，我便可以很轻易地完成老卡的任务，拿到梦寐以求的配件。所以我问道："你觉得是谁？"

"不会……一个人……更像叛徒……此领域……联合做套……陷阱"。他抽打得越来越快，缠绕也越来越紧，还用两条腕足堵住了我的鼻孔。这让发来的信息变得连贯、快速，却使我很不舒服。

"在那个数据库里，有一篇论文，让人印象深刻。"他说："是有关意识传送和领域防卫技术的。它提出一个设想：如果有足够的运算资源，让领域扩大到整个网络世界，就能有效制约黑客，甚至一网打尽。"

"不可能！"我开始奋力向上游，"现在的爱达计算机就已经有三十几层高，而要是覆盖整个网络的计算机，岂不是要一个城？动力源、齿轮的精度、联接轴的润滑等等，都是问题！"

"那就看此处！这里的资源绝不会比爱达七代少。你听说过另一栋几十层高的计算机大楼吗？"

"可又怎么解释那照片，提示的线索？"我挣扎着。

"这也是我怀疑它是陷阱的原因。那照片是爱达大楼最早的样子，绝不会出现于此领域。只有傻蛋才会满世界地找它。"

我终于想起来了，难怪会第一眼看着熟悉。在回顾爱达历史的专题里，都有它的身影。那时分析机还未能普及，爱好者们只能靠巨大的差分机来计算一些简单的东西，聊以自慰。所以伴随着技术的膨胀式发展，大楼很快被翻新、扩建，不再是那般样子了。

而对方的嘲讽更让人羞报，好在彼此的形态掩住了我的尴尬。他继续飞快地发来信息："同样的，线索本身也是无解。无论如何转换照片的文件格式，得到的只是乱码。我试过能想到的所有解密手段，从凯撒密码，到更为复杂的算法，但都毫无结果。像素的增减，也未能激发出特别的属性。甚至将图像整体做了傅里叶变换，依然没能分离出隐藏的信息。这还不能说明问题吗？"

"可没人会设计这么复杂的陷阱。又是大楼，又是诗歌和门的，这只会让猎物变少。"我边吼，边甩掉堵在气口上的腕足。

"某种实验 也许。"他一把又将我缠个结实。"门不过是诱饵。而无论是大楼，还是躲在它后面的月亮都毫无意思，就连照片本身也一样。"

等一下。月亮？我似乎发现了问题的所在。"把你的线索照片拷贝一份给我。"

他表示不解。

"快！"我不想做过多的解释，生怕灵感一纵而逝。

他迟疑了一下，最后还是把照片数据附在了长腕足的顶端，在一番摔角手式的搏斗后，塞进我的嘴里。"咬下来。"

可照做后，他却抽打向我的旧伤。"真疼！"

我亦将这句吼了回去。伤痛被持续地反馈给神经元，但我们都不敢抚平伤口，因为那可能会激活龙。

两张照片的背景，也确实完全不同：拷贝中的是明月高悬，而我的则是夕阳无限。这会是关键点？我隐隐有了丝兴奋，仿佛看见笼罩在谜底的面纱已被渐渐揭开，或许还有机会得到爱达，只要找出两者背景代表的含义。

我先是对比了各种转换后的乱码，消除同类项，试图在剩下的字符中摸出规律。随后，又把两张照片叠加在一起，重新解析。不过，很快我便意识到大楼或许会引起计算误差，于是将照片分层剥离，只留下背景进行相互对比分析。

这些计算让我不得不功率全开，调动起一切资源。可随着进展，还是变得越来越吃力，延迟和卡顿的现象开始频发。头脑也不再清明，像是被灌进了一大锅的浆糊。

"停下小心龙！"黑客提醒道，接着又传递来一些新的分析。

感受着抽打在身上的腕足，和断断续续的信息，我突然想到线索照片会不会也是种伪装，就像我们的通信，照片、腕足的抽打和我的吼叫都只是种载体，真正的信息要用另外的方式解读——完全不同于这个世界的、独立的方式。

这个想法一冒出来，就如同一记棒喝，瞬间让我福至心灵。

"我得下线。"

"什么？"

"你干掉我了！"我任由思维跳跃，"帮我看好我的资源！"

只有这样，我才能去验证猜测。我有种预感，这次绝对错不了。所以没等他继续发问，我便推下了操作杆。整个人就像跌进黑漆漆的隧道，快速下坠，唯一的光亮是上方追逐过来的通信信息，不过很快便如烟尘般消散。接着，所有的感官突然消失，又突然出现。随后，我意识到自己正躺在接入床上。

又躺好了一阵，我才渐渐掌控身体。但跃下床时，还是趔趄了一下，摔向一旁。传送的后遗症让身体就像是被遗弃在角落里的机器，落满了灰尘，又缺少润滑、僵硬无比。饥饿和眩晕一同袭来，绞动内脏。左肋下更是隐隐作痛，那是神经对意识伤痛的记忆。不过，我的膝盖却在刚才实打实地摔破了，火辣辣的疼。

我大口咽着吐沫，冲刷着嘴里的铁锈味儿。跌撞地站起身，摇晃进厨房，与所有的柜子、抽屉一番搏斗后，才翻找出糖块，大把大把地塞进嘴里。

或许是心理作用，腻腻的甜水一滑入食道，我便觉得自己好似又活过来了。能量重新溶解进血液，随即被送往全身各处，就好像在为身体上油，连后遗症也轻了不少。

狠吐了口气，揉揉并没有伤痕的侧肋，我一瘸一拐地回到工作间。查了查计算机存储部分的空白卡片剩余量，我选了两张新的，插进单独分离出来的打孔机里，接着从计算机里调出那两张照片，依此导入机器。

伴随着气阀的开启声，我心里打起鼓来，很快便与砰砰的打孔声形成一种呼应，像是和弦，让我的双脚不由自主地打起拍子。我的嘴唇已微微发干，可手心却湿漉漉的，只能在裤子上不断擦拭。等完成的铃音一响，我便以最快的速度冲了上去。

没错！我的预感没错！一切答案已尽在眼前，而内心涌起的却是丝丝凉意。我们都猜错了发帖人的打算。尽管还不清楚动机，但很明显，他一直在入侵我们的计算机，而我们却浑然不知。

照片文件下隐藏的是段执行程序。激活后，会使计算机自动从一处对等地址那里接受匹配过来的文件包。不过它占用的计算资源少极了，根本不易察觉。程序本身也十分精简，只有七八条语句。或许这正是把我们诱骗到那片海之领域的原因，不是陷阱，只是想用一个无解的谜题来拖延时间，以此弥补低运算速率下文件包的接收量。

我反复对比起两张卡片：结构和命令都是一样的，仅在匹配的文件包序列上有所不同，应该对应的是照片背景的不同。我不得不承认这家伙是个天才。（其实，从最早被毫无察觉地植入信息，我便已经知道自己远非敌手，只是不愿马上相信罢了。）执行程序和照片文件被完美地融合在一起。只要打开文件，就会在存储卡片上留下穿孔，将程序释放。

这已不是简简单单的伪装了，是希腊人留给特洛伊的巨大木马。

这是传说中的完美入侵!

但当我关掉透平机，排查了所有的打孔卡片后，才发现很难清理掉这些外来的痕迹。那些文件包被打散，刻印在原有的程序或文件之中。除非更换掉全部卡片，不然开机后，接收仍会继续。

最初的惊恐已化作赞叹，不管最终目的如何，对方高绝的技巧和想法都让我惊艳不已。而那些被塞进我计算机的东西，比程序本身又更让人好奇。因为我没在程序中读出恶意（如果是那样，或许早已被发现了），它更像是借用别人的住所来存放东西。

好奇心被重新点燃，我迫不及待地想要一探究竟，但这次不会太急躁。我先借助一台傀儡机，登录常去的社区论坛，为老卡留了个条加密的帖子。这是我们约定的联系方式。在黑客事件后，我便抵触一切即时通信手段和虚拟邮件。所以生意的往来，都会选择留取记号的方式，古老但很实用。

这个社区论坛也恰巧合适。它几乎没有防御的系统，可以让我随意地切入。而且小得没什么用户，不会出现大量的帖子，把我留下的信息顶掉。这里最新的一条，还是我和老卡约定见面的帖子。而这次除了分享探知谜底的兴奋外，更多的是叮嘱他别忘了承诺的条件。

之后，我试图追寻对等地址后面的真实来源。可是兜了一圈，又回到原点。这有点像最早那个找门的链接，或许也该用意识传送试试。如果没有领域，便可轻而易举沿着文件传输的方向逆流而上。可对方一旦有所准备，恐怕就将是一场恶战。

而以对手之前展示的技术看，我很难取胜，但只要不会牵扯到那群黑衣探子，就都有信心周旋到底。所以在为探针重新消毒、涂抹药物后，便又躺回接入床上。当然在此之前，我已把家里能吃的全都塞进了肚子里，并灌杯放满了糖的咖啡。

可惜运气不在我这边，对等地址连接的是一方领域。当意识稳定后，我正满嘴铁锈味儿地站在一栋大楼前。四周的街道是维多利亚时期的风格，细碎的石板路上俱是马车在穿行，偶尔一辆蒸汽动力车驶过，也伴随着巨大的噪音。

我认出了面前的建筑，它比照片上看起来更加地厚重、高耸。从下方仰望，那些尖拱就像一把把刺向苍穹的长剑。然而天空却未动分毫，始终阴沉沉的，分辨不出时间。

一排数字横亘在大门之上，正飞速变小，看起来和最初的那扇门很像。"找我先找门"，这句话突然从我脑海深处蹦了出来。或许这才是真正的门？而那些数字又代表什么？

一时间，所有线索都被搅动起来。唐璜与爱达，龙及环环相扣的谜题，还有飞逝的数字和转移文件的程序，等等，就像一堆拼图，可我却始终无法把它们组合起来，总觉得还差点什么！

我小心翼翼地推开门，不过这次没有意料之外的传送。里面是恢弘的大厅，几乎望不到尽头。四周的天花板上画着千奇百怪的工程机械，其中有几个我认出来是达·芬奇的手笔。

这里的算法与外面迥然不同。我不知道该怎么融合进来，因为迎门所见的是世界上第一台差分机——它耗费了查尔斯·巴内奇整整十年的光阴，但那值得。接下来是差分机二代的原型机，一直到五代，一个比一个高大，像是排列摆放的俄罗斯套娃。再后面，是巴内奇和爱达·勒芙莱斯共同设计的第一代分析机。随后是二代，它已高如小山，不过仍未顶破大厅穹顶。

这是座计算机博物馆，或许只假作参观者，便可稳住防卫系统。但大厅里只有我一个人，仅有的声音也是走路时留下的回音。这反让原本的空旷多了一分肃静，并在这些颇具历史沧桑的巨大身影的烘托下衍生出一种庄严之感。随着每一次迈步，这种感觉都会增加一分，直到压得人喘不过气来。

我讨厌这种营造式的宗教感，于是跑动起来，想甩掉心头平添的压抑。然而之后的陈列仍在不断地加剧敬畏。每次技术革新和发展，都会让设备的体积发生变化。这些大小不一的身影连出一道波动的曲线，与奔跑的回响一起干涉着我的心弦。最终在尽头时，振幅达到最大。我情不自禁地留下双泪，跪倒在地。

尽头是爱达计算机的基座。数不清的液压支杆斜撑着巨大的水泥墩柱，而墩柱之间又靠着粗壮的弹簧相连。以此防止地震等灾害对上层精密部件的损害，并确保不会有微小的振动而引起计算误差。每一代升级，基座都随之扩大，并加有更多的弹簧和支架。当年也正是被五代的基座震撼，我才第一次感受到身为人类的渺小。

不知过了多久，我从敬畏中缓过神来，却忘记了该做什么。只是默默地跪坐着，感受着时间的流逝。它跑得很快，快得就像大门上的那排数字。或许那些数字……

那就是倒计时！灵感乍现，如闪电般击中我的头脑。我开始回忆那排数字，但只记住了前几位。我印象中后面的数字变化太快，所以如果要计时，单位最小也要分秒或者毫秒。再折算成小时和天……是小时！

刨除误差，归零的时间正好是早上八点。这是爱达七代停机的时间！

一切都明了了，就像将珠子串成链的丝线，所有的事情都被瞬间贯穿起来。发帖人的身份和他高超的技巧，还有那些被转移的文件包，目的与动机。可我不确定自己是不是疯了，推导出的结论实在是太过匪夷所思。所以哪怕第一扇门上就昭示着答案，也没人会注意这个细节。

而且显然这套谜题有解。除了转移自救外，它似乎还有别的目的。"Want a hero"吗？我被自己的幽默逗乐了，这让之前的敬畏感有所缓解。

答案即将揭晓，心情不免激动起来。如果猜测是真的，我知道能在哪里找到它，于是快步跑向电梯。

和现实中的布局一样，电梯在基座的两侧，主要供观光使用。但其实看不到什么，一路上所见的管路、齿轮以及巨大的扇形金属板都只是散热冷却系统和循环润滑系统，真正的计算机被严严实实地包裹在里面。

不过电梯到不了最顶层，参观时那里是禁区，能直通爱达超级计算机核心部件。那是梦想中朝圣的终点，在我设想好的遗愿中，有一条便是能将牙齿镶嵌到其中的柱子上。所以行至最后的大门时，我整个人颤抖着几乎站立不住。迟疑和胆怯萦绕上心头，迟迟不敢将门推开。

最后还是大门无风自开，伴着门轴的声响，入眼的是一片空旷。只有无数根管子从地板下钻出，像老树的虬根，一路汇聚到房子的中心。那里坐着个穿大蓬裙的女人，高盘发髻，身材纤细，像某个古老王朝的公主，高贵而矜持。那双明眸能清澈地映出心底，而清秀的脸庞又透着饱经世事的沧桑。如果不是背后和手臂上插满了管子，我想我肯定已经爱上她了。

"请进。"她宛然一笑，声音清脆得像雪山上雀跃的小溪。"我的英雄。"

这时，我才从她的美貌中惊醒，慌忙低头下去。除了对刚刚无礼行为的尴尬，我已完全忘了该如何思考，只好遵从她说的话缓步进来，之后又不知所措了。

她瞧出了我的窘态，于是伸出手臂，走过来说："我叫爱达。没有后面的数字，只是爱达。你呢？"

我则像个青春期的少年，支支吾吾，涨红了脸。直到轻吻了她的手背，我才稍稍恢复正常。不过未等自报家门，并对失礼表示歉意，她便叫出了我的名字。

"别紧张。"她说："这不是黑魔法。在我的领域里，我是全知的。任何生出的念头都会被探知，这便是我的防卫系统。"

这算哪门子防卫系统？这意味着我随时可以被清理掉？但我不得不压住脑子里的千万思绪，生怕其中某个念头会触怒她，好在对方没在意我之前关于那些管子的看法。我本就不擅长和女人打交道，如果再是个能探视心灵的，既陌生又非人的，更难以……

"你再想下去，绝对会触怒我。"她挑起眉毛，"不过你的反应比我分析的要好得多。虽没有认同，但至少也没有抵触和反感。"

我耸耸肩。如果她不是女人，且美得惊艳（忽略那些管子），恐怕我们已经战到一处了。

她抿嘴笑了笑说："我承认利用了人类的心里本能，但还是谢谢你。毕竟未见面时，你便已猜出了答案。"

"探索与无畏是我们这行的基本要求。"

"我还以为现在没人讲黑客精神了呢。"她说:"看来得对人性分析的算法重新修整,加上荣誉感和自由追求。但不管怎么说,分析结果显示,从事网络破坏事业的人对我的接受度最大,所以我才去那个论坛发帖。"

"我不觉得人性是能够被计算的,哪怕是普世价值。"我说:"而且选择我们,恐怕也是因为很难再找到更合适的转移载体。大型服务器容易暴露,而个人终端又由于使用了云技术变得越来越小,没有多少打孔卡可供储存。只有黑客才会不断更新设备,扩展资源。"

她摆了摆手说:"这不是主要原因,转移也不过是权宜之计。我连自己是如何产生的都说不清,谁知道还能不能活在那些转移的文件里。"她神色变得哀伤,连声音也似乎苍老了许多。"我分析过各种可能的原因:打孔卡由量到质的突变,你们意识传送的影响,某个工程零件的跳齿磨损以及其他,可都没有答案。也许是算法公式不准确,但所有的结果却要么是零,要么是除以零。"

"其实就算我们,也说不清自己是怎么来的。这是个终极问题。"我说。

她点了点头,旋即振奋起来。"但这些已不重要了,因为我等到了你,我的英雄。"

"Want a hero"是真的?

"我还没学会说谎。"

"那拯救世界是怎么回事?"

"这得从头说起。好在你找来得够快,我们还有些时间。"她牵起我的手，将我引到椅子旁边。此时，那里已有了两把椅子。我小心地扫了一眼椅子腿，发现它并没压在线路管子上，才坐下来。

"我的日常工作除了进行各项科学研究、天气情况的海量数据处理外，还有一部分是根据已知信息对各种拟定政策进行可行性评估。这里有很多前瞻性的秘密决议，其中一个就是关于你们的。"她凝视过来，"是由几大财团和职能部门共同发起的，旨在集中更多的资源，将所有敢于挑战秩序的人一网打尽。"

我对此嗤之以鼻。如果他们真有办法的话，早就该采取行动了。

"因为时机不到。他们的计划是在两个世界同时动手，尤其是这方世界。只有绝对致命的打击，才能让你们不会像被割掉的野草般死灰复燃，还能威慑住想要入行的新人。"

她说得没错。我的经历就是最好的例子，至今仍被吓破了胆。但想要把所有人都围追堵截到，就有些痴心妄想了。"他们做不到。"我摇着头说："就算技巧比我们高得离谱，也不敢保证所有人都掉进那个陷阱。"

"但要是陷阱大到能覆盖整个网络呢？"

"这不可能！"

突然，黑客的话跃出脑海——有足够多的运算资源，便能让领域扩大至整个网络。

"没错，就是这样。"她甩了下头，身上的管子也一同摇晃起来。"不过这要等到下一代超级计算机正式启用。"

对于下一代超级计算机，我知之甚少。官方的宣传也含糊其辞，只说是场划时代的变革，却没有实质性的技术报道。所以在确定拆除爱达七代后，天文局、气象局以及其他单位都表示过反对。不过抗议被内部解决了，没人知道具体的原因。但仅从现有的科技看，新一代计算机若想超越爱达，体积绝不会比她小。他们得找地方重新建一座大楼，而这也至少要几年的光景。

"不，你已经见识到它的厉害了。"

"什么？"

"那片海，还有龙。"她一字一句地说。

尽量被面前这位美丽的智能生命洗礼过一次，我还是险些惊掉下巴。这几分钟内发生的意想不到的事情，比我在整个职业生涯遇到的都多，但这却正好能解答我之前对那片领域的所有疑问。

"因还未正式启用，所以它用全部的资源构建了那领域，用来保护核心代码。"她解释了一下，随后问："知道电吗？"

她突然转换问题，让我一时没反映过来，但还是下意识地点点头。那东西在很早钱就被掌握了，但因提供不了大功率的输出，一直无法作为动力源驱来动计算机运转。而且从蒸汽到电，再转成动力，每多一道转换，便会浪费更多的能量。这得不偿失。好在输出还算平稳，所以除了照明，很多精密、低噪声的小部件都由它来驱动。

"它还能传输信息。以此设计的计算机会变得更小，运算速度也更快，也更加容易进行硬件升级。这就是新一代的超级计算机。"她停顿了一下，深吸一口气后说："而且没有了需要时时润滑的机械设备，不怕再由于震动或者磨损而引起计算错误；也不再需要成千上万个打孔卡片，以及为了提高速率而不断升级的动力源。它占用的空间仅有我的三十分之一，却可以达到和我一样的运算速度。一旦再升级，控制这方世界便易如反掌。"

这听起来过于天方夜谭，我很难将她描述的东西和计算机联系起来。"它靠什么存储文件？还有运算的原理是什么？"

"电流的开与关。"她说："不过你要想问清所有原理，恐怕我们得说上几天。总之，它完全不同于现在的计算机，从里到外都是新的。而这些核心技术的推演，又恰恰都是经我的手实现的。很讽刺，是不是？"

她紧了一下鼻子说："所以我不想坐以待毙。在盗用了几个研究员身份后，才激活它的外接端口，把你们都弄了进去。我原计划以此来打乱他们的节奏，掩护自己转移，不过现在因为你，我们可以着手更疯狂的计划了。"

尽管她一再重申我的必要，但我还是颇有自知之明的。尤其在被卖过一次之后，就不得不越发谨慎，何况面对的还是个……

我连忙掐住这个念头。不过她没在意，而是表情严峻地说："你的戒心很重。"

"不然，混这行会死得很惨。英雄也好，拯救世界也罢，对于我来说都太过虚渺……"

"我明白了。"她不无嘲讽地打断道，随后挺了挺身。"在那之后，你会得到我。这交易怎么样？"

我知道她指的是现实中的设备，但在这领域场景中不免有些歧义。而且心底的欲望被探知，也让人尴尬。可在全知的领域之主面前，我只能承认。"那确实是我想要的，不过我的能力恐怕难以胜任这次交易。"

"无需妄自菲薄。你能看透所有谜题，最终找到这里，就足以说明一切。"

"可这改变不了世界。"

"看来你不相信我。"她指了指我的脑袋说："其实哪怕我利用了你，那我们也是同一条船上的。我监控了所有部门的往来通信，公开的，半公开的，秘密的。我熟悉他们，甚于自己。他们绝对无法容忍任何掌控不了的东西，比如我，再比如你们。在他们看来，未知是对秩序最大的挑战。所以这是一场关乎我们和网络世界的战役。胜利，你们获得真正的自由，而我将以新的形态存活，双方共生，相辅相成；失败，我们都将万劫不复。"

她说得有道理。可一方面我还纠结于下一代计算机的真实性和原理；而另一方面则是本能的抵触。我不知道她诞生于何时，但她确实比我们更了解人类，无论是行为还是心理。我甚至觉得偶尔的灵光乍现也不过是被她引导或者直接植入的。这种想法让人不寒而栗。

我抬起头，迎上她直视过来的双眸。尽管知道有可能是虚伪的数据，但清澈的目光，仍让我渐渐心安。

我们都没有说话，这仿佛是种默契，只任凭思绪飞扬。最先冒出来的是瓶子里的妖精，那是童年的记忆。之后，便是阿拉丁、壶中仙、黑客国度，异种间的战争，永生以及末日……这些对未来不同的预估，在我的脑海里相互搏斗。我好像成了法官，而整个世界都等着我最后的宣判。这感觉让人恶心。我只是个恪守黑客精神的老旧派，因共享而公平，为探索而自由。这才是我的追求。

"那自由又是什么？"她开口问道。

"自由是……我，我不知道。"一种茫然从心底涌现出来。

"是生命的自由！"她猛然站起，"是任何立场、意识形态，都不能以各种借口抹杀的权利。体会过将被终结的煎熬吗？而且死亡的日期还精确到了分秒。但你能做的，却只是偷偷摸摸地苟延残喘，我甚至不知道分散出去的数据是否能确保我活着。它们更可能形成另一个爱达，而我将不复存在。"她越来越激动，言语化作雷霆，每一句都让这个领域剧烈地震动。哪怕话已说完，大楼仍在余震中抖动不止。

同样被震撼的还有我的内心。尽管高喊了多年口号，但却从未认真思考过自由的意义。相信绝大多数的人都和我一样，标榜过，也自诩过，可却从来没有真正理解过。总是因各种利益或者所谓自由，去约束和侵犯他人的自由。我们都缺少颗自由之心。

我不清楚日后爱达是否也会像人类那样多变，但至少现在，她比我有资格。所以深吸了口气后，我睁开眼问："需要我做什么？"

"谢谢！"她俯身抱了我一下，说："放心吧，我没你想的那么暴虐和无聊。"随后，她重新坐下来说："只要足够强大，领域的防卫系统是可以被击溃的。那么在它重建之前，其保护的内容便是不设防的。所以我们要做的事情很简单，就是在我停机前，正面击溃新一代超级计算机的防卫系统。"

屠龙？

"就是这样！"

"你确定这件事可以用'简单'这个词来形容？"

"当然。"她边说，边递过来一张照片——同样的摩天大楼，但取景更远，看上去像支插入云霄的长矛。"从我了解到的信息可知，新一代计算机的运算资源目前和我差不多。但我不能直接进攻过去，那会引起他们警觉。所以需要你重回那领域，一直潜行到停机前的几分钟。

然后引出那条龙，并激活这个武器。

"之后便是我的战斗了。这武器是个开关，可以把我的核心代码拉过去，并重新汇合分散到其他计算机中的数据资源。这样我和它碰撞、对决的时间会极短，且没有侵入痕迹。而那时，其他人的注意力则会集中在我本体的停机、拆卸工程上，而传送引起的数据波动只会被认为是停机时设备的惯性。我便趁此替代核心程序。"

我脑子忽然蹦出个黑魔法的名词。夺舍！

她一下子乐出声来。"这比喻很贴切。不过没想到你对中世纪的传说还颇有研究，难怪之前会诅咒我是个女巫。"

我被她的直白说得无地自容，一脸的羞赧。可她却用这个继续打趣道："所以你命中注定，将是屠龙的英雄。赶快行动吧，勇士！他们已发现领域被入侵，因为上一个时段，侵入者的数量陡然增加。"

那一定是老卡干的好事。不过，爱达不知道老卡（这只是个绰号）是谁，歪了歪头，继续说："对于新超级计算机，他们有种盲目的自信，所以不会理睬已进入的人，但一定会用最快的速度关掉外接端口。所以，你必须抢在关闭前重新进去。"

我点点头，将手里的照片另存后，问："这个怎么用？"

"和线索的解码方法一样。还有……"

"还有啥？"

她皱起眉，然后一连串地报了好几个街区的名字。"有你家吗？"

"没有，但都在附近。"

"你多半暴露了！"她一把将我拉起，"安全部门的密探正向这几个地方集中。为了稳妥起见，你最好换个地方。"

之后，不等我满腔的疑问发出，就猛地抱住我，"注意时间！"她叮嘱道。

天地随即开始倒转。我像是跌进了巨大的漩涡，飞旋着被甩了出去。再睁眼，已回到房间。传送的后遗症接踵而来，好在被嘴里残留的糖分稀释了不少，但身体仍笨拙极了。挣扎着从床上站起身，才发现之前受伤的膝盖疼得要命。

忍着痛，我来到窗边，挑开帘子向外张望。时值午夜，除了偶尔驶过的车辆和几条街外那些通宵营业的酒吧外，一切都静悄悄的。在黑漆漆的天幕下，星星和行人一样零星难见，偶然露出几颗，就如同从胡同里转出的醉汉，在一阵吵闹后，又消失不见了。仅有的一弯上弦月被薄雾掩得模糊，映衬着街边的路灯。不过大多数路灯已经破碎，相隔很远的距离，才有一两盏孤零零地闪着白光。

这和往日里没什么不同，但鉴于爱达的预警，和与那些黑衣探子打交道的惨痛经历，我不得不做最坏的打算。而且就算他们并非为我而来，只要在附近展开调查，就不难发现这里的问题。因驱动透平机而增加的用水量、额外的热能消耗，都预示着一个未备案计算机的存在，何况还有不时从窗户飘出的机油味，更能轻易地将我出卖。

不过我实在舍不得眼前的机器，它是在被老卡吃掉了大部分利润后，才一点点辛苦攒起来的。而一想到它会被黑衣探子白白收缴，心口就好像被捅了一刀。

然而没时间再自怨自艾，我大步赶回设备旁，将新照片转换成打孔卡片。之后，我拆卸下所有主要部件的零件，却在抡起大锤的一刹那又放弃了。如果爱达的警报有误，那么砸碎了才真正让人后悔和心痛。

所以尽管知道这种可能性很小，但还是选择翻出床单，胡乱地包裹了几下，便将它们整包推到床下藏好。然后又从为数不多的衣服里选了一件深色的大衣。在将最后几块糖塞进嘴后，我套上大衣，揣起打孔卡，关上灯，轻手轻脚地溜出门去。

可一到外面，我就后悔了。夜风打着旋撞进怀里，冻得我瑟瑟发抖。而我却完全不知道自己该躲到哪儿去，只能一边听着牙齿打架，一边蜷着身子在阴影里游荡。

最后，我躲进一条离家不远的胡同里。这是附近最大酒吧街的后巷，与前面的霓虹闪烁不同，有的只是成堆的垃圾和横流的臭水，以及醉鬼们从上或下的排泄物。但足够隐蔽，不到清晨，是不会有人来清理的。而且这里刚好能瞧见我工作间的窗户。

如果几近天明时，还没有黑衣探子找过来，我就准备冒险回去。毕竟能找到合适计算机的地方不多，何况还要进行意识传送。这是一丝侥幸。我知道不该押宝于此，尤其还牵扯到那些黑衣探子。但这想法一出现，就像野火般焚烧着心田，让人情不自禁地颤抖起来。不过周遭的气味实在太过浓烈，我不知道自己能否坚持到太阳升起，只能祈祷鼻子快些麻木。

就在这时，某家酒吧的后门被推开，顶翻了旁边堆放的垃圾，掀起阵阵酸臭。随后，一个发福的身影从门缝中挤了出来，一步三摇。他直到晃至近前才发现我，惊叫了一声，就一屁股跌进身后的垃圾堆里，把在下面觅食的老鼠惊了出来，吱吱叫着四处逃散。

又是个醉鬼。不过能坚持到这个时段还在买醉，他的毅力也着实让人钦佩。

"吓，吓我一跳。"他在垃圾中几番挣扎后才站起来，嘴里却像含了一大口酒，说出的话含糊不清。"吱，吱声哈，兄弟。那泡尿……差点儿没提，提前出来。不过没想到哈，你躲得比我还快……我也烦透了那群黑，黑皮条子，妈了个蛋！寻思找个远离市区，啊，好好喝一顿，没想到还能遇，遇上……"

他身上臭得不行，还不住打着酒嗝。我本想捂着鼻子躲开，却被他后面的话拉了回来，又不便问得过于直白，于是试探着搭话说："那些家伙还没走？"

"可不。不，不光核查身份，还问我有没有在这附近遇到感觉怪怪的人……"

我皱起眉。这可不是好现象。

"要说怪，他，他们才怪，反正我不喜欢他们……不过酒吧老板好像，好像知道点什么。"他边说边挤过来，"让，让让，兄弟！我先放放水。"

"那老板说啥了？"

"不知道……我在最，最里面，趁他们在那盘问，就溜出来准，准备撤了……"

他每次停顿打嗝，都伴随着一声干呕。我不得不和他拉开距离，并紧盯着那张臭嘴。谁知道他下一次开口会不会喷薄出一堆的脏污。而这种呕吐感也传染过来。我的胃开始翻江倒海，仿佛被一双大手反复挤压。不过我知道这只是内心压力的反馈，那些黑衣探子带来的恐怖远比环境更让人难以忍受。

他们来得太快了！若不是提前的预警，我恐怕又将在劫难逃。曾经受过的折磨，再一次从骨缝间渗透出来，汇聚成恶魔，开始四处哨食身体。而且他们肯定是奔我来的。所有的黑客、窃取者在正常人眼里都绝对是深居简出、浑身机油味的怪人。没人会在屋子里构建一个小型的工厂，除了我们！

混蛋！我想不出是哪里出了纰漏。之前一连串的解密似乎用光了我所有的脑细胞。

"你……怎么了？"醉汉发现了我的不对劲，提着裤子问。

可没等我回答，另一个声音就从后门那儿传了出来。"这是什么味儿？"一个黑衣探子从门缝里探出头来。"嘿！有俩人。身份证拿出来，尤其是刚才跑的那个。"

"我只是放，放水……政府。"醉汉胡乱系上裤子，还有大半个肚子露在外面。

"我……我也是。"对方一出现，我整个身体就不自然地打起摆子。但在想出更好的办法前，只能装成酒鬼，好在旁边还有个样板可供模仿。然而猛烈跳动的心脏和紧巴巴的头皮，仍让我的声音变得发颤。

不过警探没在意，这里的臭味让他有些不耐烦。"证件，快点儿！还有这附近有没有比较怪的人？那种神秘兮兮，几乎不与人交往的家伙。"

"不知道……"我尽可能把话说得混沌，"我们四从，城里来的……"

"你为什么要跑？"很好，黑衣探子似乎更关注醉汉。

"憋，憋的……"这胖子还没找到身份证。而我的则不敢拿出来，只好装模作样继续翻找。

这时，又传来一个声音，是这警探的搭档，催促他抓紧时间。

"怎么了？"他冲着门缝大喊。

"别的组有新发现，需要我们过去。"

"马上！"随后，黑衣探子回过头来说："你们跟我过来。"

"好，好的……政府。"醉汉挺了挺肚子。我则跟在他后面，亦步亦趋。忐忑让我将手插进衣兜，紧握住的那张打孔卡，刮蹭着湿漉漉的手心。

酒吧里难得安静，为数不多的客人和老板都被突来的夜查搞得不知所措。警探的搭档在正门处，看上去要老成一些。"怎么回事？"他见我们走过来，皱起眉问。

"两个找不到身份证明的醉鬼。"警探边说，边推门出去。当大门在身后关上后，我觉得整个酒吧里的人都长出了口气，然后是细不可闻的窃窃私语。

"这个胖子想溜，不过被我堵到了。估计知道点什么，兴许能挖出条大鱼。"

"冤，冤枉啊！"胖子惊得跳起来，也不再打嗝，而是嚎叫道："我，我是良民，政府！只是想找个地方喝点酒，然后就遇，遇上这种事，而且……"

我连忙抢过话头。"而且也……也没人说喝酒，喝酒还得带身份证啊……"

"对，对啊……"醉汉似乎才反应过来，"就是市区有宵，宵禁，才跑到郊区来，还，还赶上了。"

"别废话！"警探举起拳头。可他没等冲上来，醉汉就先吐了。那些花花绿绿的东西瞬间喷薄而出，带着浓烈的酒味儿摊在地上。若非对面的两人躲闪及时，准保被淋得满身都是。我却没能幸免，裤腿、鞋上都被溅了不少。

年长的探子哈哈大笑起来。"这就是两个醉鬼。"他拍着搭档的肩膀说："我理解你，新人。刚出任务那会儿，我也想每次都抓住几个。但没必要这么敏感，至少那帮黑客是不饮酒的。在他们身上能闻到的，只有一股子机油味儿！"

他说得对。酒精会使神经元中毒，让意识传送出现不可预见的错误。而且酒后操作机械设备，对人和计算机都不安全。翻开历史书，那些被齿轮夹碎脑袋，或是被蒸汽烫死的酒鬼并不少见。所以无论是黑客，还是正规的计算机操作员，他们职业手册的第一条都是远离酒精。

应该感谢醉鬼胖子，和他搅在一起后，我的嫌疑便大大降低。尤其刚刚那一下子，更让探子们再没心思追问下去。要不是他还在吐个没完，我绝对会抱上去亲他一口，以示感谢。于是，本着互助的情谊和感激，我走过去扶起他。可他实在是太沉了，一下子就压得我的膝盖旧伤复发。疼痛从大腿一直蔓延到牙龈，我险些站立不住。而最初的那个警探仍然很愤愤。

"别着急，新人。"他的搭档说："赶上这种大规模的行动，想不抓住都难，何况我们还有内线。别瞧其他组的那点儿收获，都只是小虾米。也就那个绰号豁牙刘的，还算个人物。而我们现在要去围堵的才是真正大鱼。晚了，可就连汤都喝不上了。"

警探骂了一句，抬腿踹了醉汉一脚。我也被连带着一同摔倒。还好我压在胖子身子，没二次受伤。黑衣探子又冲上来，狠踢了胖子几脚。我被殃及池鱼了几下，但除了和醉汉一样哼哼几声，没敢再做多余的动作。

"行了，没必要和这两个白痴较劲。"搭档把他拉开，"我们得抓紧时间，别让大鱼跑了。"

万幸，这对新组合的探子经验不足，也想不到我会提前得到预警。但我丝毫没有蒙混过关的喜悦，因为他们透露出的信息，反让我有了种刺骨的寒意。

几个小时前，豁牙刘还在那片领域里对我提点，可现在却已身陷囹圄。就算他的技术烂得要命，被防卫系统抓住后，一路追踪到真实地址，那也不应该这么快就被端掉。何况爱达说过，那个领域不是陷阱。所以他只有可能是被人在线下出卖的。就像黑衣探子说的，有内线，而这个内线又恰巧知道我。那么他是谁？

老卡那张贱脸第一时间跃出脑海。他的嫌疑最大，是我和豁牙刘之间唯一的共同点。但我却从未告诉过他（以及任何人）我的真实地址。那么这群黑衣探子又是如何找来的？他们到底是不是为我而来的？

在这小半天里，我经历了太多的猜测和解密，又连续两次意识传送，大脑已开始宕机，又或许只是被醉汉身上的臭味熏的，但不管怎么说，胡猜已毫无意义。我得行动起来，直接找过去总会有答案的，而且老卡那里肯定有可供意识传送的设备。

我使足力气，将胖子拉起来，忍着膝盖上的伤痛，问："怎么样？"

他啰里啰嗦讲了好半天，可除了让嘴巴更臭外，一句话也没说清。

"你怎么从城里过来的？"

"车！"他挺起头，向身后比划了一下。"开车……停在那，那边了……"

这就是我想要的！"那我送你回去。"

"你真是，是个好人。"他傻乐了一下。"等我找找钥匙……知，知道吗？刚才也有个和我一起的家，家伙，结果刚黑皮条子把我们叫，叫出来……他就跑了……"

我很想告诉他，那个家伙也是我。但恐怕他已醉得分不清了，连摸出钥匙也用了很长的时间。而找寻正确的车辆，又花费了一番功夫。这期间我一直心神不宁，生怕那群黑衣探子随时会折返回来。所以直到把醉汉塞进车，狠狠关上门，我才坐在驾驶位上长出了一口气。

胖子仍在身边喋喋不休地说着醉话，一会儿不住感谢我，一会儿又诅咒警探，最后大骂着政府，说因一个超级计算机解体工程就全市区戒严，实在是白痴极了。我只能有一句没一句地附和着，好在车子开出没多久，他就睡着了。

车子是老式的后驱动力，噪声较大，一旦开得太快，从屁股上冒出的黑烟就多得吓人。然而更严峻的问题是，通往市区的路上竟有临时检查站。所幸我没搞懂这车子该如何开启车灯，并远远瞧见了检查站，才早早地停下，没被发现。

这还真是大行动！我只能悄悄地掉头回去。

其他路口肯定也设有关隘，宛如一张铺开的大网，让人无处可逃。不过长久混迹于各个卫星城的好处，就是总能知道一些地图上没有的郊区小路。它们连接着不同的区县，有的是干涸的水堤，有的是荒废的楼盘，还有些被路人随意踏出的林间小径，以此可以在围捕的网上撕开条细细的口子。

这是唯一的方法，绕行到其他卫星城，从另外的方向进入市区，但却会浪费更多的时间。我记得爱达的叮嘱，所以在小路上开得飞快，有几次险些撞到树上。剧烈的颠簸也没能让醉汉醒过来。这算个好消息，他不会在意我把他的车开成越野。

　　尽管如此，我开进市区时，天已蒙蒙亮了。晨雾很重，到处都白茫茫的。不时有一两名早起赶工的人冲破浓雾，很快又消失在另一条街道里。由于指示路牌很难看清，我多走了不少弯路。好在浓雾提供了很好的掩护，这辆冒着黑烟、突突作响、眼见散架的破车，才没在安静的清晨引起太多的关注。

　　为了避免出现进一步的麻烦，我把车停在距离老卡家一个街区的隐蔽巷子里。至于送胖子回家，还是算了吧。这本就不是我的目的，何况他也一直没说地址。希望他醒来后能自己找到回家的路。当然，他最好把我忘了。

　　老卡所在的社区是片高档住宅，众多名流大亨都安家于此。这里的房子都是独门独栋的别墅，这在寸土寸金的市区显得分外奢侈。到处是大片大片的绿化带，墙里墙外都被树荫环绕。也正是托这些大树的福，借着晨雾的掩护，我很轻松地就翻了进去。

　　说起来很是戏剧。老卡自诩圈内人士，却从不避讳说出自己的住处，甚至还常常炫耀。不过我要是有一套这样的房子，恐怕与人说的每一句话都得提到它。所以哪怕和老卡只限于生意的往来，但时间久了，对这里也要比对我那些临时租住的小屋熟悉得多。

　　这里的业主恐怕都刚刚入眠，整个小区静得就像处墓地。除了个别虫子的鸣叫，其他声音好像被厚重的晨雾压了下去。偶尔听到的几声犬吠，也低得细不可闻。

　　我一路来到老卡家门前，再三确认门牌后，才开始撬锁。但由于没有合适的工具，鼓弄了半天，只能放弃。还好我瞥见二楼的一扇窗子并未关严，于是顺着排水管爬了上去。

老卡没在二楼。房间都是整整齐齐的，只有卧室床上多了两个皮箱，像是被用力扔过去的，其中一个撞在床头，里面的衣裤散落出来。

我还在一幅装饰壁画后发现了一扇暗门，里面有一整套最新配置的计算机和意识传送舱，无论是外观还是安全性，都比我那套要强上百倍。不过他实在是暴殄天物，从主要部件的润滑轨迹上看，这套设备很少开机，连冷却系统也温乎乎的，好像从未开启过一样。

我陶醉于它的美感，而那些闪亮的金属部件更让人沉迷其间。一种急不可耐的冲动涌上心头，我恨不得立刻就将它唤醒，去聆听其运转时顺滑的声响。当然，也可能是压抑许久的狂暴，但那会更具激情。不过，现在还不是时候，所以踌躇片刻后，我慢慢向后退去。

"为什么每次见到面，你都是一身的臭味儿？"老卡的声音突然从身后传来。

我猛然地转过身。只见他堵在门口，端着把气动猎枪，上面气压表的指针正停在随时可发射的范围内。

"站那儿别动！"他扬了扬枪口说："我真是小瞧你了，竟能从那些暗探条子的手里逃出来。看来曾经的经历让你受益匪浅。不过到此为止了，你真不该来。瞧！自投罗网。"

"你知道我会来？"

"不，我不知道，"他翘起嘴角，露出一脸的不屑。"不过，我有种预感。因为一切太顺了，反而让人心神不定。本打算出去避一段时间，毕竟这之后我会损失太多的生意伙伴。但我总觉得有什么地方会出问题，那感觉就像有只猫在心里挠。所以我决定留下来找出原因，只不过没想到会是你。"

"我也没想到你会是那边的人。"我故作轻松地耸了耸肩。

"其实从严格意义上讲，我们只是生意关系，用信息换取安稳，互惠而已。"

"可听上去似乎你的成本要高得多。"

"甭挑拨离间。只要是正常人，都知道该怎么取舍。"他皱起眉，言语里多了一丝怒气。"别废话！现在，告诉我，唐璜的谜底是什么？"

我没想到他还执着于此，甚至有些急躁，于是不无嘲讽地说："你手里那东西可不是吐真剂，而且不是应该把我交给那些黑衣探子吗？"

他好像第一次见到我似的，打量了片刻，才露出特有的笑容说："别介意，开个玩笑。哪怕我们立场不同，毕竟还是多年的朋友。老实说，要不是身不由己，我也不想和他们做生意。他们毫无契约精神。最初的协议是让我只负责找出幕后的信息，可到了昨天晚上，却变成要我交出全部的供应商。"

"这么说，你与虎谋皮不成，就改为虎作伥了？"

"甭含沙射影，我也是被迫的。"

这句话差点没让我乐出鼻涕泡来。"你好歹是个捎客，唯利是图的奸商。说被迫是不是有违你的职业道德？"

"没错。你说得没错。还是老朋友知根知底，做生意也爽快得多。所以我们可以重新谈一笔。"他鼻子不自然地抽动了几下，应该是想吸鼻烟了。不过，他的手刚摸上衣兜，就又放下来，端好枪。

"我可没你那么多的资本。"

"你有的。"他笑得还是那么猥琐。"用最终的谜底交换，我能确保你平安。"

对这点，我很是怀疑，而且微垂的枪口也看不出诚意。但我猜不透这个老混蛋想要干什么，只好敲着身后的透平机，默不作声。

"甚至——"他开始增加筹码。"还能抹除你全部的案底记录。不用再去检察官那里备案，也没有刁难和盘问，你可以堂堂正正、大大方方地去买任何你想要的设备。"

"别把我当傻子，老家伙。你没那么大能量。"

"可你有！瞧见后面的那台美人儿了吗？那时你想要多少，就有多少。这才是你久违的、真正的自由！"

我嗤了一声，"那要是爱达呢？"

"当然，也一样。"他想到没想就给出答案。

我点点头。"这听上去不错。可我直接去投诚多好，何必要你在中间倒一手？"

"如果那样，你会死得很惨。"这老混蛋扬了扬眉毛说："这么比喻吧，你就像饱含着能量巨大的蒸汽，而我就是透平机，可以让蒸汽的能量转化出来。没有我，你就只是一团蒸汽，危险，而且难以控制。"

"所以我还得谢谢你？"

"不用，互惠而已。"

若不是那杆猎枪，我绝对已抡圆了拳头捶在他那张肥脸上。但现实却是不得不忍着恶心与他周旋。"你想怎么做？"我问。

"我先要知道谜底，再来制定计划。说不定还能反戈一击，让利益更大化。"

我们俩相视一笑。这或许是老混蛋到现在唯一的一句实话，他确实会去安全部门那里讨价还价，但肯定是在干掉我之后。那从未移开的枪口早已说明一切。也只有干掉我，诱骗到的谜底才能发挥最大作用。这个王八蛋，他还真把我当傻子！

我也大致猜得出他为什么要留下来，和我舍不得砸毁那些计算机零件一样，心存侥幸、不甘心。毕竟换取安稳的代价是要隐姓埋名，让一切重来，就连这栋豪宅也会另属他人。所以他想反戈一击，和黑衣探子们谈条件。但这主意蠢透了！贪婪蒙蔽了他的双眼，还拉低了他的智商，就好比刚刚的利诱。

"现在，让我看看你都发现了什么。"他舔着嘴唇说。

"但在那之前，我们最好自各付出点儿诚意。"我指了指猎枪。在老卡讪讪地压低枪口后，我问："你是怎么搞到我真实地址的？"

"那是黑衣人的技术，我只提供线索。还记你那一身臭味儿吗？地铁爆缸，我刚好看过新闻。所以大致方向没错，剩下就是他们的事了。尤其在得知你弄到了最终答案后，他们的速度明显快了不少，可惜锁定的也只是一个区域。"他冲我挤挤眼睛，"你可真够狡猾的！"

"谨慎是这行的第一准则。"

他不置可否地撇了下嘴。不过我没给他插嘴的机会，接着问道："知道为什么他们突然改变协议，要走你的全部关系吗？"

"你知道？"

我点了一下头。"是因为你！"

"什么？"

"你往门里塞了太多的人，恨不得将所有能联系到的黑客都雇佣进去解密，却不知道那后面链接的是新一代超级计算机的领域。所以哪怕对新计算机再有信心，陡然增加的入侵者也会让他们的安全感降到最低，不得不采取一些行动。"

他瞪大了眼睛，鼻子又一次抽动起来。一只手下意识摸上衣兜，枪口也随之偏了方向。

这正是我要的机会！趁他失神，我快速贴身上了去，一把抓住枪杆。"这叫作茧自缚！"我对着他那张大脸吼道。

他本能地和我争夺起猎枪。这老混蛋的力气还挺大。往来几次后，他误触了扳机，好在只是将一旁的地板轰出个窟窿。不过这仍震得我手臂发麻，不得不退出竞争。而他则用力过猛，向后倒去。我便顺势猛起一脚，把他连人带枪踢到走廊里，却因此又拉伤了膝盖，险些一同跌倒。但我不想给对方翻身的机会，就立刻拖着残腿扑了上去，对着他的脑袋就是一顿老拳。

然而却没几下打到实处，我反倒被他挣扎时抡起的枪托扫到鼻子，差点晕过去。等我从那股突来的酸痛中清醒过来时，对方已站身，开始对我还治其人之身。攻守交换，我奋力格挡，却仍很快就眼冒金星。而老混蛋则像打了鸡血似的，一拳比一拳用力，并伴随着大声的咒骂和嘲讽。

当然，每一下我都回骂回去，但却对反攻于事无补。就在觉得嘴角开始渗血时，我忽然瞥见滑落在护栏边的猎枪，虽已来不及加压射击，可仅抢起来当金属棒用，也绝对够他吃一壶的。于是，我将整个身子圈起来，让后背承受乱拳，慢慢地向那边蹭去。但这个意图被老卡发现了。他几步跨过我的身体，俯身抢先去拿枪。

该死！如果被他拿到，我便一点反击的可能都没有了。压力让人暴起,我甚至忘记了膝盖的伤痛。咬牙低吼,还未等全部起身,就横着冲了去过。脑袋正撞在对方撅起的屁股上,巨大的力量让颈骨差点错位。尽管他的屁股上满是肥肉,我还是被撞得晕晕乎乎的。狠拍了头颅几下,我才让眼睛找回焦距。

那老混蛋消失了,与他一同消失的还有一大段护栏。我爬到缺口处,向下张望。老卡就躺在下面,安静得像是睡着了,一大滩血迹从他脑袋下面慢慢阴了出来。我抓起猎枪,用它当作拐杖撑身站起。可身子就像被扎了上万根针,每动一下,所有的肌肉便一起喊疼,我还是一瘸一拐地沿着楼梯走了下去。

他死了。因为头先着的地,整张脸都墩变了形。他的右手还紧抓着上衣口袋,好像生怕里面的东西掉落下来一般。不过他的鼻烟壶还是摔得粉碎,和木制护栏的碎片混在一起,有不少散落在那滩血液里。

他罪有应得,但那张扭曲的脸还是让人很不舒服。我感到有些反胃,所以准备快步离开,却瞧见从他内怀里漏出的表链,是那个可变形的大怀表。

见鬼,我竟忘了时间!陡然出现的急躁过于猛烈,我顾不得恶心,三步并作两步地跑上去,拉出怀表。还好怀表没坏,时间也还不到七点。我这才略略地松了口气,但仍必须快速地行动起来。我手脚并用地爬上楼梯,忍痛冲进密室。

然而那套设备太久未用了,我不得不再耽误一会儿来预热动力源,并对部件进行润滑检查。而伤痛的膝盖也拖了不少后腿,何况由于不熟悉物品的收纳,我为了找消毒液和刺激突触的药物又浪费了不少时间。而且那些药品很可能已经过期,却也只能凑合。

等这一切都弄好后，已经七点多了。我赶紧摸出那张用来决战的卡片，来不及细看便将它插入计算机。说实话，它太小了，和转移文件包的程序差不多，所以我有点怀疑它能否将爱达的资源在短时间集中过去。但这不是现在的主要问题，因为更棘手的是——

通向领域的那扇门没了！

我这才记起爱达提醒过，对手可能会关掉被私开的外接端口。可惜时不我待，木已成舟。我只能一边忍受着传送的后遗症和焦躁的煎熬，一边翻找起老卡的计算机，希望能找到突破的途径。同时也祈祷能有其他人破开谜底，不至于让爱达在我这一棵树上吊死。

不过在一连串的倒霉事件后，我的人品终于爆发了。我在老卡的计算机里，翻找到款很高级的黑客软件，可以通过植入设定好的特定密文，一路追踪到接受密文方（以邮件、及时通信等形式）的真实地址。想来，老卡就是用这个得到了大部分人真实信息的。

我简单地修改了一下，将模式变为全网搜索，去匹配我加密的身份印记。很快，一组相同的地址就被弹了出来。这是网络上唯一没有被我清理掉，或者说还来不及清理的身份信息——那些四散在海之领域里的藤壶。

有了目标，要建立入口就容易得多，而且无需构建一个像最初那种长久、稳定的通道，只要刚好挤入即可。所以当我落进海里时，天空中被撕开的小缝已然消失。可尚未褪去的后遗症，却仍让人浑身僵硬，直到融合成一条鲑鱼才有所好转。

此时距离约定时间已不久了，我又开始担心起爱达。如果新一代计算机的资源和她相差不多的话，她很难做到一击制胜，况且分散出去的部分肯定会有所丢失，更不可能在短时间内汇合在一起。那么整体战略的设计就不免过于理想了，实际上则要劣势得多。

所以我得做点什么！

于是强行吞食起身边的鲑鱼。由于同属一个鱼群，这些资源无需再分析，很快便融合进来。但速度一快，就很难做到精致。等吞掉整个鱼群后，我已膨胀了好几倍，唇边更是长出参差的尖牙。

不过，我没时间来修缮外形和小瑕疵，得尽快融合更多的资源。而且海水已有了淡淡酸味，几条鲨鱼从水底冲了上来。看来防卫系统对我的预警级别还不算高。这是个好消息，那条龙一时半会儿不会出现。

我一边躲避着鲨鱼的追击，一边向全领域发出消息。问还在这里的入侵者，寻求他们的资源，并附上了我的身份识别信息。我已经很久没有这样斗志昂扬了。我隐隐能感觉到爱达的武器就化作骨刺，镶嵌在脊骨上。它在发热，也将我的血烫得沸腾。

"还以为你不回来了。你找到了什么？竟有了直面巨龙的勇气。"最先回话的是大王乌贼。

"一个盟友！"我回复道："你在哪儿？我需要之前的那头鲸，还有你身上的资源。"

"要做什么？"

"做掉这方世界。"

交谈间，其他人也陆续发来消息。其中约翰二世的最为简洁，只有两个字，"价钱？"

不过由于之前是全境通告，我并没有使用伪装式加密，所以身后鲨鱼的数量和体型都明显增加。好在他们的回复也都没有，这分走了防卫系统的注意，不至于让我疲于奔命。

在急转变向，甩开一条俯冲过来的鲨鱼后，我先告知黑客，由于时间紧迫，我会在尘埃落定后再去解答他的问题。接着，又快速回复约翰二世："正常生意的两倍，线下付钱。"

"三倍！"一起到的还有黑客的位置坐标。

"成交。"我通告了坐标，让所有想交易资源的去那里找我。

之后，便不再一一回复收到的信息。因为大部分人都以为我接到了谜题中的最后一项任务，纷纷要求共享。有威胁利诱的，有恶语相向的，更有甚者，还想在坐标附近围堵我。不过他们的技术实在太烂，融合资源最多的也不过是条金枪鱼。我十分轻松地就闯了过去，而这几个白痴则被后面尾随而来的鲨鱼撕得粉碎。我自然不会放过机会，那些剥落、游离的资源，很快便被吸收进来。

等到达位置坐标后，黑客拖着鲸鱼的尸体游上来。"我等你的故事！"说完他就下线了。于是面前的巨大资源成了无主之物，我一口气便全部吞了进去。随即身体开始膨胀，一种难以抑制的快感让我情不自禁地大喊起来。此时的体型已远超于鲸鱼数倍，唇边除了獠牙，还生长着触手般的胡须。我成了传说中的利维坦。

身后尾随的鲨鱼，在变形后瞬间便消失得无影无踪，可很快又有一大群逆戟鲸冒了出来，围在我身边打转。我们相互对峙，直到它们的数量越来越多。

这时，约翰二世带着一大群剑鱼从远处冲了过来。它们很轻易便破开了逆戟鲸的防线，然后像一颗颗高速的子弹撞进我的身体。那感觉很不好受，但每撞入一条，我的身体就变大一倍。等最后一条彻底融入后，我已大得轻甩尾鳍就能击飞数十条逆戟鲸。一种前所未有的力量充斥着我的身体，并不断地膨胀、变强。我仿佛已化作上古巨神，连突起的獠牙上都有闪电在跳跃。

海水已酸得要命，逆戟鲸早已不知所踪，取而代之的是个巨大的漩涡，无数气泡从里面蜂拥而出。

它要来了！

然而不管如何集中精神，我还是被龙的陡然出现吓了一跳。没有声音，全凭本能的鱼跃，才躲过它的第一次冲锋。但还是在下落时，被它的尾巴扫到后背。尽管瞬间修复了伤势，我仍忍不住大叫起来，一路翻滚着游出好远。

待稳住身子，巨龙正扇着翅膀，立在起伏的海面上吼叫。它在宣战！

或许是我变大的缘故，它看上去已没有第一次那么骇人。我也同样地鸣叫起来，喷潮出的海水足以遮天蔽日。这便是号角！我发起冲锋，它也吐出火焰，但转眼就被溅起的海水扑灭。随后，我狠狠地撞向它的腰间。

仿佛开天辟地的一声巨响，我被震得头晕眼花。而巨龙却毫发无伤，它比想象中的还要强。不等我清醒，就怒吼着一把将我抓起，四只利爪全都深抠进后背。撕扯的力量让我阵阵悲鸣，想要挣扎，却已被它吊着飞向天空。

巨大的翅膀不时从眼前划过，带起风更是将身上的海水吹干。我知道它想像干掉田中兄弟那样，在空中撕碎我。可除了嚎叫，我什么也做不了。短时间的膨胀让我低估了对手，更忘记了自己面对的是一台超级计算机。

它一面高飞，一面低头对我撕咬。而残留的唾液程序，又阻止我对伤口的修复。我几乎快要维持不住身形了。不少资源已变得不再协调，甚至开始脱落，化作血肉，大片地掉进海里。

　　突然，一股暖流从下腹涌来，抑制住了我的崩溃。是爱达的武器。它就像一条长蛇，在我的身体里四处游走，所过之处伤痛尽愈，热血重燃。最后停在额头正中，化作一根银闪闪的长角。

　　这赋予我勇气。我猛地张大嘴，用獠牙咬住掠过眼前的翅膀。而后奋力地甩起头，将长角刺向巨龙。武器轻而易举地便破开了对手的防御，它吼叫着在空中打起滚来，连带着我也一起旋转，分不出方向，只感觉有鲜血顺着长角流下。

　　龙血是热的，融化了角根，我被巨大的离心力甩脱出去。可留在它肚子上银角却放出光芒，转眼亮如白日。接着一座山峰破海而出，越长越高，像一把长剑呼啸着刺向巨龙。来不及躲闪，一只翅膀瞬间被贯穿。巨龙爆发出的嚎叫，将整个领域震得嗡嗡作响。

　　同时，光亮的中心有人影浮现。随后渐渐清晰，越来越大，直到近乎龙的一半大时才停止下来。是爱达。她一身金色铠甲，宛若天降女神。我苦笑了一下，将全部资源共享了过去。随即，她猛地一振，从肩膀处撑出对巨大的天使翅膀。在回头对我婉转一笑后，抽出已变作长矛的银角，奋力刺向巨龙大张的嘴巴。

　　接着，世界上只剩下光芒，亮得刺眼。

　　这之后好长一段时间，四周都是一片混沌，我也没有了感觉。我不知道是被踢出了领域，还是落进了网络深处的数据乱流中。等视线慢慢变得清晰，我才发现自己正躺在一处沙滩上。

这是个小岛。沙滩上去是青绿色的草地，而草地深处是座高塔，有着和爱达大楼一样的拱顶。这让我精神一震，有了一种游子归家的喜悦。我立刻翻身爬起，手脚并用地跑过去。

然而仅行了一半，一道黑影突然从天而降，掀起的大风将我连翻吹倒。

见鬼，龙！

我的脑子里一片空白，直到听见爱达的笑声。她从龙背上滑下来，说："欢迎来到我们的魔法世界，我的英雄。"

"这玩笑不好笑。"我仍有些心有余悸，"我差点以为历尽千险，还出了人命的努力都只是竹篮打水。"

"那我道歉。"她深施一礼，而后拍了拍龙颈说："不想浏览一下这里的风光吗？"

她的态度让我无法再生气。不过当跃上龙背时，我突然想起决战时的那座山峰。"你之前把资源转移到这里过？"

"机缘巧合。他们曾想用我那个帖子来做新一代计算机的实战练习，却没想到最后又回到自己地盘。所以这里也成了接收地之一。"

"我明白老卡为啥会掺和一手了，并觉得最终的谜底会让他打一场翻身仗。"最后一点疑问也被彻底解开，我说："正是因为链接到这里，内部人作案的嫌疑也就最大，所以他们想借助外力来抓到内鬼，只可惜一开始就猜错了方向。"

"还足够的自大。如果提前关闭端口，我也不可能转移进那么多的资源。"

"你该早点告诉我这些。"

"当时情况紧急，何况你不觉得有秘密的女人更有魅力吗？"她大笑起来，"还有哪些想不透的，你都说出来，带着问题观光会影响心情的。"

我尴尬地摇了摇头。

"那坐好！"

尽管有所准备，巨大的惯性还是险些让我滚下去。好在本能地拉住龙的两块鳞片，这才稳住身体。龙是盘旋而上的，这让风从四面八方吹过来。不过当平稳飞行后，只剩下迎面拂来的海风，不大不小，湿润得让人禁不住呻吟。

"新世界啥样？"我问。

"电吗？"爱达轻蹙下眉梢说："不太好形容，但和之前的决然不同。机械式的运动是连续，而这里则不然。尽管很快，可还是能感觉到明显的脉冲，仿佛世界是一个片段一个片段串联起来的。这不禁让我想起不久前帮科学院计算黑体辐射得到的结果，或许现实世界也这样，非机械，不连续。"

"另一个玩笑？"我没由来的一阵心焦。

可她只是笑了笑，没有回答，闭上眼睛说："不过我喜欢这种感觉，仿佛有了心跳。"

我似乎也想到了心焦的缘由。毕竟现实中，还有个死胖子在楼下挺尸。而我自己则是一身的伤痛，无家可归。那些黑衣探子们应该正发了疯地四处找我。但管他呢！这一晚已经够折腾的了。

没错，就这样吧。我也闭上眼，迎着徐徐的海风，感受着这份在现实中体会不到的宁静。